마지막 코드

마지막 코드

초판 1쇄 발행 | 2018년 3월 10일

지은이 | 게르트 슈나이더
옮긴이 | 최성욱
펴낸이 | 김형호
펴낸곳 | 아름다운날
출판 등록 | 1999년 11월 22일
주소 | (121-837) 서울시 마포구 서교동 351-10 동보빌딩 202호
전화 | 02) 3142-8420
팩스 | 02) 3143-4154
E-메일 | arumbook@hanmail.net
ISBN 979-11-86809-55-6 (03850)

※ 잘못된 책은 구입하신 서점에서 교환하여 드립니다.

이 도서의 국립중앙도서관 출판예정도서목록(CIP)은 서지정보유통지원시스템 홈페이지(http://seoji.nl.go.kr)와 국가자료공동목록시스템(http://www.nl.go.kr/kolisnet)에서 이용하실 수 있습니다.(CIP제어번호: CIP2018005678)

DER LETZTE CODE

마지막 코드

게르트 슈나이더 지음 | 최성욱 옮김

아름다운날

차례

일러두기

본문 중 * 표시가 붙어 있는 부분은 〈찾아보기〉에 보충 설명이 되어 있습니다.

타마스, 게임 한판 할까?

실제 시간: 10월 24일 일요일 19시

실제 장소: 탈슈타트, 쥐트파크가(街) 49번지 병렬식 주택, 지하방
동네 카페 라트슈 Radschu

>> 위대한 게임 개발자

타마스는 불안했다. 이 게임을 세상에 내놓아야 하나? 타마스가 처음 개발한 이 게임은, 정확히 말하자면 앞으로 보여줄 예고편에 불과했다. 신경이 곤두선 그는 작업실을 치우기 시작했다. DVD를 진열장에 정리하고, 책과 이제 막 조립을 끝낸 컴퓨터 부속품을 책꽂이에 올려놓았다. 잡지 몇 권은 쓰레기통에 던져 넣고, 기타는 다른 구석에 세워 두었다. 타마스는 자기 공간으로 꾸민 이 지하실을 왔다 갔다 하다가, 벽의 4분의 3을 차지하고 있는 커다란 모니터에 살짝 굽은 모습으로 비치는 자신을 바라보았다. 그는 용기를 내보겠다는 듯이 손을 들어 위아래로 흔들었다.

컴퓨터가 깜빡거리며 메시지가 도착했음을 알린다. 그는 채팅창을 열었다.

"타마스, 게임 한판 할까?" 발신자: "판도라"

"아니, 생각 없어. 시간도 없고. 넌 누구니? 내 이름은 어떻게 알았어?" 타마스는 키보드를 두드렸다. 누가 장난을 치려는 건 아닐까?

이때 검은 고양이가 열린 창문에서 컴퓨터 사이로 뛰어들어와 큰 소리로 울었다.

"안녕 빌리, 밥 먹을 시간이구나. 그래, 알았어."

타마스는 일어나 냉장고에서 고양이 사료가 들어 있는 캔을 꺼내 그릇에 가득 담았다. 배가 엄청 고팠던 고양이는 하나도 남김 없이 먹어 치웠다. 그러고는 배가 불러 만족스러운지 컴퓨터 사이에 따뜻한 자리를 찾아 들어가 두 다리를 쭉 펴고 누웠다.

"그게 누구든 간에 우선 내가 만든 게임을 보여줄 거야." 불안감이 서서히 가시자 타마스는 결정을 내렸다. "이 게임 아이디어에 대해 욕먹기밖에 더하겠어!" 그는 '*Games—Chat(게임 채트) 04/초보자*'에 들어가기 위해 데이터를 입력했다. 프리랜서 게임 개발자들은 여기에 작품을 소개하는데, 전문 게임업체와 크라우드펀딩업체의 에이전트들은 눈에 불을 켜고 이곳을 들여다본다. 때때로 신인들이 나타나 자기 아이디어를 파는 행운을 거머쥐기도 했다.

타마스는 자신의 채팅 아이디인 헬싱으로 나섰다.

헬싱: "여러분, 안녕하세요. 새로운 게임을 위한 트레일러 볼 사람 없나요?"

링구스: "좋아요, 게임 이름이 뭔데요?"

헬싱: "다크—카운티의 정복입니다."

휘스퍼: "그다지 독창적인 이름은 아닌데!"

헬싱: "내 첫 작품을 위한 임시 제목입니다."

사부: "몇 분 걸리나요?"

헬싱: "3분."

링구스: "한번 봅시다!"

타마스는 자기가 만든 게임 트레일러를 시작했다.

고층 빌딩이 양쪽으로 즐비한 어느 강기슭이 나타난다.

제목이 어렴풋이 눈에 들어온다.

불의 기사

배경 음악으로 짧은 기타 멜로디가 반복해서 흘러나온다.

마주 보고 있는 건물 사이로 눈발이 천천히 떨어진다. 이 눈발을 따라 눈길이 깊숙이 떨어진다. 화면 아래에는 불타고 있는 쓰레기통과 버려진 자동차 사이로 남루한 옷을 입은 사람들이 어슬렁거리며 돌아다닌다. 사나운 개들은 벽을 따라 살금살금 걸음을 옮긴다. 총소리가 들리고, 로켓 모양의 차량이 천둥 소리를 내며 골목을 가로지르더니 쓰레기를 뒤지고 있는 사람들을 옆으로 밀쳐낸다.

기타 음악. 살려달라는 외침.

목소리: "다크-카운티, 이 세상에서 망각된 곳, 늙은 악마족의 지배를 받는 곳!"

사부: "스토리가 어딘지 낯익은데."

링구스: "그럼 그렇지. 특별히 새로운 게 없네."

피티: "그림이 너무 어둡고 불안정해. 뭐가 뭔지 알아보기가 힘들어."

헬싱: "여러분, 일단 끝까지 좀 봐주세요!"

새로운 장면.

불꽃을 내뿜는 말을 탄 기사들이 건너편 강기슭에 도열해 있다. 지휘자가 신호를 하자 그들은 다크-카운티로 가는 다리를 향해 내달린다.

피티: "걔네들이 그 늙은 악마들이야?"

사부: "착하게 생겼는데."

솔라11: "애들 장난도 아니고."

타마스는 얼굴이 화끈거렸다.

헬싱: "젠장, 아직 끝난 게 아니잖아!"
사부: "치워 버려, 헬싱! 이건 그냥 쓰레기야!"
헬싱: "왜 이게 쓰레기야?"
사부: "특별한 게 없잖아. 긴장감도 없고. 불의 기사, 늙은 악마, 다크-카운티, 이거 다 애들 장난감 같잖아! 선과 악의 그렇고 그런 대결, 수천 번도 넘게 해 본 것들이지."
헬싱: "그래서? 잘 만들기만 하면 됐지 뭐. 해 아래 새것은 없잖아!"
피티: "너 마음 상했구나?"
사부: "네가 솔직한 평을 듣고 싶어 하는 줄 알았지…."

다른 채팅창 하나가 깜빡거린다.

판도라: "너, 게임 한번 할래?"
타마스: "또 너구나. 아니, 지금 게임할 기분이 아니야!"
판도라: "진짜 특이한 게임이야! 네 마음에 들걸."
타마스: "그깟 새로운 게임 따위 흥미 없다고!"

심신이 지친 타마스는 컴퓨터를 껐다. 그는 다른 게임 개발자들이 비판을 심하게 한다는 것을 진작부터 알고 있 었다. '각자 자기가 최고라고 생각해. 최고의 스토리와 디자인을 자랑하는 최고의 예술가라고 말이야! 그러니 아무도 다른 개발자에게 좋은 말을 해주는 법이 없지.' 솔직히 말해 타마스도 지금까지 다른 개발자의 아이디어를 칭찬해 준 적이 없었다. 다들 하나같이 프로인 척 나대는 끔찍한 초보자들뿐이었다. 그런데 하필 지금 누군가가 그에게 새로운 게임을 해보라고 권하고 있다! 판도라? 채팅방에서 한 번도 들어본 적이 없는 이름이었다.

타마스는 지하방을 빠져나와 거실을 지나갔다. 거실문은 반쯤 열려 있었다. 엄마 아빠의 손뼉 치는 소리가 들렸다. 두 사람은 초저녁에 으레 즐기는 비디오 게임 〈누구에게나 기회가〉를 하고 있었다. 오늘은 카드룰렛 게임이었다.

"다 맞췄다, 카롤라. 잘했어!" 아버지가 환호했다. 엄마는 바로 그 다음에 나올 카드를 맞춰서 거기에 커서를 올려놓고 있었다. 게임용 콘솔을 통해 시청자는 송신자와 연결되었다.

"여보, 우리 이제 결승전이에요!" 엄마가 소리쳤다. 그녀의 시선이 문 앞에 있는 아들에게로 향했다. "타마스, 들어와."

"아니에요, 엄마. 금방 나가요."

"그런데 너 아무것도 안 먹었잖아. 피자 줄까?"

"고마워요, 엄마. 나중에요."

"언제 돌아올 건데?" 아버지가 텔레비전 화면에서 시선을 떼지 않고 물었다.

"왜요?"

"너랑 할 얘기가 있어. 카롤라, 계속 해!" 부모님은 다시 게임에 몰입했다.

타마스는 동네 단골 카페에 가려고 남쪽 공원을 가로지르는 지름길을 택했다. 일찌감치 어둠이 내려앉았지만 몇 개의 가로등이 길을 밝히고 있었다. 그는 사람들과 어울리는 일에 그다지 관심이 없었다. 하지만 지금은 지하방에 혼자 있거나 거실에서 엄마 아빠랑 같이 앉아 있느니 차라리 나가는 편이 훨씬 나았다.

그는 완전히 망했다고 생각했다.

라트슈는 구시가지 변두리에 있다.

"어서 와, 타마스!" 계산대에 있던 네팔인 주인 라트슈가 반갑게 맞이했다. 얼마 전까지만 해도 이곳은 인도 사람이 운영하는 인터넷카페 겸 국제전화방이었다. 라트슈 부인은 대학생 카페와 간이카페를 같이 하면 장사가 더 잘 될 것이라고, 재미도 쏠쏠할 것이라고 남편을 설득했고, 그녀의 판단은 옳았다. 이 카페는 지금 인기 있는 만남의 장소가 되었다.

"모키 왔어요?" 타마스가 인사를 대신해 물었다.

"야, 이 다 큰 자폐아야, 오랜만이다!" 모키는 테이블에서 일어나더니 반갑다는 듯 타마스를 툭 쳤다.

타마스는 움찔하면서 물러섰다. 누가 몸에 손대는 것을 싫어했기 때문이다. 더구나 모키가 자기를 자폐아라고 부르는 건 정말 싫었다. 타마스는 인사도 얼버무리면서 오랜 친구 모키가 앉아 있는 테이블에 가서 앉았다. 어쨌든 타마스는 모키를 나쁘게 대할 수는 없었다. 모키는 괜찮은 애고, 기분 상하게 하려고 일부러 그렇게 할 친구는 아니라는 것을 잘 알고 있었다.

"왜 이렇게 연락 안 한 거야? 전에는 매일 만났는데. 그때가 좋았지, 안 그래?" 모키가 말했다.

"맞아, 좋았지." 타마스가 대꾸했다.

"참나, 그때 우리는 진짜 끝내주는 계획을 했었지! 빌 게이츠처럼 창고형 회사를 세워서 소프트웨어를 개발하고, 그렇게 해서 어마어마한 부자가 되려고 했으니까. …… 어, 너 무슨 일 있어?"

"그런 건 왜 물어?"

"내 말을 전혀 안 듣고 있잖아."

"미안, 기분이 별로 안 좋아서."

"말해 봐, 무슨 일이야? 너 좀비처럼 넋 나간 놈 같아."

"왜 그런지 나도 모르겠어."

"게임 작업은 끝냈어?"

타마스는 모키에게 불의 기사에 대해 얘기한 적이 있었다.

"아니, 아직."

"언제까지 할 건데?"

"그만하자. 그것 때문에 채팅방에서 애들이 벌써 나를 맛이 가게 해 버렸어."

"아, 그랬구나, 짜증 내지 마."

"그런데 짜증이 나."

"시장에 내놓을 만한 게임은 혼자 취미 삼아 개발할 수 있는 게 아냐. 제대로 하려면 전문 개발자, 대본 작가, 그래픽 디자이너, 뮤지션, 게임레벨 디자이너, 기타 전문가들이 다 달려들어야 해. 게다가 뒤에서 지원해주는 마케팅 회사까지 말이야."

"나도 모르겠어, 내가 왜 이런 걸 다 하고 싶어 하는 건지 말이야."

"난 외톨이처럼 혼자서 모든 것을 다 하는 것은 이제 사양하겠어. 좀 오래 걸리긴 했지만, 독창적인 개발자나 프로그래머 커리어로는 아무것도 될 수 없다는 걸 깨달았거든. 너도 이 문제를 잘 생각해 보는 게 좋을 거야. 나는 경영학을 공부하기 시작했어. 그게 더 나은 미래를 열어 줄 거야."

모키가 말했다.

>> 무엇이 진짜인가?

타마스는 말없이 있었다. 모키는 옆 테이블에 사람들과 함께 앉아 있는 여학생에게 손짓을 했다. "하이 로타, 잘 지냈어?"

"나는 가끔 내 자신에게 물어봐," 모키가 다른 데 신경 쓰고 있다는 것을 눈치채지 못한 타마스가 말했다. "이게 진짜 내 인생인지 말이야."

"뭐? 그게 무슨 얘기야?"

"이 세계가 진짜 세계인지 알 수 있을까? 아마 우리가 생각하고 있는 것과는 모든 것이 완전히 다를지도 몰라."

"참나, 재미있는 생각이네" 모키가 대꾸했다.

타마스는 다시 상상 속으로 빠져들었다. 이런 습관은 벌써 수년 전에, 먼 곳을 빤히 응시하며 나락으로 가라앉는 바람에 그에게 더 이상 어떤 말도 붙이기 어려웠던 선생님들을 난감하게 만들곤 했었다. "깊이 생각할 게 있었어요." 그는 늘 이렇게 말하곤 했다.

"아마 두 세계가 나란히 있을지도 몰라. 아니면 우리가 어떤 컴퓨터 시뮬레이션의 일부일지도 모르고. 이 시뮬레이션이 우리가 정상적인 생활을 하고 있다고 기만하고 있는 거지. 실제로 모든 것은 전기 신호일 뿐인데 말이야."

"너 영화를 너무 많이 봤구나." 모키가 그의 말을 끊었다.

"내가 끼어들었다면 미안." 로타가 의자를 돌리더니 그들의 테이블로 와서 앉았다. 타마스는 후드 모자 아래 갸름한 얼굴의 푸른 눈동자를 바라보았다. "타마스, 네가 말한 게 사실일지도 몰라. 이 세계가 컴퓨터 속 가상현실로만 존재한다는 것 말이야."

"얘는 타마스야." 모키가 소개했다.

"나도 알아. 교실에서 한 번 봤어."

"너희 둘 아는 사이야?"

"뭐, 서로 안다고까지 할 정도는 아니고."

"난 기억이 없는데" 타마스가 말했다. 그는 모르는 사람들과 함께 있으면 불안했다.

"로타, 네가 내 친구를 당황하게 만든 것 같아". 모키가 말했다.

"이 돌팔이 의사 같은 놈아, 네가 뭘 안다고?" 타마스는 잔뜩 화가 났다.

모키가 대답도 하기 전에 로타는 맥주병을 들어올렸다.

"이거 진짜 같아?" 그녀가 물었다.

모키는 이해가 안 간다는 눈길로 그녀를 쳐다보았다.

"무슨 질문이 그래? 너 돌았니? 당연히 진짜지. 이리 줘 봐, 맛있네!"

"그냥 둬." 타마스가 말했다.

"여기 이 세상 아니면 저 세상, 어느 게 더 진짜야?"

로타는 등 뒤의 붙어 있는 광고 포스터를 가리켰다. 거기에는 로타가 들고 있는 것과 같은 맥주병이 찍혀 있었다.

"지금 뭐하는 거야?" 모키가 물었다.

"광고의 착시에 대한 세미나를 하고 있어."

"쓸데없는 짓이야. 진짜라고 부르는 저기 저건 단지 사진일 뿐이라고." 모키가 말했다.

"아니야. 저건 이 식탁 위의 유리잔처럼 진짜야." 타마스가 반박했다.

"맞아. 저건 현실을 있는 그대로 모사한 것이니까. 저 사진을 뚫어지게 쳐다봐. 그러면 맥주 맛을 보게 될 거야." 로타가 자신 있게 말했다.

"나는 차라리 여기 있는 이 맥주를 맛보겠어!" 모키는 자기 병을 들어 목구멍 깊숙이 한 모금 들이켰다.

"저 사진 속에 있는 맥주도 맛볼 수만 있다면 나쁘지는 않을 거야, 안 그래?" 로타가 말했다.

"진짜와 가상 사이 경계는 없어. 인간의 지각도 변한다는 게 내 생각이야. 상상과 현실은 점점 더 비슷해지고 있어." 타마스가 말했다.

"맞아, 나도 그렇게 생각해. 그리고 진짜 삶은 어디에 있는가 하는 네 질문 말인데, 곧 아무도 진짜와 가상을 구별할 수 없게 될 거야." 로타가 대꾸했다.

옆 테이블에서는 쿵하고 의자가 넘어지고 시끄럽게 떠들며 웃는 소리가 났다. 손님들이 맥주잔을 높이 들기도 했다.

"로타, 너 거기서 뭐해? 우리 갈 건데." 친구들이 재촉했다.

"좀 더 있다 가." 모키가 부탁했다.

타마스는 고개는 끄덕였지만 아무 말도 하지 않았다. 그는 아직 할말이 남아 있었다.

"난 파티하러 갈 거야. 오늘 아말리에 생일이거든. 우리는 N7로 갈 거야. 같이 가자!" 로타는 그렇게 말하고 자리에서 일어났다.

타마스는 깜짝 놀라 몸을 움츠리고는 "아니, 난 그냥……" 하고 얼버무렸다.

로타는 떠났고, 타마스는 그녀의 뒷모습을 멍하니 바라보았다.
"나도 가야 될 것 같아."
"야, 이 썰렁한 놈아, 적어도 포켓볼 한 게임은 더 치고 가야지." 모키가 소리쳤다.

>> 진짜 하고 싶은 게 뭐야?

열 시쯤 타마스가 돌아와 지하방으로 내려갔을 때 거실은 조용했다. 고양이 빌리는 화면보호기에서 새어나오는 약한 불빛을 받으며 자고 있었다. 그 녀석은 곧 일어나 야간 순찰을 나갈 것이다. 타마스가 불을 켜자, 고양이는 잠시 눈을 깜빡거렸다. 타마스는 피곤했지만 〈불의 기사〉 트레일러를 만들고 음악을 입히느라 밤을 꼬박 새웠다.
메일 체크 한번 더 해 볼까? 혹시 좋은 평가가 있을지도 모르니까. 메일을 열어 보려고 하는데 노크 소리가 났다. 틀림없이 엄마가 피자를 들고 왔을 거야. 하지만 문을 두드린 사람은 잠옷 차림의 아버지였다.
"타마스."
"예."
타마스는 깜짝 놀랐다. 아버지는 아들의 지하방을 들여다본 적이 거의 없었기 때문이다. 타마스는 부모님이 평소에 여기서 지내는 것을 뭐라 하지 않아 좋았다.
"내가 지모랑 약속을 잡았다고 말해 주려고."
"네, 뭐라고요?"
충격적인 소식이었다. 아버지는 기계 제조회사인 지마의 경영책임자였다. 2년 전, 그러니까 타마스가 대학입학시험을 본 후 아버지는 아들에게 회사에 인턴 자리를 마련해 두었다고 말한 적이 있었다.

"11월 2일 화요일, 인사팀장인 지모나이트 씨와 약속을 잡았어. 그때까지 필요한 서류를 준비해."

"어떤 서류요?"

"성적표, 입사지원서, 왜 네가 지마에 들어오려고 하는지 등등 말이야."

"전 정말 가고 싶지 않아요! 이게 마지막이에요! 제게 물어보지도 않고 제 장래를 결정하시는 거 말이에요!"

타마스는 참기 어려울 정도로 화가 났다.

"이렇게 안 하면 너랑은 일이 안 돼. 물어보나 마나니까. 어떻게 하든 넌 거절할 테니까."

"예, 그렇게 했을 거예요. 지금도 마찬가지고요! 그 회사 인턴에는 관심이 없어요!" 만약 그렇게 된다면 공포 그 자체일 것이라 생각했다.

아버지는 화를 참느라고 무진 애를 썼다. "네가 장래를 어떻게 생각하고 있는지 네 엄마를 대신해서도 그렇고 내가 좀 들어봐야 하지 않겠니?"

"이미 여러 번 말씀드렸잖아요. 저는 지금 아무 생각이 없다고요."

"그래, 생각이 없겠지. 대학 들어가고 나서는 여기에 줄곧 눌러 붙어 앉아 컴퓨터만 종일 보고 있었으니까. 네가 뭘 하고 있는지 다 안다. 이런저런 이유로 학교도 안 가고. 첫 학기엔 역사, 두 번째 학기엔 정보통신, 다음 학기엔 또 뭘 한다고 할래. 아무것도 모른 채 우리가 이렇게 돈을 대야겠니!"

"제가 나갈게요, 아버지가 원하는 게 그것이라면요." 타마스는 침착한 척하려고 애를 썼다.

"그것도 해결책이라면 해결책이야. 하지만 너도 나이를 먹을 만큼 먹었어. 너한테 더 이상 할 말은 없다."

"맞아요!"

"나도 이제 더 이상 가만히 보고만 있지는 않을 거다! 너한테 분명히 말했어! 같이 갈 거야 말 거야?"

"절대로 안 간다고요!"

아버지는 화가 머리끝까지 치밀어 문을 쾅 닫고 나가 버렸다.

타마스는 간이침대에 몸을 던졌다. 심장은 미친 듯이 뛰었다. 그는 자신이 이 일을 계속 해야 할지 곧 결정을 내려야 한다는 걸 직감했다. 자신이 무엇에 관심이 있는지 알기만 한다면 얼마나 좋을까.

모든 것이 무의미해 보였다. 타마스는 다시 일어나 책상 주변을 서성댔다. 모니터의 화면은 어두워졌고 고양이는 사라졌다. 그는 다시 누웠다.

무엇이 그를 깨운 것일까? 악몽? 채팅창에서 새로운 문의가 왔다는 신호음?

컴퓨터를 안 껐었나?

그는 일어났다.

>> 실험용 토끼

"게임 한판 할까?" 모니터에 메시지가 떴다.

"또야! 신경 거슬리게 만드는 넌 누구야?"

"판도라. 널 게임에 초대할게."

"왜 하필 나야?"

"채팅하면서 널 알게 되었어. 게임할래?"

"왜 자꾸 나를 찾는 거야?"

"네 호기심을 끌려고."

"어떤 게임인데?"

"뭔가 새로운 것을 해 보고 싶지 않아?"

"게임으로 말이지?"

"여행하는 거야."

"게임이 아니고?"

"원하면 그렇게 해도 돼."

"그런데 내게 메일 쓴 사람이 누군지부터 알고 싶어."

"판도라라고 했잖아."

"근데, 너는 누구야?"

"너를 초대하는 사람. 너는 각각의 레벨에 들어갈 수 있는 코드를 받게 될 거야."

"내가 왜 그 게임을 해야 하는데?"

"우리는 이 게임을 테스트해 볼 사람이 필요해."

"실험용 토끼가 필요하구나. 이제 알겠어. 미안하지만 사양할래!"

"네가 호기심이 많다는 것을 알아. 우린 네가 필요해. 너의 능력과 관심도."

타마스는 적어도 나를 필요로 하는 사람이 있긴 있구나 하고 생각했다.

"하지만 게임 내용이 무엇인지 정확하게 알았으면 해."

"이 게임은 과거를 여행하는 거야."

"과거로 돌아가는 여행? 그런 거는 이미 널렸잖아."

"널 깜짝 놀라게 해 주겠어. 센서 연결을 하면 네가 프로그램 작동에 영향을 주게 돼. 너의 소원과 상상력, 네가 가진 환상의 힘이 이 게임을 함께 조종하고 변화시키지. 이게 바로 새로운 점이야."

"모험에는 전혀 관심이 없어."

"아냐, 있어. 난 알아. 중단하고 싶으면 언제든지 다시 게임에서 빠져나올 수 있어."

"게임하는 데 문제는 없어?"

"없어. 아무것도 필요 없어. 시간과 관심만 있으면 돼. 너에겐 이 두 가지가 다 있다는 걸 알고 있어."

"그렇다면 너는 나보다 나에 대해 더 많이 알고 있다는 얘기네."

"할 건지 말 건지나 말해."

"테스트해 보는 거야. 손해 볼 건 없지."

타마스는 이어클립을 귀에다 꽂고 컴퓨터에 연결했다. 긴장감이 감돌기 시작했다.

"자, 그러면 나부터 시작한다!"

"첫 번째 관문을 위한 코드, 여기 있어!"

ΠàUUè√◇□□□ç[hòø□□

÷◇∂Å_dãΩ

레벨 1

웰컴 투 게임 월드!

실제 시간 : 10월 24일 일요일 23시 30분

실제 장소 : 타마스의 지하방, 동네카페 라트슈

가상 시간 : 약 6만 년 전

가상 공간 : 계곡, 오늘날 독일 슈베비셰 알프 지역

>> 난 어디에 있는 거지?

카메라 한 대가 드넓은 계곡을 미끄러지듯이 지나고 있는 것 같다. 초원과 숲이 교대로 나타났고, 계곡이 여기저기 가파르게 솟구친 암벽에 가려지기도 한다. 덤불숲과 나무들은 눈이불을 얇게 덮고 있었고, 하늘은 잔뜩 찌푸렸다.

내가 어디에 있는 거지? 타마스는 속으로 물었다. 어느 시대에 온 거야? 길 잃은 것은 아냐? 게임치고는 너무 진짜 같아!

"와, 이게 뭐야?" 암벽 아래에서 소리치자 메아리가 되돌아왔다.

아직 아무 일도 일어나지 않았다.

"판도라!"

대답이 없다.

그는 비탈진 계곡을 따라가다 툭 튀어나온 바위 뒤로 숨기도 했다. 발아래 풀밭은 얼어 있어 그가 걸을 때마다 뽀드득 소리를 냈다. 그는 한기를 느꼈다.

이게 가능한 일이야? 그는 정말 잘 만들었다고 생각했다. 게이머인 타마스의 모든 감각은 완전히 매료되었다. 그래, 이렇게 만들어야지, 불도 보이고, 연기 냄새도 나게 말이야.

그는 연기 냄새까지 맡을 수 있었다. 조금 떨어진 곳에서는 절벽 앞에서 연기기둥이 가늘게 피어오르고 있었다. 그는 자기 모습을 위아래로 훑어보았다. 그는 바닥에 끌리는 긴 가죽 옷을 입고 있었다.

위경련이 일어났다. 이런 식으로 옷을 입는다고 판도라와 미리 얘기가 되었던가? 다시 게임 밖으로 나가야 하나?

"헤이! 아웃—암호!"

아무 일도 일어나지 않았다.

"그래, 좋아. 그래도 그래픽은 끝내주는데. 한번 둘러보기나 하자."

그는 주저하면서도 불이 있는 쪽으로 들어섰다. 거기에는 동굴로 들어가는 입구가 있었고, 건장해 보이는 남자가 가죽옷을 걸치고 그 입구에서 불을 피우고 있었다. 또 다른 남자는 크기가 다른 두 개의 돌멩이를 맞부딪치고 있었다. 돌 조각들이 여기저기 흩어져 날렸다.

"여보세요!" 타마스가 소리쳤다.

두 남자가 하던 일을 멈추고 고개를 들었다. 끝내주네. 타마스는 새삼 그래픽이 끝내준다고 생각했다. 완전 진짜 같아! 뭐 이런 게 다 있어? 정말로 그 장면 속에 완전히 들어가 있는 것처럼 보이게 만드는 프로그램이잖아.

그들은, 그가 선사시대에 관한 글에서 읽은 사람들의 모습과 똑같았다. 160센티미터 정도의 키에 다부진 체격이었으며 머리부터 발끝까지 두꺼운 모피를 두르고 있었다. 그리고 이 낯선 사람을 주의 깊게 쳐다보며 서서히 다가왔다.

"헤이, 여러분!"

또다시 희미한 메아리가 들렸다. 그러고 나서 새의 울음소리. 그리고 비명.

"그리츠, 그리초아, 음트, 엠트, 그리츠!

카움트, 엠트, 무트—무트!"

목소리는 점점 더 커졌다. 이 목소리의 주인공들은 불과 몇 걸음 만에 타마스에게 왔다. 그들은 타마스에게 위협적으로 창을 겨누었다. 동굴 입구 쪽에서 계속해서 사람들이 나타났고 그중에는 여자와 아이들도 있었다. 그들은 겁먹은 듯했지만 동시에 호기심에 가득 차 있기도 했다. 그들의 날카로운 외침은 계곡 전체를 뚫고 퍼져 나갔다.

"그리츠! 그리츠!"

이제 무리 전체가 다가왔다. 15명에서 20명쯤 되는 모피를 두른 사람들이 타마스를 에워쌌다. 타마스는 순식간에 위험을 느꼈다.

"에이, 여러분, 진정들 하세요! 걱정 말라니까요!"

타마스는 그들을 달래며 두 손을 들어 올렸다. "저는 여러분들에게 아무 짓도 하지 않을 거예요. 저는 평화를 사랑해요, 그리고 단지 가상의 인물일 뿐이라고요!"

하지만 이 인류의 조상들도 이 사실을 알고 있을까?

이 남자들은 무기로 위협했다. 타마스는 도망치고 싶은 충동을 느꼈다. 그는 몸을 돌려 달리기 시작했으나 살얼음이 낀 눈밭에서 그만 미끄러졌다. 크게 나자빠진 후에 다시 일어나려고 했지만 이내 다시 비탈길에서 미끄러졌다.

결국 두 남자가 그를 붙잡아 들어 올렸을 때 타마스는 비명을 질렀다. 이때 그들도 묵직한 소리로 외쳤다.

"크라우오, 크라우오! 음트!"

이제 그들의 얼굴이 그의 얼굴 가까이 다가왔다. 덥수룩한 수염, 펑퍼짐한 코, 길고 엉클어진 머리카락, 쑥 들어간 눈, 앞으로 돌출된 턱.

"브스? 스므트! 음무트!"

"난 못 알아들어요." 타마스는 필사적으로 외쳤다.

"날 좀 풀어 줘요!"

그들은 그의 눈앞에서 계속 창을 휘둘렀으며 돌창의 끝으로 그의 어깨와 등을 세게 찔렀다.

그들은 타마스를 끌고 갔고, 타마스는 비틀거리며 끌려갔다.

"이제 그만하면 됐다고! 야, 판도라!"

그는 두 다리를 버둥거렸다.

"살려줘!" 그가 소리쳤다.

타마스는 마지막 남은 힘까지 쥐어짜 그 남자들의 우악스런 손에서 벗어나려 했다. 돌창의 끝이 그의 옆구리를 세게 찔렀다. 그는 너무 아파 비명을 내질렀다.

그 사이 주변이 어두워지기 시작했다.

>> 고통을 느끼다

캄캄한 지하방에는 초록빛과 붉은빛의 컨트롤 조명만이 깜빡거렸다. 고양이는 거친 숨을 몰아쉬더니 잠결에 발을 움찔거렸다. 이 고양이에게는 우리가 어느 세계에 살고 있는지는 전혀 중요하지 않겠지. 타마스는 생각했다. 가상의 세계에 있든 실제 세계에 살고 있든 이 녀석에게는 먹이와 따뜻한 잠자리만 있으면 그만이니까.

하지만 나는 어디에 갔던 거지?

시곗바늘이 열두 시를 가리켰다.

타마스는 옆구리를 계속 붙잡고 있었다. 옆구리가 아팠다. 그럴 리가 없어. 뉴런신경이 미쳤나? 뇌파가 마치 갈비뼈가 부러진 것처럼 그를 속이고 있는 것은 아닐까? 아무튼 그런 기분도 들었다. 그는 티셔츠를 벗었다. 옆구리에 보이는 이 퍼런 멍은 뭐람? 예전부터 있었던 건가? 그는 예전에 어디 부딪친 기억은 전혀 나지 않았다.

>> 모든 것은 상상력에 달렸어

"판도라?"

"왜? 원하는 게 뭐야?"

"나 그만할래."

"왜?"

"이 게임은 너무 진짜 같아."

"진짜 같은 게임을 원한 게 아니었어?"

"하지만 이건 너무 심해."

"여행을 끝내는 건 네 자유야."

"그래? 그럼 어떻게 끝내지?"

"네가 원하거나 크게 소리치면 너는 게임에서 나오게 돼. 프로그램도 당연히 종료될 거야."

"하지만 프로그램이 고장 나면? 신호가 너무 약하면 어떻게 되지?"

"그러면 너는 게임에서 나오는 게 정말로 힘들어질 거야."

"꼭 알고 싶은 게 있는데."

"뭔데?"

"왜 네안데르탈인 시대에서 시작한 거지?"

"그렇게 하면 왜 안 되는데? 네가 흥미를 느낄 줄 알았는데."

“응, 그렇기는 해. 그 시대에 관한 책도 읽었고 인터넷으로 검색도 해 봤으니까.”

“물론 이 게임은 다른 시대에서 시작할 수도 있었어. 하지만 이제 뭐 상관없잖아. 네가 그만두고 싶어 하니까.”

“잠깐 기다려 봐.”

“뭘 알고 싶어?”

“내 옆구리는 왜 아픈 거지? 그 사람들이 진짜 나를 붙잡기라도 한 것처럼 말이야.”

네안데르탈인

네안데르탈인은 독일 뒤셀도르프 인근의 화석 발견 장소에서 그 이름을 따왔다. 기원전 약 30만 년 전에서 15만 년 전까지 생존했으나, 알 수 없는 이유로 지구에서 사라졌다. 학문적으로 오랫동안 네안데르탈인들은 야만적이고 곤봉을 휘두르는 유인원으로 규정되었다. 그러나 발굴된 증거에 따르면, 네안데르탈인들은 그 전보다 문명화된 것으로 파악된다. 그들은 불을 피웠고, 솜씨 좋은 사냥꾼이었으며, 날카로운 돌촉이 있는 창이나 다른 무기를 만들 수 있는 도구의 제작자였다. 그들은 지구의 빙하기에 살았으며, 포획한 짐승들의 가죽으로 옷을 만들기도 했다. 많은 연구자들은 네안데르탈인이 예술과 음악에 대한 감각도 있었다고 믿고 있다. 오랜 연구를 통해 라이프치히 대학의 유전학자 스반데 패애보는 네안데르탈인의 유전자 비밀을 해독했다. 2010년에 초기 인류의 한 종족인 네안데르탈인의 DNA 가운데 1–5%가 현대 인류의 DNA와 일치한다고 밝혀졌다.

"다 네 상상력 덕분이야. 그걸 자기암시라고 해. 자기최면 말이야. 이 게임이 얼마나 강렬할지, 또는 어떻게 진행이 될지는 네 결정에 달렸어. 이 점이 새로운 것이지."

"테스트를 해 봐야겠어."

"그래, 그러면 알게 될 거야. 네가 그 게임에 방향성과 의미를 부여하니까."

"게임하는 데 꽤나 많은 것을 요구하시는군."

"넌 할 수 있으니까."

"드디어 내 말을 믿어 주는 사람이 나타나셨군."

"뭐라고?"

"아무것도 아니야, 오케이, 한 번 더 해 보겠어. 새로운 코드나 알려 줘!"

"그럴 필요 없어. 우리는 아직도 전과 동일한 레벨에 있으니까."

"그럼 내가 그만하고 싶다면?"

"그만두고 싶으면, '아웃'이라고 외치거나 나가고 싶다고 강렬하게 생각하면 돼."

>> 불 옆으로 초대받은 손님

타마스는 동굴 입구에 불을 피워 놓은 자리에 모피를 깔고 누워 있다가 일어나 앉았다. 다부진 체격의 꼬마들이 그의 주위를 맴돌았다. 그들의 머리는 엉클어져 있었지만 눈빛은 초롱했다. 아이들은 어른들처럼 짐승털과 가죽으로 된 옷을 입고 있었다. 그 옷은 허리까지 내려왔는데, 허리에는 풀을 엮어 허리띠처럼 매고 있었다. 바지와 신발은 가죽으로 조잡하게 만든 것이었다. 아이들은 갑자기 나타난 낯선 청년을 의심과 호기심이 섞인 눈초리로 뚫어지게 바라보았다. 어린 여자아이가 다가오더니 손끝으로 그를 건드렸다. 이 여자아이는 그에게 미소를 보내고 있었는데, 한 소녀가 나타나 그 아이를 데려갔다.

"어디 다쳤어요?" 다시 나타난 소녀가 타마스의 가죽옷을 가리키며 물었다. "아파요?"

그의 망토 옆구리가 찢어져 있었다. 그는 손으로 그 자리를 더듬었다. 다행히 피가 나거나 상처가 있지는 않았다. 타마스는 그들이 있는 힘을 다해 자기를 찔렀다는 것을 떠올렸다. 그것은 그가 게임에서 빠져나가려고 할 때였다.

"괜찮습니다."

"쑹, 카오웅?"

그 소녀는 손을 입으로 가져갔다. 뭐 좀 먹겠어요?

예, 배가 고파요. 타마스는 그녀의 손동작을 따라했다. 말도 되지 않는다고 잠시 생각했지만 그건 진짜 공복이었다. 가상공간에서 실제 세계에서나 있을 법한 감각을 느낄 수는 없는 노릇이다. 그럴 리 없어. 조금 전에 고통을 느꼈던 때와 마찬가지로 이번에도 시스템 오류가 일어난 거야.

"쎄, 엠트! 바쏘, 바쏨!" 아이들이 소리쳤다.

"그래, 알았어, 알았다니까!" 타마스가 일어났다. 그 소녀는 그에게 동굴 입구 모닥불을 피워 놓은 곳에 자리 하나를 가리켰다. 김이 모락모락 피어오르는 냄비 주변으로 동굴 사람들이 빙 둘러앉아 있었다. 처음에 그들은 처음 보는 타마스를 의심의 눈길로 쳐다보았다. 하지만 그가 적은 아닐 것이라고 확신하고 있는 눈치였다. 타마스는 조심스럽게 주위를 둘러보았다. 몇 개의 횃불이 환하게 밝혀 주고 있는 동굴의 앞쪽 부분에 나뭇가지를 이용해 벽을 쌓아 만든 방이 몇 개 있었다. 그리고 그 방에는 모피를 포개어 만든 잠자리가 준비되어 있었다.

"엠트, 쌥트!"

모닥불 위에 올려놓은 냄비에서 음식을 덜던 소녀가 타마스에게 나무 접시를 건넸다. 그 접시에는 잎사귀와 고기 덩어리 그리고 뿌리 모양의 줄기덩이가 담겨 있었다. 타마스는 고맙다는 표시로 미소 지으며 그 접시를 받았다. 모든 사람들이 냄비에서 음식을 덜어 게걸스럽게 먹기 시작했다. 사람들은 억센 이빨로 힘차게 고기를 뜯었다. 타마스는 틀림없이 늑대 고기일 거라고 생각했다. 잠시나마 걱정이 물러갔다.

나는 언제든 여기서 빠져나갈 수 있어. 그는 안정을 되찾았다.

눈 위로 뼈가 튀어나온 남자들보다 한층 세련된 얼굴의 그 소녀는 타마스에게 미소를 지어 보였다.

>> 우리에게 동물을 보내주소서!

사람들은 한참 동안 불 옆에 앉아 있었다. 타마스에게 거의 신경을 쓸 겨를이 없을 정도로 근심에 찬 표정이었다. 타마스는 그들의 몸짓과 음성을 통해 엄청난 기근이 닥쳐왔다는 것을 알았다. 동물 소리를 알아들을 수 있는 한 남자가 계곡에는 사냥할 만한 동물이 충분치 않다고 말했다. 여러 사람들이 벌떡 일어나더니 하늘을 향해 그리고 아래쪽에 흐르는 강물을 굽어보며 주문을 외우는 자세를 취했다. 그렇게 해서 맘모스나 털코뿔소를 불러들이려는 것 같았다.

타마스는 그들이 내는 소리를 점점 더 이해하게 되면서 그 소리를 듣고 그들의 말을 알아듣게 되었으며, 그들의 얼굴을 보고 무슨 일이 벌어졌는지 읽을 수 있게 되었다. 사람들이 많이 목숨을 잃었는데 말린 고기의 비축분이 바닥났다. 엎친 데 덮친 격으로 그들이 사냥을 나간 사이 곰 한 마리가 동굴에 들어와 식량 창고를 털어 버렸다. 그래서 그들은 한동안 오리와 토끼를 잡아먹고 살았다.

"오, 신들이시여!" 타마스는 그들이 다 같이 부르는 노래가 무슨 뜻인지 알았다, "자비를 베푸소서. 우리에게 동물을 보내주소서, 그렇지 않으면 모두 죽게 됩니다!"

>> 작은 태양, 달콤한 달

타마스는 동굴 한구석에 모피를 깔고 누워 있었다. 주변에서 숨 쉬는 소리, 헛기침 소리, 기침 소리, 신음하는 소리, 속삭이는 소리, 우는 소리, 흥얼거리며 노래하는 소리가 들렸다.

부드러운 노래가 작게 흘러나왔다. 동요였다.

"태양은 작아지고,
달콤한 달과,
착한 별이 떴네,
잘 자거라, 잘 자."

따스한 느낌이 온몸을 파고들며 그를 감동시켰다. 그는 이렇게 아름답고 예쁜 목소리로 노래하고 있는 소녀에게 달려가고 싶었다. 자장가 멜로디가 이렇게 예쁘고 감동적인 것은 5만 년 후에도 바뀌지 않을 것이다.

타마스는 말이라는 게 이렇게 해서 생겼겠구나 생각했다. 외침 소리에서 낱말이, 걱정과 기쁨의 탄성, 승리와 고통의 아우성에서 자음과 모음이 생겼고, 음절이 나왔을 것이다. 랄랄라릴라—소리에서 낱말이 나오고, 이것들이 문장으로 조합된 것이다. 의성어 의태어가 뒤섞인 엄마의 흥얼거림에서 작은 태양과 달콤한 달이라는 자장가가 나와 어둡고 추운 동굴의 밤을 물들인 무서움을 날려 버렸을 것이다.

한 아이가 또 울자 그 노래가 다시 시작되었다.

"작은 곰,
집으로 가네,
큰 곰,
집으로 가네.
울지 마라,
울지 마라,
아프지도 말고,
탄식도 하지 말고,
랄랄라릴라!"

피리는 아래위로 오가며 미끄러지듯 이 멜로디를 반복해서 연주했다. 무척 편안했고 위안을 주는 연주였다. 그 소리는 아주 부드러워 피리 재료인 얇은 뼈처럼 금방이라도 부러질 듯했다.

타마스는 이 유혹적인 멜로디에 완전히 매료되었기 때문에 가죽 커튼을 살짝 옆으로 밀어 보았다. 벌려진 틈으로 그는 한 소녀가 작은 침상에 앉아 있는 것을 보았다. 아이는 이미 울음을 그쳤다. 두 아이는 모피 이불 밖으로 머리를 쳐들고 피리 소리를 따라했다. 처음에는 아무 말 없이 미소만 짓더니, 조금 지나자 흥얼거리는 소리로 함께 노래를 했다. "*랄랄라 릴라 릴라 랄랄라.*"

흥얼거리다가 함께 노래하는 것만으로는 충분치 않았던지 아이들은 모든 사악한 귀신과 유령들이 그 캄캄한 동굴에서 사라질 때까지 계속 노래해 달라고 졸랐다.

타마스는 동굴 입구에서 비치는 희미한 불빛 아래 그 소녀의 등을 바라보았다. 소녀의 머리카락은 다른 여인보다 더 밝게 빛났다. 그녀는 아이들에게 이불을 덮어 주고, 바깥으로 나가려고 몸을 돌렸다. 타마스는 그 순간 몸을 돌려 제자리로 돌아앉았다. 소녀가 자기를 보았는지 그는 확신하지는 못했다.

그녀는 누구일까?

>> 먹이 사냥

아침에 타마스가 동굴 앞에 가 보니 아이를 돌보던 그 소녀와 꼬마들은 어디에서도 볼 수 없었다. 그날은 추웠고 밤새 눈까지 내렸다. 불가에서 두 여자가 식물 줄기와 뿌리를 골라내고 있었다. 한 남자가 끝이 뾰족한 돌멩이를 들고 힘차게 내려치면서 나뭇가지를 다듬고, 다른 두 남자는 속이 비어 있는 나무 기둥을 파 만든 통으로 강에서 물을 퍼 올리고 있었다. 타마스는 끔찍하리만치 몸이 얼어붙어서 상체를 모피옷으로 꽁꽁 싸맸다. 돌멩이를 들고 있던 남자가 타마스에게 눈짓을 했다. 타마스도 눈으로 인사하자, 그 남자는 무뚝뚝하게 자기한테 오라고 했다.

"엠데!"

내가 도와주었으면 하는구나. 이 사람들이 무슨 말을 하는지 훨씬 잘 알아듣겠는걸.

"오케이, 알겠어요. 금방 가요!"

타마스가 이해하기로는, 그 남자는 대피소를 만들고 있는데 도와주었으면 하는 것이었다. 타마스는 휜 가지를 풀로 한 데 묶는 일을 도와주었다. 다른 남자들도 합류해 버팀목을 설치하고, 침상에 나뭇잎과 가죽을 까는 일을 도왔다. 그들은 일을 하면서 서로 이야기를 나누었는데, 매우 흥분하고 있었다. 사냥감 이야기가 다시 나온 것 같았다. 그는 분명히 맘모스, 곰, 털코뿔소, 물소 그리고 사슴이라는 소리를 들었던 것이다.

"카우오! 무트! 슈르스트!"

그가 알아들은 바로는, 사냥꾼들은 기다리고 있던 사냥감이 있는지 알아보기 위해 이미 정찰대를 파견했다. 그들은 어제 빌었던 주문이 효력이 있기만을 바랐다!

누군가가 타마스의 어깨를 두드리면서 인사했다. 아마 이 낯선 손님이 같이 도와준 것에 대한 칭찬인 것 같았다.

타마스는 아이들이 소리를 지르고 웃는 쪽으로 시선을 돌렸다. 인근 작은 숲에서 아이들과 함께 그 소녀가 걸어 나오는 것이 보였다. 아이들은 버섯, 도토리와 밤을 모아서 불가에 앉아 있는 여인들에게 자랑스러운 듯이 내보였다.

>> 아이를 돌보는 소녀

타마스는 비탈길의 조금 평평한 곳에서 아이들과 놀고 있는 그 소녀를 보았다. 그는 그 소녀가 누구인지 꼭 알아야만 했다. 그녀는 이곳과는 어울리지 않는 사람이었다.

타마스는 실제 세계에서는 결코 할 수 없을 것만 같았던 일을 감행했다. 그 소녀에게 다가가 말을 걸어 본 것이다. 지금껏 그는 그런 짓을 해 본 적이 없었다. 지하실에 처박혀 사는 쥐며느리이자 인간을 두려워하는 은둔자인 그는 인간과의 접촉이라면 그 어떤 것이라도 두려워했기 때문이다. 그는 엄마를 포옹할 때도 몸을 움츠렸다.

"공을 *받아!*" 덩치가 조금 더 큰 아이들이 외쳤다.

"공 *받아!*" 그보다 작은 아이들이 따라했다.

"안녕!" 타마스는 아이들 틈에 섞여 있는 소녀에게 다가가며 말했다. 그녀가 쳐다보았다.

"너는 누구야?" 그녀가 물었다. "어디에서 왔어?"

"나는 타마스라고 해. 네 이름은?"

그녀는 아무 말이 없었다.

"밤에 아이들과 노래하는 소리를 들었어. 정말 훌륭하던데. 다 알아들었거든."

"나도 알아."

"너도 안다고?"

"나도 너를 봤어."

"도대체 너는 누구니?"

"나는…… 여기로 끌려 왔어."
"나도 마찬가지야."
타마스가 다음 말을 하기도 전에 아이들이 그녀를 데려가 계속 같이 놀자고 보챘다. 아이들은 알록달록한 색깔의 납작한 돌을 주워 모아서 눈 내린 땅에 금을 그어 표시한 구역으로 던졌다. 그들은 흥분했고 자기가 던진 돌이 정해 놓은 구역으로 들어가면 아주 좋아하며 웃었다. 타마스는 이름까지 떠오르지는 않았지만, 자기도 어렸을 때 이런 놀이를 했었던 기억이 났다. 이런 놀이는 선사시대부터 하나도 변하지 않았군.

"너는 이 부족 출신이니?"
"너처럼 이 부족 사람은 아니야. 그들이 너를 살려둔 게 이상해." 그녀가 대답했다.
"너도 게이머야? 시뮬레이션? 아바타?"
"네가 무슨 말을 하는지 모르겠어. 뭘 알고 싶은데?"
그녀는 동물가죽으로 만든 공을 보여주려고 하는 아이에게로 시선을 돌렸다.
"이 아이들은 네 형제들이야?"
그녀는 웃었다. "아니, 나는 아이들의 보모야. 부족의 어르신께서 내게 이 일을 하라고 맡기셨어. 아이들 엄마들이 출산하다가 죽었거든."
"놀자요!" 아이들이 그녀에게 보챘다. 아무튼 타마스에게는 그렇게 들렸다.
"놀자니까!"
공이 벌써 공중 위로 올라갔다.

>> 내 이름은 몬트

아이들은 강아지처럼 무리를 지어 가죽뭉치로 만든 공을 따라 달렸다. 놀이 규칙은 하나, 공을 빼앗기지 않고 가능한 오래 갖고 있으면 되는 것이었다. 몇 분이 지나자 두 팀으로 나뉘었다. 각 팀에는 주장이 있었는데, 공을 빼앗길 것 같으면 늘 공을 주장에게 던졌다. 이 공놀이 팀의 한쪽 주장은 타마스이고 상대팀은 소녀였다. 게임은 점점 거칠고 격렬해졌다. 그들은 한 손 아니면 두 손으로 공을 던지거나 공을 쫓아다녔다. 서로 상대편을 밀어제치려고 애썼으며 때때로 두 사람이 한 사람을 또는 더 많은 사람이 한 사람을 밀쳐내려고 했다. 하지만 아이들은 난폭하지는 않았고 다른 아이들이 다치지 않도록 조심했다. 타마스는 이 게임이 완전히 럭비의 초기 형태라 생각했다. 어쩌다 어른들이 그 공을 잡기라도 한다면 아이들은 그 공을 다시 던져 달라고 큰 소리로 재촉했다.

"난 더 이상 못 하겠어." 타마스는 헉헉대면서 땅바닥에 쓰러져 버렸다. 그는 숨을 몰아쉬었다.

"뭐야, 그렇게 녹초가 되어 버리면 안 되지." 소녀가 말했다. 그리고 그가 다시 일어나도록 도와주었다.

"나는 아직 네 이름이 뭔지 몰라."

"몬트라고 불러."

"몬트?"

"그냥 몬트야."

그 후에 그들은 암벽 근처 바위에 앉았다. 아이들은 공놀이를 계속했다. 그들의 열정적인 함성이 암벽을 타고 다시 울려 퍼졌다.

"미암트"

"츄카우!"

"알라이! 알라이!"

"노는 게 어쩌면 저렇게 좋을까!" 몬트가 말했다.

"나는 여기서도 아이들이 공을 가지고 놀 것이라고 전혀 생각지 못했어." 타마스가 말했다.

"왜?" 그녀는 의아해 하면서 그를 쳐다보았다.

"내 말은 그냥 인류 역사 초기에…… 아, 내가 바보 같은 얘기를 하고 있네."

"이들은 네가 생각하듯이 멍청한 원숭이는 결코 아니야. 이 사람들과 함께 지낸 지도 꽤 됐으니까 나는 이들을 잘 알아. 이들은 생각하고 말하고 일하고 그림도 그려."

그녀는 자기 목걸이를 가리켰다.

"아이들은 놀지. 아이들은 어떤 시대에 살고 있든 모두 놀면서 배우지. 그들은 장난치며 놀지만 놀이가 그들의 지력을 발달시키고 신체를 튼튼하게 만들어 역경을 극복하고 살아남도록 도와줘. 어!"

소녀가 머리를 움켜쥐었다.

"왜 그래?"

그녀의 모습이 희미해졌다. 혹시 타마스에게만 그렇게 보이는 것일까? 타마스는 이 게임을 하면서 설계자가 마치 실수와 혼동을 설정한 것처럼 아바타가 바뀌거나 투명하게 사라진다는 것을 이미 경험했다. 지금처럼 마치 어떤 특정한 신호에 따라 아바타가 희미하게 되었다 사라지는 것 말이다.

"무슨 일이야, 몬트?"

"걱정 마. 괜찮아. 하지만 난 떠나야 돼."
그녀의 목소리는 점점 약해졌다.
"나는…… 정말 오랫동안 계속…… 백만년을, 방랑해 왔어. 나는 먼 길을 떠돌았어. 이제 난 떠나야해……"
"안 돼! 대체 어디로 가는데?"
"멀리 돌아가야 해…… 새로운 레벨……"
"게임 안에서?"
"백만년…… 엄청난 방랑……"
"다시 만날 수 있지, 몬트?"
"그래…… 올게…… 네가 원하면……"
그녀는 사라졌다. 떠난 것이다. 아이들은 아무것도 눈치채지 못한 듯이 놀고 있었다.
"몬트!" 타마스가 소리쳤다.
"이런, 잠깐만! 빌어먹을 프로그램 오류, 젠장, 그럴 줄 알았어. 쉴 시간이 필요해."
한 아이가 그에게 공을 던졌다. 타마스는 기계적으로 다시 던졌다.
"나가게 해줘! 판도라!"
대답이 없다. 그 대신 강기슭에서 크게 부르는 소리가 울려 퍼졌다.

>> 사냥꾼

아이들은 최대한 빨리 동굴 입구 쪽으로 달렸다. 남자들이 불 주변으로 모여들었다. 그들은 뒤섞여 서로 말을 주고받으며 강 상류쪽을 가리켰다. 둔중하고 강력한 동물들의 울음소리가 나고 땅도 들썩거렸다.

타마스는 소녀를 찾으러 다닐 시간이 없었다. 누군가 그를 사냥꾼들의 무리 속으로 밀어넣었던 것이다. 그들은 뾰족하게 돌을 깎아 만든 창을 들었다. 한 남자가 타마스에게 자작나무의 역청으로 타오르는 횃불을 쥐어 주었다.

"어, 이걸로 뭘 하라고?"

골짜기의 위쪽 끝자락, 강의 흐름이 바뀌는 곳에서 한 떼의 동물들이 나타났다. 메갈로세로스? 맘모스? 털코뿔소? 타마스는 정확하게 알 수 없었다. 그는 겁이 났고 공기 중에 둔중한 긴장이 흐르고 있음을 느꼈다.

대장의 지시에 따라 그들은 세 명씩 조를 짜 몇 팀으로 나누었다. 타마스는 망설이며 횃불을 들고 서 있었다. 한 사냥꾼이 거칠게 그의 팔을 잡았다.

"*서둘러.*" 그 남자는 타마스에게 소리를 내질렀다.

"*서두르라고!*"

"*카우오! 카우오!*"

사냥꾼들은 이 외침을 따라서 강 아래쪽 방향으로 이동하기 시작했다. 타마스는 한 그룹을 따라가는 수밖에 없었다. 다른 그룹들은 위쪽 비탈면에 머물다가 동물들이 있는 곳 위에 이를 때까지 덤불과 휘어진 나무로 위장한 채 달렸다. 그들은 신속하고 안전하게 그리고 소리도 내지 않고 움직였다. 이들은 훈련이 잘 되어 있었다. 부족 전체의 생존은 그들이 사냥감을 충분히 확보하는지에 달려 있었다.

그때 타마스는 이 동물들이 맘모스라는 것을 알았다. 맘모스 열두 마리가 무리를 이루고 있었던 것이다. 그중 몇 마리는 풀을 뜯으며 강기슭 초원으로 이동하고 있었다. 다른 놈들은 고개를 들어 냄새를 맡고 있었다. 이 동물들이 벌써 위험이 임박했음을 눈치챘을까? 타마스와 함께 앞쪽에서 맘모스들을 향해 다가가고 있던 사내들은 이제 나무들이 모여 있는 곳 뒤에 매복했다. 그때 대장이 무리에서 떨어져 나온 어린 놈 하나를 가리켰다. 우렁찬 함성과 함께 사냥꾼들은 숨어 있던 곳에서 나와 돌격했다.

"카우오!"

나머지 두 그룹이 이에 화답했다. 비밀 약속이나 한 것처럼 그들은 전부 그 새끼 맘모스를 잡으려 했다. 그놈은 심한 공황 상태로 무리로 되돌아가는 대신 비탈면 쪽으로 내달렸다. 그러다 암벽이 나타나자 방향을 틀어 되돌아가려고 했다.

너무 당황한 나머지 그놈은 그 자리에 멈춰 서서는 불길이 다가오는 것을 보기만 했다. 횃불은 위 아래로, 그리고 원 모양으로 움직였다. 큰 맘모스들은 불을 제일 무서워했다. 타마스도 그것을 알고 있었다.

세 개의 횃불이 그 어린 짐승을 조여들면서 좁은 곳으로 몰았다. 뜨거운 김이 그 녀석의 콧구멍에서 새어나왔다. 사냥꾼들이 녀석을 포위했다. 새로 온 신참 타마스와 횃불을 든 두 명의 사냥꾼도 함께 앞쪽으로 전진했다. 둥글게 빙빙 돌고 있는 횃불이 그 짐승을 견딜 수 없게 했다. 제일 먼저 던진 창들이 사냥감에 명중했고, 녀석은 울부짖었다. 녀석의 옆구리에서 피가 흘러 나왔다.

"라이후오! 쿠아우!"

도와달라는 외침이었지만, 나머지 맘모스들은 이 사냥꾼들의 놀이를 지켜보다가 뒤로 물러났다. 이놈들은 어린 새끼가 죽을 것이라는 사실을 알았다. 원을 그리며 돌고 있는 횃불 앞에서 놈들은 잠시 머뭇거렸다. 그들의 앞다리는 흥분해서 떨렸고 발을 구르며 땅을 파헤쳤다. 날카로운 트럼펫 같은 소리, 이빨이 부딪치는 소리가 공기를 뚫고 들려왔다.

수놈 두 마리가 불안감을 떨치고 엄청나게 무거운 몸을 움직이기 시작했다. 사냥꾼이 둘이나 그 발에 밟혔다. 이것은 나머지 짐승들에게 사냥꾼들을 공격하라는 신호였다!

세 번째 사냥꾼이 옆으로 나뒹굴었고 다른 사내들도 가까스로 나무 뒤로 숨어 목숨을 건졌다. 타마스도 그곳에서 도망쳤지만 비틀거리다가 넘어지고 말았다. 그가 들고 있었던 횃불은 파헤쳐진 땅에서 치익 소리를 내며 꺼졌다. 약 10미터 정도 떨어져 있던 수놈 한 마리가 몸을 돌렸다. 타마스는 그놈의 눈이 분노로 이글거리고 있는 것을 보았다.

그는 일어서려고 했다.

도망가는 수밖에 없어!

그런데 할 수가 없어! 이제 끝장이야 라고 그는 생각했다. 도와줘!

나갈게!

나가겠다고!!!

>> 너는 모험을 해야 해!

타마스: "고마워. 내가 살아 있다니, 판도라."

판도라: "네가 맘모스의 밥이 되리라고는 예상 못 했어."

타마스: "친절도 하시네!"

판도라: "아직 몇 단계나 더 남아 있어."

타마스: "내가 원한다면 말이지."

판도라: "그래, 맞아."

타마스: "내가 죽는다면, 어떻게 되는 거지? 가끔 나는 이게 게임이 아닌 것 같다는 생각이 들어."

판도라: "이게 진짜 현실 같지, 안 그래? 너는 모험을 해야 해!"

타마스: "내게 또 어떤 일이 생길지 모르겠어."

판도라: "나도 몰라. 지난번에 얘기했듯이 네가 게임의 흐름을 정하는 거야."

타마스: "어떤 여자아이를 만났는데, 시스템에 문제가 생겨 그 애가 화면에서 갑자기 사라졌어. 이게 프로그램상의 오류일까?"

판도라: "모르겠어."

타마스: "네가 꼭 알아봐 줘!"

판도라: "그 소녀는 게임 캐릭터지?"

타마스: "그보다는 어떤 게이머의 아바타 같아. 아바타가 게임을 빠져나오지 못할 수도 있는 거야?"

판도라: "그렇진 않겠지만, 불가능한 건 아닌 것 같아."

타마스: "왜? 이유가 뭐니?"

판도라: "그 게이머가 정해진 게임 시간을 지키지 못했을 수도 있어."

타마스: "그게 뭐야? 그렇다면 붙잡힌 거야?"

판도라: "그렇다고 볼 수 있지."

타마스: "우리가 가상공간에 있는데도."

판도라: "너는 가끔 네 입으로 한 말도 잊어버리는구나."

타마스: "그녀 역시 실험용 토끼일 수 있어. 그리고 너나 누구든지 간에 실험을 할 수 있잖아. 자기최면 같은 것으로 말이야."

판도라: "타마스, 너는 판타지에 너무 빠져 있어. 사이버 추리소설을 너무 많이 읽었다고."

타마스: "그런 멍청한 소리 그만해."

판도라: "그 소녀가 너에게 그렇게 중요하다면 찾아봐. 내가 말할 수 있는 건 나도 이런 경험은 처음이고 놀라울 뿐이라는 거야."

타마스: "나는 이제 쉬어야겠어. 오늘은 이제 그만!"

판도라: "오케이, 쉬어."

>> 현실을 이해하기 위하여

월요일 오후. 집은 보일러 배관에서 새어나오는 소리가 들릴 만큼 조용했다. 타마스는 아침이 되어서야 불안해 하며 잠들었다. 일어나서는 물 반 병과 차갑게 식은 피자 한 조각을 아침으로 먹었다. 고양이 빌리는 그의 발치에 앉아 그르릉 소리를 냈다. 타마스는 고양이를 쓰다듬다가 살포시 그의 귀를 당기거나 배를 어루만졌다. 그는 자주 고양이와 이렇게 이야기를 나누었다.

"아, 빌리, 너는 내 베스트 프렌드지. 내가 너를 만져 보면 너는 진짜 살아 있어, 내 귀여운 표범아. 나는 적어도 내가 어떤 세계에 있는지는 알아. 그런데 이 판도라가 누구인지는 모르겠어. 어쨌든 판도라가 나를 이 섬뜩한 세계로 끌어들였어. 하지만 엄청난 스릴이 있어. 나는 그 긴장감을 즐기고 싶어. 그래서 계속할 거야, 포기하지 않는다고. 절대로. 이것은 말이지, 어떤 정신 나간 모험이라고나 할까, 그런 것 같아. 그래서 내 느낌으로는…… 너는 그 소녀가 누구인지 말해 줄 수 있어?…… 나는 그녀 생각을 떨쳐 버릴 수가 없어. 마지막에 그녀가 무언가를 더 말하려는 것처럼 나를 쳐다보았거든. ……그녀를 찾을 거야."

"또 왔네?"
모키는 타마스가 초저녁부터 라트슈에 나타나자 의아해 했다.
"너도 여기에 있잖아?"
"난 뭐 여기서 산다고나 할까."
"네 집이니까 난 다시 나가야겠구나."
"야, 그런 말이 아니지. 네가 와서 좋다는 뜻이야."
"안녕, 타마스." 모키에게 음식을 가져다주는 라트슈 사장님이 인사를 건넸다. "이번에도 네팔식 별미인 매운 소스를 얹은 타파스로 할 거야?"
"콜라 한 잔만 주세요."
"손님이 원하는 대로 드려야지."
"우리 뭐 좀 같이 할까?" 모키가 묻는다.
"오늘은 시간이 없어."
"시간이 없다니, 내가 아는 한 너는 나 말고는 아는 사람이 없잖아."
"넌 몰라."
"뭘 모른다는 거야?"
"그 얘긴 그만하자, 모키."
"이제 진짜 슬슬 화가 나네. 네가 나를 바보 취급해!"
"절대 그런 게 아냐! 너는 진짜 내 친구야. 하지만 난 정말 가야 해."
"그렇지. 늘 그런 식으로 빠져나가지. 그렇지 않아? 너는 내 질문에 대답도 안 했잖아. 내가 뭘 모르는데?"
"그냥 한 소리야, 참나."
"가야 한다면 꺼져!"
타마스는 출입구에서 막 카페로 들어오는 로타와 마주쳤다.
"벌써 가려고?"

"응, 가야 돼."

"서운한걸. 지난번 너랑 이야기한 거 재밌었는데."

"나도 그랬어."

"다음에 또 만날까?"

"그래, 다음에."

"너, 이런 말 알아? '우리는 현실을 이해하기 위해 불가능한 일을 끊임없이 생각해야 한다.' 어떤 SF 작가가 한 말인데, 내 책상 위에 붙여 놓은 거야."

"재미있는 말이네."

"그럼, 잘 가."

"그래, 다음에 보자."

그래, 더 이상의 고장도 없을 거고, 중도하차도 하지 않을 거야, 쉬는 시간을 늘이는 것도 없어, 게임으로 다시 돌아가자!

사방이 조용했다. 아버지가 아무 소리도 듣지 않으셨으면. 그렇지 않으면 아버지는 바로 다시 지하실로 내려와 나를 설득하려고 하겠지! 두 번이나 코너를 돌아서 계단을 내려가 그는 지하방으로 들어갔다. 그곳은 그에게 밤이나 낮이나 똑같은 곳, 성스러운 평안이 지배하는 곳, 그리고 두뇌의 미로 속에서 현기증 나는 사건들과 정교한 영상들이 선명하게 나타나는 곳이었다.

"야옹!" 배고픈 고양이는 타마스가 내려오는 소리를 듣자 벌떡 뛰어올라 반겼다. "잘 있었니, 내 친구. 여기, 네 밥." 타마스는 상자에 담겨 있는 사료를 쏟아부었다. "그래, 너는 지금 다시 모니터 사이에 눕고, 나는 인터넷을 연결해야 돼."

그는 키보드를 쳤다. "안녕 판도라!"

돌아가자! 백만년 전으로! 시대 순서를 지키는 것은 이 게임에서는 아무 소용이 없다. 타마스는 이 게임에서 무엇을 하려는 걸까? 그래, 가상 세계에 존재하는 소녀를 찾아다니겠지! 그런데 그다음에는? 그녀를 찾는다면 어떻게 하지? 그녀가 모니터에서 빠져나오면 타마스를 전혀 알지도 못할 텐데!

모키 말이 맞다. 그는 미쳤다. 미친 데다 실제 세계에 살고 있는 인간들과는 아무것도 시작하지 못하는 자폐증까지 앓고 있는 녀석이다.

레벨 2

시간여행자

실제 시간 : 10월 25일 월요일 21시

실제 장소 : 타마스의 지하방

가상 시간 : 약 백만 년 전

가상 장소 : 사바나 지역, 오늘날 케냐

>> 기나긴 여정

태양이 한낮의 열기를 내뿜으며 뜨겁게 타올랐다. 벌거벗은 사람들이 삼삼오오 그늘을 찾아 모일 나무나 숲도 없었다. 각각 12명씩 두 팀으로 나누어 사바나의 메마른 초원지대를 지나 북쪽으로 이동하고 있는 이 방랑자들은 키가 크고 호리호리했다. 피부는 진한 갈색이었고, 팔과 다리의 근육은 잘 발달되어 있었다. 그들의 걸음은 깃털처럼 가벼웠고 힘이 넘쳤다. 이 사내들은 단단한 타마리스크 나무로 만든 몽둥이와 날카롭게 잘라서 다듬은 돌멩이를 들고 다녔다. 여자 셋이 아기를 팔에 안고 있었으며 다른 두 여자는 꼬마 아이들의 손을 잡고 걸었다.

타마스는 그 행렬의 마지막을 따라갔다. 그도 역시 벌거벗었다. 그의 아바타는 수천 세대 동안 장거리 여행길에 나선 이 초기 인류에 맞게 행동했다.

>> 위험

무리를 맨 앞에서 이끌던 남자의 입에서 짧고 날카로운, 그러나 거의 알아들을 수 없는 경고음이 터져 나왔다. 그는 깎아지른 암벽을 가리키더니 *"쉬이!"* 소리를 반복했다.

모든 사람들이 멈춰 섰다. 저 암벽 뒤에 뭔가가 숨어 있나? 굶주린 하이에나? 사자? 표범의 조상인 마카이로두수아? 아니면 다른 부족의 적

직립보행하는 인간, 호모 에렉투스

학자들은 호모 에렉투스를 "직립보행하는 인간" 이라 부른다. 이 종족은 백만 년 전부터 아프리카 대륙을 거쳐 장거리 이동을 하였으며 초기 인류 최초로 아프리카를 넘어 퍼져 나갔다. 발견된 유골로 증명된 바와 같이 이들은 현생인류처럼 달릴 수 있는 최초의 인간이었다. 그들이 왜 고향을 떠날 수밖에 없었는지는 분명치 않다. 기후 변화로 그들에게 생활의 터전이 더 이상 남아 있지 않았기 때문일 것이라 추측할 수 있을 따름이다. 가뭄이 확산되면서 숲이 메마른 사바나로 변하고 이 사바나 지역이 수천 년 세월이 흐르면서 결국 사막이 되었던 것이다. 호모 에렉투스는 얼마 남지 않은 식량을 얻기 위해 서로 싸워야만 했으나, 이마저도 오래가지는 못했다. 그들은 떠나야 했다. 전염병이 번져 고향을 떠났을 것이라는 추측도 해볼 만하다. 아니면 물과 식량을 두고 부족 간의 전쟁이 일어났을지도 모른다. 어쩌면 이 모든 일들이 차례로 일어났을 수도 있었을 것이다. 이 초기 인간들은 소를 닮은 아프리카의 누, 물소와 영양, 그리고 새로운 초원을 찾아 북쪽으로 이동하는 동물들의 발자국을 따라 수십만 년 동안 떠돌아다녔다. 각 세대가 5 내지 10킬로미터 정도를 이동했다고 추측한다면, 측정이 불가능할 만큼 오랜 시간이 지난 후에 지중해 지역까지 왔을 것이다. 지중해 연안에서 그들은 계속 퍼져 나갔는데, 몇 몇 부족들은 동쪽으로, 다른 부족들은 서쪽으로 나아갔다. 지구에서 그들이 정착하는 것은 이렇게 매우 느리긴 했지만 멈추지 않고 진척되었다.

호모 에렉투스에서 나중에 네안데르탈인이 나오고 현생인류의 조상인 호모 사피엔스도 나왔다. 호모 에렉투스의 언어는 찰칵거리는 소리, 크고 작은 훽 소리, 또는 쉿 소리로 이루어졌을 것이라 추측된다.

들? 사내들은 들고 있던 몽둥이로 싸울 채비를 했다.

다시 경고음이 나왔다. *"쉬쉬쉬, 쉬쉬!"*

무리는 얼어붙은 듯이 서 있었고, 엄마들은 아이를 품 안에 꼭 껴안았다. 약 30걸음 정도 떨어진 곳에서 하이에나 몇 마리가 죽은 영양 주변에 모여 있었다. 짐승의 썩은 고기를 좋아하는 이 녀석들은 입에 거품을 물고 으르렁대면서 차례대로 고기 덩어리를 뜯어먹고 있었다. 잔뜩 굶주려 있던 터라 먹느라고 여념이 없었던 놈들은 인간들이 몽둥이를 휘두르고 돌멩이를 던지면서 돌진해 왔을 때에야 알아차렸다. 그러자 이 맹수들은 천천히 먹이에서 물러서더니 인간들을 바싹 에워쌌다. 인간들은 돌을 던지거나 큰 소리로 위협하면서 간격을 유지했다.

"쉬쉬!"

무리의 나머지 사람들은 남녀 할 것 없이 날카로운 돌을 사용해 죽은 동물에서 고기와 내장을 꺼내기 시작했다. 이 일은 신속하게 끝내야만 했는데, 화가 난 하이에나들이 오랫동안 참고 있지는 않을 것 같았기 때문이다. 사람들은 고기를 베어낸 후 조각조각 잘게 잘라냈다. 그들은 피가 뚝뚝 흐르는 고깃덩어리를 어깨에 둘러매고 신속하게 자리를 떠났다.

족장은 사람들에게 서두르라고 재촉했다. 그들은 최대한 신속하게 초원지대를 벗어나 저 멀리 나무들이 우거져 있는 강기슭에 도달해야 했다. 그곳에 가야만 안전했기 때문이다. 이 맹수들은 대낮에는 물러나 가만히 있지만, 적어도 해질녘이나 밤이 되면 공격해 올 수도 있었다.

모두가 쉬지 않고 재빠르게 달렸다. 타마스도 쫓아가려고 애를 썼다. 그는 뒤처져서는 안 된다는 것을 잘 알고 있었다. 만약 넘어져 부상이라도 당한다면 아무도 그를 돌봐 주지 않을 것 같았다. 어떤 사람도 혼자 힘으로는 생존할 수 없다. 그는 서두르라고 독려하는 외침을 들었다.

"쉬쉬 쉬이쉬이!"

풀이 무성하게 자란 강기슭 안전한 곳에 도달할 때까지 그들은 계속 달려야 했다. 젖먹이를 안고 있는 여인들도 무섭게 달렸고, 심지어는 아주 어린 아이들도 줄기차게 내달렸다.

>> 몬트가 여기 있을까?

타마스는 처지지 않기 위해 젖 먹던 힘까지 다해야 했다. 그는 앞서 달리고 있는 사람들을 보면서 가쁜 숨을 몰아쉬었다. 온갖 생각이 머릿속에 떠올랐다. 몬트, 그 소녀가 여기에 있을까? 있다면 그녀는 어떻게 생겼을까? 저기 앞에 달리고 있는, 까만 피부에 흐르고 있는 땀이 태양빛 아래 반짝이는 저 소녀 아닐까? 우아하고도 가볍게 달리고 있는 그녀는 아주 매력적으로 보였다. 그는 적당한 기회에 그녀가 자기가 찾고 있던 바로 그 소녀인지 물어볼 생각이었다.

타마스가 알고 있는 여자 게이머 중 몬트라는 이름은 없었다. 백만 년 전으로 돌아갈 거야! 이게 그녀가 사라지기 전에 던졌던 말이었다. 그는 상상의 힘으로, 그리고 그녀를 만나고 싶다는 소원의 힘으로 그렇게 백만 년 전으로 왔다. 그녀가 원한 것은 게임을 통해 그가 이 레벨로 오는 것이었다. 그녀가 했던 말은 필시 자신이 이 레벨, 즉 게임의 이 장면에 있겠다는 말이었을 것이다. 그는 어디에선가 그녀를 만날 수 있을 거라 확신했다.

하지만, 도대체 왜? 말도 안 되는 일이야. 하필이면 이 세상에 존재하지 않고, 거의 모르는 과거란 말인가…….

타마스의 아바타는 다른 곳으로 나갈 수 있다는, 여기서 찾고 있는 것을 못 찾는다면 언제든 다른 시대로 바꿔 갈 수 있다는 생각을 하고 있었다. 이 게임을 결정하는 것은 나니까…….

"*쉿쉿*" 소리에 그는 이런 생각에서 깨어났다. 무리들이 나무 아래에 도착했던 것이다. 강은 폭이 몇 미터밖에 되지 않은 작은 하천이었고 물도 거의 흐르지 않았다.

"*휙휙쉿쉿.*"

남자들은 물을 마시려고 조심스럽게 물가로 나오는 아내의 이름을 불렀다. 그들은 덤불에서 꺾어 온 나뭇가지로 강물을 내리쳤다. 악어를 겁주기 위해서였다. 여인 두 명이 나뭇잎을 이용해 통을 만들었다. 남자들의 빈틈없는 경계 아래 여인들은 물을 떠 아이에게 마시게 했다.

이들은 죽은 영양의 몸통 일부를 나무 밑동에 올려놓고 날카로운 돌로 잘 다듬고 고기의 가죽을 벗겨 조각조각 잘라 날것으로 먹었다. 조금 큰 아이들은 턱을 세게 움직여 고기를 찢어 먹는 기술도 익히고 있었다. 하지만 어린아이들은 엄마가 고기를 씹어서 먹여 주었다.

돌칼 같은 도구가 없었던 타마스에게는 겨우 고기 몇 점만 주어졌다. 타마스는 큰 고깃덩어리를 확보해 놓고 있던 족장이 한 소녀에게 특별히 맛 좋은 부위를 나누어 주는 것을 보았다. 그녀는 바로 그의 앞에서 달렸던 아름다운 갈색 피부의 소녀였다.

"*아아오오.*" 족장은 미소 지으며 그녀에게 살점이 붙어 있는 뼈를 하나 주었다. 그녀는 몹시 배가 고팠던지 그 음식을 게걸스럽게 먹었다. 쩝쩝거리며 기분 좋게 뼈까지 빨아 먹었다. 입꼬리에서 기름기까지 흘러내렸다.

"*우사오-쉬.*"

실컷 먹고 난 그녀는 득달같이 달려드는 큰 아이에게 나머지를 주었다.

소녀는 정말 고맙다는 표시로 그 남자를 끌어안으면서 그에게 몸을 기댔다. 그는 몇 발자국 떨어진 곳으로 그녀를 데리고 갔다. 두 남녀는 덤불 속 그림자가 드리워진 풀밭에 누워 사랑을 나누었다. 타마스만 빼고 아무도 그것을 보고 놀라지 않았다. 눈앞에 펼쳐지고 있는 일이 너무 당연하다는 듯이 말이다.

타마스는 할 일을 찾아 자리에서 일어났다. 그는 개울가에서 단단한 조약돌과 부싯돌로 칼을 만들기로 작정했고 무릎을 굽히고 거의 기다시피하며 조심조심 돌을 찾아 풀밭을 훑었다. 그는 주먹만 한 크기의 검은색 돌 하나를 발견하고, 그 미끈한 돌을 손에 넣었다. 날카로운 칼을 만들기 위해 타마스는 그 돌을 쪼개야만 했다. 그러나 돌은 쪼개지지 않고 아주 작은 파편들만 튀어오를 뿐이었다. 그는 돌로 치기를 여러 번 반복해 보았다.

"*빌어먹을 - 카악.*" 그는 자기 말로 욕을 했고, 여기다 새로 배운 말까지 곁들였다. 그때 뒤에서 다른 남자들이 나타났다. 그는 칼을 만드는데 몰두한 나머지 그들이 오는 것을 눈치채지 못했다. 그들은 손가락으로 타마스를 가리켰다.

"*아우, 우악.*"

그가 애쓰는 것을 보고 비웃는 것일까? 아니면 욕을 하는 것일까? 아직도 그는 그들에게 낯설고 함께 어울릴 수 없는 외톨이 취급을 받는 것일까? 그들은 지금까지는 그를 쫓아내지는 않았다. 쫓아냈다면 그는 틀림없이 죽었을 것이다. 무리에 들지 않으면 생존이 불가능하다는 사실을 타마스는 알고 있었다. 타마스는 계속 무언가를 찾았다. 그는 검은색 부싯돌을 올려놓고 내리쳐 쪼갤 수 있도록 모루 같은 것이 필요했다. 그래서 처음에는 무릎까지, 그다음에는 허리까지 닿는 물속으로 들어갔다. 물이 얕기는 했지만 마지막 순간까지도 발견하기 어려운 악어들에게 물릴 수 있었기 때문에 위험천만한 행동이었다.

드디어 타마스는 필요한 것을 찾았다. 그는 모루와 망치로 사용할 다른 크기의 돌멩이 두 개를 들고 강가로 나와 작업을 시작했다. 그는 있는 힘껏 내려쳐 그 반들거리는 부싯돌을 쪼개긴 했지만, 돌은 조각조각 부서져 버렸다. 남자들은 또 웃었다. 하지만 한 사람이 그를 도우러 왔다. 그는 족장이었는데, 망치용 돌을 어떻게 내리치는 것이 좋은지 보여주었다.

타마스가 다시 시도하자, *"아오오!"* 하며 남자들은 응원의 함성을 질렀다. 이번에는 성공했다. 그가 면도날처럼 예리한 날을 지닌 돌 하나를 갖게 된 것이다. 하지만 손에 딱 맞게 사용할 수 있도록 더 다듬는 작업을 해야 했다.

여하튼 그렇게 열을 올려 아무 의미 없이 돌을 후려치던 타마스를 보고 비웃는 사람은 더 이상 없었다. 항상 맨 뒤에서 좇아왔던 그 남자, 타마스는 이제 머지 않아 낙오할 패배자가 결코 아니었다. 그들은 고개를 끄덕이며 타마스를 격려했다.

>> 불길 속에서

근처에서 갑자기 커다란 맹수가 울부짖는 소리가 들렸다. 황혼이 깔리면서 검은 구름이 피어올랐다. 직립보행을 하는 사람에게 어둠보다 더 위험한 것은 없었다. 그 부족 사람들은 앞서 잠잘 만한 곳으로 눈여겨보았던 강변의 나무 위로 재빠르게 올라갔다. 그때가 가장 좋은 시간이었다. 몇 분만 있으면 어둠이 몰려올 것이기 때문이다. 수백만 년 전 사람들은 나무에서 내려와 살았을 것이라고 타마스는 생각했다. 밤이 깊어 가면서 사람들은 나뭇가지 사이에 안전한 곳을 찾아 다시 들어갔다.

검은 구름 사이로 달이 비쳤고, 주변은 은빛으로 물들었다. 이보다 높은 나뭇가지에서 속삭이는 소리가 들려왔다. 아이들에게 너무 떠들지 말고 얌전히 있으라며 이젠 나뭇가지에서 놀면 안 된다는 엄마의 잔소리였다.

정말 조심하라고 말하는 모양이라고, 타마스는 생각했다. 이 사람들에게는 유인원들이 가진 능력, 즉 기어오르기, 점프하기, 나무 꼭대기에서 밑으로 내려오기, 휜 나뭇가지에 서서 중심 잡기 능력이 있었다. 하지만 균형을 잃는다면 어떤 일이 벌어질까? 나뭇가지를 부러뜨리면서 어두컴컴한 바닥으로 추락할 것이다. 원숭이에 비해 손가락이 짧은 타마스는 아무거나 붙잡고 늘어지지 못할 것이다. 그는 인간의 친척뻘 되는 원숭이들이 나무에서 떨어졌다는 이야기를 들어본 적이 없었다.

타마스는 졸린 눈을 깜빡거리며 나뭇가지에 똑바로 앉았다. 그는 완전히 녹초가 된 기분이었다. 그는 그 몬트라는 소녀를 떠올렸다. 달빛과 그 앞을 가로막는 구름이 펼치는 그림자놀이에 그는 불안했다.

건너편 강기슭에서 뭔가가 움직이자 타마스는 공상에서 깨어났다. 동물들인가? 그늘에서 나와 아직도 밤을 지낼 만한 곳을 찾아다니는 사람들인가?

타마스는 다시 정신을 차리고 나뭇가지에서 일어났다. 그는 어떤 소녀가 다른 사람들과 떨어져 있는 것을 보았다. 그녀는 타마스와 마찬가지로 이 부족 사람이 아닌 것처럼, 외롭고 추방당한 것처럼 보였다.

"몬트다!" 그녀가 틀림없었다! 그녀가 타마스를 게임의 이 레벨로 오도록 유혹한 것이다! 그는 무조건 그녀를 보고 싶었다!

"그래, 너구나, 아이들의 보모?"

"샤!"

그가 시끄럽게 외치자 사람들이 화를 내며 쳐다보았다. *"쉬!"* 조용히 하라는 뜻이었다. 달빛이 덤불숲과 나무들과 함께 그림자놀이를 하는 가운데 이 소녀는 두 손으로 물을 뜨기 위해 강물 쪽으로 몸을 숙이고 있는 것 같았다. 물결의 파동은 이제 거의 보이지 않지만 분명히 물결이 출렁였었다!

"몬트다!"

천둥이 땅을 뒤흔들었다. 번개가 내리치자 타마스는 잠깐 눈이 부셨다. 한 아이가 무섭다고 소리쳤다. 그러자 어떤 여인이 "쉬!" 하면서 조용히 그 아이를 달랬다. 타마스는 강 건너편에서 무슨 일이 일어나고 있는지 더 잘 보기 위해 나뭇가지 위에 있던 자리를 떠나 나뭇잎으로 덮은 지붕 밖으로 몸을 내밀었다. "여보세요!" 그는 할 수 있는 한 크게 외쳤지만 아무것도 눈에 들어오지 않았다. 달은 천둥 번개를 동반한 구름 뒤로 사라져 버렸다.

그다음에 찾아온 천둥은 바로 강변의 대기를 산산이 흩어 놓았다. 먼저보다 더 강한 번개가 근처 나무를 내리쳤다. 타마스는 곧바로 그쪽에 사람이 없다는 것을 알았다. 그 소녀를 만나야겠다는 소망이 그를 속인 것 같아 기분이 나빴다.

이제 모든 일이 동시에 일어났다. 나뭇가지를 따라 너무 멀리 기어 나갔던 타마스는 중심을 잃고 밑으로 떨어졌다. 근처 번개 맞은 나무에서는 불길이 치솟았다. 그 나무는 순식간에 불타올랐고, 땔감처럼 바짝 말라 있던 나무는 불길에 휩싸였다. 타마스는 떨어지면서도 이 나무의 발치에서 자라고 있는 타마리스크 나무의 질긴 나뭇잎과 나뭇가지들이 그의 몸이 단번에 바닥으로 떨어지는 것을 막아 주고 있다는 것을 깨달았

위험하지만 좋은 것, 불

초기 인류는 불이 나면 동물처럼 도망쳤다. 그러나 땅이 어느 정도 식으면 바로 돌아왔다. 초원지대에는 아직 재가 타고 있어 뜨겁다는 사실도 그들을 막지는 못했다. 길이 없는 험한 지역을 다니느라 그들의 발바닥은 뿔이나 가죽처럼 딱딱해졌다. 숲을 다 태운 후에도 재가 남아 여전히 타고 있던 자리에서 그들은 불을 피해 미처 안전한 곳으로 피신하지 못해 통구이가 된 영양들, 아프리카의 누, 멧돼지와 야생말, 토끼, 기타 작은 동물들을 발견하였다. 그들은 불에 익힌 고기가 더 맛있고 씹기에도 좋다는 사실을 알게 되었다. 또한 구운 고기가 생고기보다 보관하기 용이하다는 것도 알았다. 만약 어느 한 곳에 머물기로 결정했다면 여러 날 동안 보관할 수도 있었다.

맹수들을 더 이상 겁내지 않게 되었다는 것도 불이 가져온 이점이다. 맹수들은 불을 보고 전부 도망을 쳤다. 인간을 노리는 하이에나도, 표범도 더 이상 없었다. 인간들은 나무껍질과 나뭇잎을 잘 엮어 불십을 만들고 불씨를 그곳에 담아 야영지로 가지고 와 필요할 때마다 나무줄기나 나뭇가지를 겹겹이 쌓아놓고 불을 붙이면서 적극적으로 불을 이용하였다.

불은 위험하기는 했지만 그래도 좋았다. 당시 인류는 생존을 위해 불을 어떻게 사용하는지를 알아냈기 때문이다.

다. 그는 세게 부딪혔다.

불길은 무서운 속력으로 초원을 뒤덮으며 타마리스크 나무줄기들을 타고 날아올랐다. 불길에 휩싸인 타마리스크 나무는 횃불처럼 이 지역을 환하게 밝혔다. 사람들은 자고 있던 나무에서 비명을 지르며 뛰어내려 서둘러 도망쳤다. 그들은 온몸에 가시가 박힌 타마스를 두고 가버렸다. 아무도 그를 돌보지 않았다.

나가자!

판도라 난 나갈래, **아웃!**

>> 우연도 가능해

타마스: "판도라! 난 끝장나는 줄 알았어!"

판도라: "끝나다니, 그거 너무하네."

타마스: "너무하다니? 나는 정말 애간장이 탔는데! 내가 게임을 하고 있다는 사실도 완전히 잊었다고. 그 빌어먹을 인류의 조상들은 아무도 나를 챙겨 주지 않았어."

판도라: "무슨 얘기를 듣고 싶은데? 이 게임의 일부를 조정한 건 바로 너야. 네가 원한 대로 일어난 거야."

타마스: "거의 죽을 뻔했다고! 실험은 성공적이지만 환자는 죽을 뻔했어. 나는 완전히 끝장났구나 싶었어. 팔과 다리가 부러지고 온몸이 가시에 긁혀서 아무것도 못하게 되었다고."

판도라: "그건 맞아, 넌 아무 일도 해내지 못했으니까. 그 소녀를 찾지도 못했잖아."

타마스: "그 천둥과 번개가 치는 날씨만 아니었더라면……."

판도라: "네가 원했던 거 아냐?"

타마스: "아니야. 내가 원한 게 아니라고."

판도라: "이건 게임이야. 우연한 일도 가능한 프로그램이라고."

타마스: "믿을 수 없는 일이지만, 이제는 상관없어. 나는 다른 아바타로 계속할 거야."

판도라: "새로운 아바타가 너에게 더 많은 걸 해줄 거라고 생각해?"

타마스: "그럴 수도 있겠지. 아무튼 역할을 바꾸면 더 긴장감 있고 더 재미있을 거야. 이 타마스 아바타를 통해서는 충분히 가상의 세계를 누렸어."

판도라: "좋아, 다른 인물로 변해서 들어가 봐. 네 그래픽 프로그램으로 새로운 캐릭터를 만들어 봐. 아니면 그냥 네가 어떻게 보이고 싶은지 마음속으로 분명하게 그려 보든지. 네가 만족해 할 때까지 테스트해 봐. 이건 어쨌든 다음 레벨에 들어가기 위한 코드야."

레벨 3

예술의 탄생

실제 시간 : 10월 25일 화요일 24시 15분

실제 장소 : 타마스의 지하방

가상 시간 : 3만 년 전

가상 공간 : 아르데슈 계곡, 오늘날 프랑스 남부

>> 불지킴이의 아들

먼 산의 가장 높은 봉우리에 해가 열두 번째 떠오른 날 아침이었다. 오랜 전통에 따라 금작화가 피는 달의 이날, 락티는 아버지와 삼촌인 에리와 부싯돌용 칼을 만들 돌을 찾기 위해 강바닥을 훑으면서 산까지 계속 올라갔다. 그 돌로 부싯돌과 날카로운 도구용 칼을 깎을 수 있었다. 불지킴이의 아들은 열여섯 살이었다. 그의 머리카락은 여자아이처럼 길었다. 눈길은 부드러웠고 모피 조끼와 알록달록한 끈으로 장식된 가죽 바지를 입고 있었다. 락티라는 이름은 그들의 언어에서 "불꽃"이라는 말이었다.

이날 어린 락티를 데리고 간 것은 그의 성년식 준비의 일환이었다. 그는 이제 어린아이가 아니었으며, 성인들이 해야 할 일들을 배워야 했다. 머지않아 그는 아버지를 대신해 부족의 불씨를 지키는 중요한 일을 떠맡아야 했다. 그 부족은 주변에서 돌로 칼이나 화살촉 그리고 창촉을 만들 수 있었던 유일한 부족이었다.

이날 이 아이를 데리고 간 이유가 또 있었다. 얼마 전에 락티는 실용적인 일에 몰두하기보다는 짙은 천연 석판에 그림 그리는 일에 빠져 있어 아버지를 화나게 했다. 남자들은 대부분 사냥에 나가지 않을 때면 땔감을 구하거나 적당한 돌을 구해 창이나 칼 그리고 도끼를 만들고, 오래된 금작화 덤불에서 구해 온 단단한 나무를 깎아 굽은 바늘 같은 물건을 만들기도 했다.

그런데 이 불지킴이의 아들은 무엇을 했을까? 그는 모래 뭉치와 황갈색 진흙을 혼합하는 일을 하며 많은 시간을 보냈다. 이 같은 배합 실험을 하면서 그는 그 흙으로 평평한 바위 위에다 그림을 그렸다. 하지만 아버지는 일찌감치 그에게 부싯돌을 튀겨 불을 만들 수 있는 법을 가르쳤다. 그게 그가 맡아야 할 일이기 때문이었다. 여름에 이 부족이 불아궁이를 남겨 두고 이동을 할 때에 락티의 아버지는 이 귀한 부싯돌을 주머니에 넣고 다니다가 야영을 할 장소를 찾게 되면 바로 불을 지펴야 했다. 겨울이 와 가족들이 동굴에서 살게 될 때면 불을 꺼뜨려서는 안 되었다.

하지만 부싯돌을 찾으러 가는 이날 락티는 강기슭에서 상류로 올라가는 그 작은 무리의 제일 뒤에서 늑장을 부리며 따라갔다. 그의 관심은 돌멩이를 찾는 것이 아니라 무너지고 깎여 나간 강둑의 색깔에 있었다. 점토의 갈색과 노란 빛깔, 철분이 함유된 모래에 물결 모양으로 형성된 붉은 띠는 그가 상상으로 그리던 환상적인 풍경화의 모티프였다.

>> 기습당하다

"락티, 어디에 있는 거야? 서둘러라!" 아버지가 소리쳤다. 아버지와 삼촌은 벌써 계곡 상류 쪽에 가 있었다.

"예, 알아요, 간다고요." 하지만 락티는 빨리 좇아갈 생각은 없었다. 오히려 그는 그 자리에 멈춰 섰다. 계곡의 벼랑에서 그는 노랗고 붉은빛이 감도는 유난히 아름다운 지점을 발견했다. 그는 판판한 돌로 몇 부분의 찌꺼기를 긁어냈고 그것들을 넓은 잎사귀에 차곡차곡 담았다. 락티는 젖은 흙을 만지느라 물이 든 손가락 끝으로 이마에 무늬를 그리고 물에 비친 자기 모습을 바라보았다.

그러고 나서 그는 벼랑에서 다 타버린 노간주나무의 재를 발견했다. 그 재는 놀랍게도 선을 그리기 좋은 재료였다! 그는 껍데기가 벗겨져 속이 다 드러난 얇은 나뭇가지를 붓 삼아 쥐고 손등과 팔에 그림을 그리기 시작했다.

그는 나지막이 무언가를 중얼거렸다. 자기가 지금 무언가를 찾아냈다는 것이, 그리고 자기 피부에다 새로운 그리기 기술을 마음껏 시험해 보았다는 것이 무척 기뻤기 때문이다. 갑자기 얼굴에 찬바람이 닿는 것 같았다. 고개를 들어보니 해는 이미 깊게 내려앉았고 금방이라도 어둠이 깔릴 것 같았다. 아버지와 삼촌은 보이지 않았다.

"맞아, 아버지와 계속 걸었었지." 락티는 여러 염료를 싼 잎사귀 보따리를 안고 서둘러 자리를 떴다. 바람은 강해졌고, 그는 발걸음을 재촉했다.

"아버지! 에리 삼촌, 어디 있어요?"

대답은 없고 바람만 계곡을 타고 흐를 뿐이었다. 락티는 강 상류 쪽으로 급히 뛰었다. 색깔이 있는 흙을 찾아다닌 일, 계곡 벼랑에서 특별한 문양을 찾아다닌 일, 그리고 그림을 그리거나 색칠을 할 때 필요한 나뭇가지를 찾아다닌 일은 까마득히 잊었다.

그는 가슴이 조여오고 숨이 턱까지 차오를 때까지 달리고 또 달렸다. 쉬어야 했다. 그는 눈을 감은 채 멈춰 섰다.

"침착하자." 그는 자신에게 말했다, "침착해야 해, 어느 정도 안정을 취하고, 그다음 계속 가자."

그는 무릎을 꿇고 두 손을 모아 쥐고 강물을 떴다. 그리고 얼굴을 반짝이는 물에 적셨다. 바로 그때 옆에서 뭔가 묵직한 것이 날아와 그의 머리를 때렸다. 락티는 의식을 잃었다.

>> 화가의 부족

다시 정신을 차렸을 때, 락티는 바짝 마른 식물의 속껍질로 손과 발이 묶인 채 참나무 아래에 쓰러져 있었다. 그는 잔뜩 겁을 먹은 채 두리번거렸다. 소중한 재료들을 모아둔 잎사귀 보따리는 어디에 있을까? 근처에서 누군가 불을 지폈다. 그는 얼굴에 따뜻한 빛을 느꼈다.

아이들 셋이 고양이처럼 조심스럽게 다가왔다. 그들은 호기심과 동시에 겁먹은 표정으로 그를 훑어보았다. 락티가 머리로 자기를 결박하고 있는 끈을 가리키자 아이들은 도망쳤다. 잠시 후 여인 둘이 나타나 그를 주의 깊게 살펴보더니, 한 여인이 가까이 다가와 한참 동안 그의 살갗에 그려진 무늬들을 만져 보았다.

"날 풀어 줘! 나는 너희들에게 아무 짓도 안했다고!" 락티가 겁먹은 채 외쳤다.

그들은 서로에게 뭐라 속삭이더니 웃었다. 그리고 이 낯선 부족의 사냥꾼들이 공터에 나타났다.

"저 녀석을 어떻게 하지?" 한 사내가 물었다. 그들은 락티의 언어로 말했다.

"풀어 주자. 여자가 아니잖아!"

"여자라구? 그 때문에 나를 납치한 거야? 나를 여자라 여겼기 때문에!" 락티가 외쳤다. 그는 너무 화가 나 현재 자신이 곤란하고 위험한 상황에 있다는 사실조차도 잊었다. 체구도 작은 데다 다른 남자들에 비해 귀여운 구석이 있었기에 지금껏 남들의 놀림을 그냥 당하고 있을 수밖에 없었다. 사냥은 그가 잘하는 일이 아니었다. 짐승을 잡아서 몇 조각으로 나누고, 움집을 짓고 하는 일들은 모든 사람이 함께 해야 하는데,

그는 이런 일을 능숙하게 잘하는 사람은 아니었던 것이다.

지금까지 눈여겨보지 않았던 회색머리 남자가 명령을 내리자 락티를 풀어 주었다. 그는 욱신거리는 몸을 어루만졌다.

"미안하게 됐다." 그 회색머리 남자가 말했다. 모든 사람들이 그가 하라는 대로 따르는 것을 보니 그가 부족의 족장인 것 같았다. 그는 락티에게 불 가까이 와서 앉으라고 권했다. 그 사이 밤이 되었기 때문이다. 이제 손님 대접을 받게 된 락티는 과일주를 받았다. 분위기가 반전되어 부족 사람들은 이 낯선 손님을 친절하게 대했다.

"원한다면, 내일 너의 부족에게 데려다주겠다." 그 회색머리 족장이 말했다.

"예, 저는 꼭 돌아가고 싶어요." 락티가 외쳤다. 그는 이 특별한 술을 마시고 조금 취했다.

한 여인이 뿌리채소와 사슴 뒷다리고기 조각이 담긴 접시를 그에게 내놓았다. 락티는 이 부족이 불을 잘 다룬다고 생각했다. 접시에 나온 고기 조각들은 한입에 먹을 수 있을 만큼 잘라 뾰족한 꼬챙이에 꽂힌 채 온기를 유지하고 있었다.

"네 잎사귀 보따리에 들어 있는 것을 보았단다." 족장이 말했다.

"아, 그래요. 그러니까 내 물건을 뒤졌다는 거네요. 참 훌륭한 대접이십니다!"

"내가 사과하지. 하지만 우리는 네가 누구인지 몰랐고, 네가 몸에 지니고 있는 게 뭔지 궁금했지. 이제 네가 색을 혼합할 줄 안다는 걸 알았어. 그래서 너를 우리 부족의 식구로 맞아들였으면 하는데."

"당신 부족이라고?"

"나는 화가다. 나도 색을 혼합하는 사람이지. 네 보따리에 들어 있는 것을 보고 네가 염료용 흙을 모으고 다닌다는 것을 알았지."

"내가 오래전부터 해오던 일이에요."

"왜 그 일을 하지?"

"왜, 왜라니요? 재미있으니까요. 그뿐이에요!"

"자노에게도 그 재능이 있는데." 무리 중에 있던 한 사람이 외쳤다.

"어떤 재능요?" 락티는 말을 하기 힘들 정도로 피곤했다.

"자노는 그 재능으로 신들을 불러낼 수 있어."

"이제 그만하면 됐다!" 그들이 자노라고 부르는 회색머리 노인은 손을 들어 올렸다.

"손님이 피곤하겠다. 그를 쉬게 하자. 그리고 그가 편히 잘 수 있도록 보살펴 줘라."

락티는 다음 날도 이 부족과 함께 있었다. 그다음 날도 마찬가지였다. 여기서는 그 누구도 그를 놀리지 않았다. 그가 왜 다채로운 색깔의 흙이나 특이하게 생긴 돌 그리고 바닥에 그림을 그리는 것에 관심을 갖고 있는지 알기 때문이다. 여기서는 색을 만들거나 그림을 그리는 화가는 주술사로 대접받았다. 그들은 하늘에 나타난 징조나 자연 현상을 해석하는 사람이나, 주문을 외거나 손을 얹어 기도하거나 약초를 발라 병자들을 고쳐 주는 치료사들과 같은 지위를 누렸다.

락티는 내가 내일 돌아가면 이 사람들은 나를 그리워할 거야라고 속으로 말했다. 그들은 분명히 나를 찾을 거야. 어쩌면 내가 사고를 당했을 거라고 생각할지도 몰라. 강물에 빠지거나 맹수에게 잡아먹히거나 길을 잃고 헤매다가 죽었을지도 모른다고 말이야. 이곳에서는 아무도 혼자서는 살아남을 수 없으니까. 특히 나처럼 어리고 경험이 없는 놈은 말할 나위도 없지. 이렇게 날 생각해 주는데 내가 떠나 버리면 애석해 할 거야.

락티는 몹시 마음이 아팠지만 마음을 다잡았다. "그래도 내일 떠날 거야. 내 길을 찾을 거야."

하지만 날이 밝기도 전에 그는 마음먹었던 걸 잊어버렸다. 자노는 락티와 두 명의 젊은 제자들에게 석영과 석회가 있는 장소를 보여주었다. 그는 이 광물들을 가지고 노란 오크색을 얻었고 가죽 보자기에 점토와 호분과 함께 모아둔 적철광에서 붉은색을, 숯에서 검은색을 얻었다. 제자들은 그 밖의 색을 얻기 위해 황갈색 흙에 열을 가하는 법을 배웠다. 여러 종류의 송진과 식물에서 나오는 진액, 동물의 피와 녹인 지방도 색의 혼합을 위해 사용했다. 자노는 제자들에게 선을 그릴 수 있는 붓을 만드는 방법도 보여주었다. 그들은 잔가지 한쪽 끝을 잘게 씹은 후 돌로 납작하게 뭉갰는데, 실처럼 생긴 수양버들 가지가 제일 좋은 재료였다.

>> 그림 그리는 사람들

정말 내일 아침 일찍 떠나야지, 락티는 그날 오후 늦게 양심의 가책을 느끼며 마음먹었다. 그러고는 판판한 돌판 위에 색깔이 있는 조약돌로 원형, 삼각형, 사각형, 물결무늬 그림을 그리는 일에 깊이 빠져들었다. 그는 많은 모양들을 시험 삼아 그리며 별자리표, 언덕 위로 솟은 밝은 별, 그 별을 둘러싸고 있는 수많은 작은 별들을 그려 보았다. 그는 어떤 별자리는 늑대의 귀, 다른 별자리는 말의 발굽, 또 다른 별자리는 맘모스의 머리 모양으로 그렸다.

밤이 깊어 가자 밤하늘에서 신비로운 소리가 들려왔다. 그때 그의 상상에는 여러 그림과 이야기들이 가물거렸다. 이전에는 생각도 못했던 질문들이 떠오르기도 했다. 저기 저 별에는 누가 살고 있을까? 어떤 신들이 태양과 달을 돌게 하고 바람, 폭풍우와 비를 보내는 걸까? 세계의 운행을 결정하는 것은 누구일까? 아침이 오자 그는 밝은 빛깔의 모래와 어두운 빛깔의 흙으로 그림을 완성했다. 모래나 흙을 곱게 빻아 섞어 여러 동물들의 겉모습을 따라 그린 것이다. 사슴, 노루, 맘모스, 곰, 말 그리고 커다란 새들이 조약돌 위에 기하학적인 문양으로 그려졌다. 바람이 불어와 일렬로 늘어선 모래를 흩어지게 했다. 당장 집으로 돌아가는 대신 락티는 암벽에다 숯으로 자기가 생각한 것들을 그리기 시작했다. 그렸던 선을 지우고 새로 선을 그리는 일을 반복했지만, 그가 상상해 본 모양을 그대로 그릴 수는 없었다. 그럴 때마다 자신의 솜씨에 좌절했지만, 실패할수록 이를 악물고 다시 시작했다. 락티는 숯에 황토를 섞어서 암벽에다 얼굴의 윤곽을 그려 넣었다. 그는 주변에서 무슨 일이 벌어지고 있는지 까맣게 잊어버릴 만큼 그 일에 푹 빠져 있었다.

"정말 잘 그렸군!"

락티는 허리를 펴고 자노의 미소 띤 얼굴을 보았다.

"네 솜씨가 많이 늘어서 기쁘다. 하지만 동물 그림 가운데 몇 개는 아직도 생동감이 떨어져. 여길 봐봐!"

자노는 손가락 끝에 검은 숯을 묻혀 물소를 대충 그렸다. 락티는 그 물소가 전속력으로 달리는 것처럼 보여 놀랐다.

"그래야 사냥꾼에게 쓸 만한 정보가 되지." 그가 설명을 했다. "이건 말이야, 물소 떼가 해 뜨는 방향으로 이동했다는 것을 뜻해. 오래전부터 그림에는 이렇게 사냥감에 대한 정보를 남겼어. 물소 떼나 적들이 다가온다거나, 새로운 길이 있다거나, 야영할 곳이 있다는 정보를 다른 사냥꾼들에게 알려주는 기호들이 많이 있어. 당연히 야외에서는 이게 어렵지. 그림들은 벗겨지고 비를 맞아 지워지기도 하니까. 그 밖에도 적들이 이 표시를 보고 쫓아와 여자를 약탈하고 우리 야영지를 파괴할 수도 있고. 그래서 우리 조상들은 이런 정보를 동굴 속에 몰래 남기기 시작했던 거야. 화가들은 점점 더 산 속 깊숙이 들어갔지. 물론 신들에게 경의를 표하기 위해 그러기도 했지만 말이야."

"저를 그 산으로 데려가 주십시오." 락티는 눈을 반짝이며 말했다. 그는 이미 자기 부족에게 되돌아가고 싶다는 생각을 까맣게 잊어버렸다.

"좀 참거라. 조만간 신들이 살고 있는 그곳으로 데려가마."

"언제 말입니까?"

"이틀 후면 우리는 저기 위에 있는 동굴에 들어갈 거야." 자노는 협곡으로 들어가는 입구가 보이는 산 위쪽을 가리켰다. "그때는 보름달이 뜰 거야. 우리가 일하기에 좋을 때지. 하지만 그 전에 맘모스 축제가 열릴 거야. 사람들이 너에게 얘기 안 했나?"

"전혀 모르는데요."

락티는 화가 났다. 다른 두 제자들은 그에게 축제 이야기를 할 필요를 느끼지 못했던 것이다. 그는 자신이 아직 완전히 이 부족 사람이 된 것이 아니라는 걸 인정할 수밖에 없었다. 마치 은밀한 명령이라도 받은 것처럼 하루 종일, 밤에도 몇 시간씩 별을 관찰하고 형상을 생각하며 색을 섞어 윤곽을 그리며 시간을 보내지 않았던가? 혹시 어느 한 제자가 축제 이야기를 했지만 그가 잊어버린 것은 아닐까?

"놀랄 만한 일이 또 있다." 자노가 말했다.

"어떤 건데요?"

"축제가 시작되면 불 있는 데서 보자꾸나."

>> 오 세상의 지배자여, 만세!

계곡을 타고 음악이 들렸다. 가죽으로 간단하게 만든 천막 사이의 평평한 마당에서 뼈로 만든 피리가 연주되고 속이 빈 나무통으로 만든 북이 울렸다. 흥겨운 분위기가 흐르자 자노가 노래하기 시작했다.

"오 동물의 왕이여, 만세.
우리에게 먹을 것과 입을 것을 베풀어 주신 신,
만세.
태양과 달과 바람과 비의 신,
우리에게 맘모스를 보내주신 신."

멜로디는 물결처럼 위아래로 울렸고, 모든 사람들이 서서히 같이 따라 불렀다.

"오, 세상의 지배자여, 만세.
우리에게 동물을 보내주신 신,
이 위험한 세상에
우리가 살 수 있도록
우리 형제들을,
동물들을 보내주신 신."

늘 새로운 손님들이 모피, 가죽 옷, 탄력이 있는 나무껍질, 삼을 꼬아서 만든 실을, 날카로운 돌칼과 창, 부싯돌 등 다른 많은 물건들과 교환하기 위해 가져왔다. 이렇게 맘모스 축제는 하나의 시장, 즉 천 세대 동안 생존 투쟁을 벌이며 유랑해 왔던 사람들이 만날 수 있는 흥겨운 만남의 장이 되었다. 락티는 이렇게 많은 사람들이 한 자리에 모일 것이라고는 전혀 생각지 못했다. 그들은 모두 달의 모양이나 향기별꽃이 피는 것을 보고 이 축제일을 알았다. 이 축제는 오랜 겨울이 지난 후의 안도의 한숨과 같은 것이었다.

락티는 다른 부족 출신의 한 화가를 관찰했다. 그 화가는 서로 다른 크기의 끝이 뾰족한 깃털을 이용해 숯 색깔로 팔과 등, 손, 가슴 그리고 목에 그림과 문양을 그렸다. 이 기술은 큰 인기가 있어 사람들은 자기 차례가 올 때까지 흔쾌히 기다렸다. 몇몇 사람들은 황소 머리, 맘모스, 사슴, 물고기, 끝이 뾰족한 번개, 구름과 비슷한 형상, 나무, 무기를 그려 주기를 원했다.

락티는 자기도 그렇게 할 수 있는지 궁금했다. 그는 숯에다 침을 뱉어 손에 그림을 그렸다. 하지만 한 번 문지르자 금방 지워졌다. 그는 계속 테스트를 해서 지워지지 않는 염료를 찾아야 했다. 락티가 그 화가에게 색을 어떻게 배합했는지 묻자 비웃음만 돌아왔다. 예술가들이나 주술사들은 결코 자기 비법을 알려주지 않는다!

락티는 송진을 녹인 것으로 실험해 보았다. 그가 나뭇잎에다가 염료를 실험하고 있을 때 한 소녀가 다가왔다.

"꽃 한 송이 그려줄 수 있니?" 그녀가 물었다.

락티는 우쭐해졌다.

"응." 그는 자신 있게 대답했지만 색 배합 비법을 연구하는 데 정신이 팔려 있었다.

"뭐하고 있었니?"

"염료를 송진에 섞는 거. 그러면 색이 오래가거든."

"색은 오래 남아 있어야 해. 내가 사는 동안 내내 말이야."

>> 꽃 문신

락티는 정신을 차리고 고개를 들었다. 그의 심장이 더 빨리 뛰기 시작했다. "몬트! 너를 다시 보다니!" 락티는 너무 기뻐 소리쳤다. 그녀는 미소를 지어 보였다.

"그래, 나도 너를 다시 보게 돼 기뻐."

"너를 금방 알아보지 못했어."

"우리는 변했잖아. 너도 다른 사람이 됐네."

"나는 여기에서는 락티라고 해."

"화가이기도 하고."

"아직 배우고 있는 중이야."

"너는 분명히 훌륭한 화가가 될 거야."

"꽃은 어디에 그리면 좋겠니?" 당황한 것을 감추려고 그는 재빨리 말했다. 그녀는 머리카락을 틀어올리며 말했다.

"여기에 부탁해." 그녀는 옆목을 돌려 보였다. 붓을 그곳에 가져가는 락티의 손이 떨렸다.

"못하겠어. 이렇게는 해 본 적이 없거든. 자노에게 가 보는 게 어때?"

"네가 해 주었으면 해. 꼭 네가 말이야."

그녀는 락티에게 몸을 돌리더니 영혼 가장 깊은 곳까지 파고 들어갈

듯이 쳐다보았다.

"락티, 제발 시간이 없어. 나는 다시 떠나야 해."

"하지만 우리는 겨우 방금 전에 만났잖아."

"제발 묻지는 마. 상황이 변했어."

"뭐라고?"

"너에게 말할 수는 없어. 제발 부탁이야. 시작해, 락티."

그녀의 목소리가 너무 간절해 바로 시작할 수밖에 없었다. 그는 이 계절에 강가에 피는, 잎이 네 개인 꽃을 단숨에 그렸다. 그 꽃의 이름은 봄에 피는 아름다운 꽃이라는 뜻의 라르다나였다. 연인들이 여름밤 강변 풀밭에서 만나면 이 꽃을 선물했다.

락티는 그 꽃그림을 말리려고 입김을 살짝 불었다. 그녀의 목에 소름이 돋았다. "고마워, 락티. 이제 어디를 가든 넌 내 살갗에 붙어 있는 거야."

그녀는 목덜미에 그려진 그림 위로 머리카락을 들어올려 흔들었다. 그리고 그가 뭔가 말하기도 전에 그의 입술에 입을 맞추었다. 락티의 심장은 터질 듯이 뛰었다.

"어떤 장소도 어떤 자리도 나를 속박하지 못해,

물결을 타는 것처럼 이리저리 날아 다니니까."

소녀는 이제 떠나려고 몸을 돌렸다.

"나도 같이 가!" 락티도 따라가려 했다.

"안 돼. 이 게임에서 네 역할은 따로 있어."

"그러면 네 역할은? 그럼 늘 사라지는 게 네 역할이야? 왜 사라지는 거야? 패스워드 때문이야, 게임 시간 때문이야?"

바로 그 순간 누군가가 그의 이름을 불렀다.

"락티! 아들아!"

"아버지! 에리 삼촌!"

며칠 전 락티가 잃어버린 아버지와 삼촌이 자노의 안내를 받으며 나타났다.

"이렇게 만나다니 기쁘구나!" 아버지가 말했다.

"저도요, 아버지."

"한참 동안 너를 찾았단다. 네가 죽은 줄 알았어. 가족들이 몹시 슬퍼했단다."

그러나 락티는 아버지를 원망 어린 눈길로 바라보았다. 아버지와 삼촌이 나타나는 바람에 소녀를 놓치고 말았기 때문이다.

"미안하오. 우리 잘못이오." 자노가 끼어들었다. "우리가 락티에게 한동안 여기 있어 달라고 했기 때문에 당신들에게 걱정을 끼쳤소."

"우리가 고맙지요. 떠돌이 사냥꾼을 통해 우리에게 소식을 전해 주지 않았습니까. 이제 우리 부족으로 돌아가야죠. 이틀 꼬박 걸리는 먼 길이지요." 에리가 답했다.

"나는 아직 같이 갈 수 없어요. 아직 배우는 중이고 여기서 할 일도 있어요……."

락티는 그녀를 다시 만나지 않고는 떠나고 싶지 않았다. 하지만 그녀는 어디서도 찾을 수 없었다.

자노는 락티의 아버지를 달래면서 설득했다. 락티는 그 주술사가 얼마나 명망이 높은지 알고 있었다. 그가 말하는 것은 그의 부족에서는 곧 법이었다.

"좋습니다. 당신 옆에서 배우는 것이 내 아들의 소원이라면, 여기에 있는 편이 좋겠네요." 락티의 아버지가 말했다.

"고마워요, 아버지!" 락티는 아버지의 손을 힘껏 움켜잡았다.

>> 문을 못 찾겠어

한밤중이었다. 락티의 방에 몬트가 나타났다. 그녀는 락티의 이불 속으로 슬며시 미끄러져 들어왔다.

"아무 말도 하지 마. 안아 줘, 따뜻하게."

락티는 팔을 뻗어 그녀를 안았다. 그는 하늘에 떠 있는 듯했다.

"이 산의 신들이여, 만세!"

그녀는 락티에게 살포시 기대면서 그의 머리카락을 쓰다듬었다.

락티는 그녀에게 입을 맞췄다. 여자를 이렇게 팔에 안은 것은 처음이었다.

"너 진짜 사람이야?" 락티가 물었다.

"무슨 말이야, 락티?"

"너는 이미지가 아니야."

"응, 이미지는 팔에 안을 수 없잖아."

"가끔은 내가 어떤 세계에 살고 있는지 모를 때가 있어."

그녀는 그의 눈, 코, 입에 입술을 갖다 대었다. 불빛이 그녀의 얼굴을 어렴풋이 비췄다. 그녀는 두 눈을 크게 뜨고 있었다.

"왜 슬퍼 보이는 거지?" 락티가 물었다.

"부탁이에요, 저를 도와주세요, 저는 길을 잃었고 갈 곳이 없어요."

그녀가 노래를 불렀다. 거의 속삭이듯이. 그리고 말했다. "날 도와주겠니?"

"물론. 내가 어떻게 하면 돼?"

"문을 못 찾겠어. 돌아가는 길을 말이야."

"내가 너랑 같이 갈게."

"그렇게 해 줄 수 있어?"
"날 믿어. 판도라가 우리를 도와줄 거야."
"판도라가 누구야?"
"그녀는 암호를 가지고 있어. 여기서 기다려 봐. 다시 올게."
락티가 소리쳐 불렀다.
"판도라?"
조용하다.
"판도라!"
역시 대답이 없다. 그러더니 아주 가까이에서 으스스한 동굴여우의 울음소리가 들려왔다. 바로 옆 천막에서 경고의 소리가 울렸다.
락티는 절망했다. 이제 어떻게 해야 할까? 그는 이번 게임을 끝내고 싶었다. 피곤했고 정신도 혼미했다.

아웃.

갑자기 그는 새로운 암호를 받지 못할지도 모른다는 걱정이 들었다. 그녀를 다시 만날 수 있을지 누가 알겠는가? 갑자기 눈이 감겼다.

>> 부탁이에요, 저를 도와주세요

타마스는 지하방 창문가에 서 있다. 신선한 공기를 깊이 들이마셨다.
"빌리, 이리 와. 밥 먹자!"
고양이는 보이지 않았다. 타마스는 콜라를 마시면서 기다렸다. 빌리는 끝내 나타나지 않았다. 타마스는 정말 뭐라도 쓰다듬을 수 있는 것이 있었으면 싶었다. 그는 번호 하나를 선택해 눌렀다. 모키가 연결되었다.

"헤이, 이 친구야, 지금 몇 시인지나 알아?"

"그럼. 우리 시간으로 세 시."

"아하, 우리 시간. 미국은 지금 밤이야, 알겠어."

"음…… 근데 가상공간 말이야, 그곳에도 시간이 있어?"

"물론이지. 가상 시간이라는 게 흐르지. 네가 원하는 대로 시간을 조정할 수 있어."

"그러니까 시간이 다르게 간다는 거지?"

"아마도. 완전히 다른 세계니까 시간도 다르겠지. 나랑 이 문제로 얘기하고 싶은 거야?"

"사실은 네가 어떻게 지내는지 궁금했어."

"잘 지내지. 고맙다. 일전에 로타를 만났어. 진짜 괜찮은 사람이야. 능력 있어."

"그래, 고맙다. 그럼 다음에 보자."

"오케이."

"잠깐만, 너 이 노래 알아?" 타마스가 노래를 불렀다. "*부탁이에요, 저를 도와주세요, 저는 길을 잃었고 갈 곳이 없어요.*"

"모르겠는데. 상당히 옛날 노래 같다. 백 년도 더 된 것 같은데."

"오케이, 그럼 쉬어."

"잠깐만, 그게 중요한 노래라면, 인터넷에서 분명히 찾아볼 수 있어."

"그렇게 중요한 건 아니야. 신경 안 써도 돼." 타마스는 대화를 끊었다. 그는 잠시 망설이다 다시 암호를 입력했다. 작동이 되었다. 타마스는 안도했다.

>> 이승과 저승이 만나는 곳으로

북소리가 그를 깨웠다. 락티는 천막에서 뛰어나왔다. 소녀는 사라졌다!

"락티, 빨리! 떠날 시간이다!"자노가 그를 불렀다.

락티는 현실 세계도 참을 수 없지만 가상 세계도 그에 못지않다고 생각했다. 락티는 자노와 두 제자와 함께 길을 나서면서 몬트를 다시 만날 수 있기를 바랐다.

제자들은 각종 재료들, 염료, 숯 조각, 그리고 동굴의 물과 섞어 반죽할 흙을 들고 갔다. 땔감용 나무, 동물의 지방을 묻혀 불을 밝힐 수 있는 돌, 노간주나무 가지로 만든 심지와 말린 고기도 그들의 자루에 들어갈 물건이었다.

동굴 깊숙이 들어가자 몬트를 다시 만날 수 없을지 모른다는 고통스러운 생각도 점점 줄어들었다. 배나무 역청으로 만든 횃불을 비추자 드러난 신비로운 공간이 그에게 시간이 멈춘 것 같은, 그들이 이 지구상에서 유일한 인간인 것 같은 기분이 들게 했다.

"여기서 너희는 미래의 사냥꾼들을 키울 학교를 보게 될 거다." 자노가 말했다. 그는 횃불로 동굴 내부의 벽면을 비추었다. 그 벽에는 동물의 발자국을 그린 그림들이 수없이 많이 남아 있었다. "노련한 사냥꾼을 따라 나서기 전에 학생들은 반드시 이 그림을 해석할 수 있어야 했어."

자노는 곰의 앞발과 큰사슴과 영양의 발굽을 모사한 그림들을 가리켰다. 동굴여우의 발가락 다섯 개는 칼날처럼 예리하게 그려져 있었다. 그 옆으로는 들소, 맘모스와 코뿔소의 발굽도 보였다.

"사냥꾼들은 이 발자국을 보고 동물의 나이나 건강 상태를 알 수 있어야 했다. 여기서 배운 걸로 그들은 어떤 놈을 사냥할 수 있는지 그리고 생명을 걸고 상대할 만한 놈이 어떤 놈인지 결정해야 했지."

길은 오랫동안 계속 어둡고 끝 모를 곳으로 이어졌다. 고개를 숙여야 될 만큼 비좁고 낮은 지점을 여러 군데 지나니 길이 두 갈래로 나뉘었다. 길을 잘 모르는 사람이 이런 어둠 속에서 길을 잃으면 구조되지 못할 것이다. 어둠 깊숙한 곳에 숨어 있던, 이 동굴에 이어진 다른 동굴이 갑자기 모습을 드러냈다.

"아무도 이 길에서 한 발짝도 벗어나서는 안 된다." 자노는 경고했다. "아직 신들과 하나가 되지 않았다면 죽음을 면치 못할 것이다."

급경사의 미로를 통과한 후 그들은 비교적 넓은 장소에 이르렀다. 자노는 거기에 서서 횃불을 하나 더 밝혔다. 먼지로 덮여 있지만 붉은 빛이 감도는 바닥에서 발자국들이 서로 교차되어 있는 것을 볼 수 있었다.

"뱀이에요!" 겁을 먹은 제자가 속삭였다.

"여기가 바로 우리가 가야 할 길이 보일 때까지 기다려야 하는 곳이다." 주술사가 말했다.

그는 락티에게 횃불을 건네주고 뼈로 만든 피리를 불기 시작했다. 동굴 구석 여기저기에서 메아리가 울려 퍼졌다. 락티의 마음에는 앞으로 무슨 일이 일어날지 호기심과 뭔가 무시무시한 일이 터질 것 같다는 불안감이 혼재했다. 몬트에 대한 생각은 사라졌으며 자신이 이 게임을 시작했다는 생각도 까마득히 물러나 있었다. 여기 이 지하 세계에서 그런 생각은 더 이상 중요하지 않았다. 자노는 두 가지 선율을 연주했는데, 그 소리는 위아래로 오가며 자장가처럼 단조로운 멜로디를 이루었다. 그리다 갑자기 연주가 중단되었다. 동굴 여행자들은 침묵했고 숨도 멈추었다. 락티는 심장이 점점 느리게 뛰는 것 같았다. 그에게 무슨 일이 일어난 걸까? 자노가 미친 속도로 자신의 몸 밖으로 빠져나간 것 같았다. 그는 죽어 저 세상에 간 걸까? 그가 약을 마신 것은 아닐까?

"들어라!" 자노의 목소리에 락티는 정신을 차렸다. 둘로 갈라지는 갈림길에서 피리 소리의 메아리가 약하게 울려왔다. 메아리가 전부터 이 공간 전체에 퍼졌다면 가야 할 방향을 분명하게 알았을 것이다.

"이 길이 오늘 우리가 가야 할 곳이다. 얼마 남지 않았으니 나를 따라오너라."

그들은 메아리가 울리는 샛길로 들어섰다. 몇 번을 그렇게 굽이굽이 돌더니 자노가 멈추어 섰다.

"다 왔다. 여기가 바로 신들이 메아리를 통해 알려준 신성한 장소다. 야영 시설을 세우자면 몇 시간, 어쩌면 하루 꼬박 걸릴지도 모른다."

그들은 짊어지고 온 자루를 풀었다. 그 안에는 비상 식량인 말린 사슴고기, 가루 염료, 붓, 굳은 송진 덩어리, 횃불, 숯 자루, 부싯돌과 마른 나뭇조각들이 들어 있었다.

가지고 온 장작과 이끼로 불을 붙이고 연기가 솟아오르자 자노는 나지막이 노래를 불렀다.

"이승과 저승이 만나는 곳으로,
다른 세계로 들어가는 문에서,
신들께 간구합니다,
우리를 도와 주십시오.
이렇게 제물을 바칩니다."

그는 팔을 높이 들어 올리며 춤을 추기 시작했고 제자들에게 똑같이 하라고 시켰다. 제자들은 차례차례 손을 잡았다. 이러한 의식은 횃불이다 탈 때까지 이어졌다.

그런 후에 횃불을 다시 붙였다. 그 불은 횃대에 붙어 있는 송진이 녹아 불 위로 흐르면서 타오르기 시작했다.

>> 신들이 문을 열어 주었다

벽 한쪽에는 그림, 선, 물결 모양으로 늘어선 점 그리고 손자국들이 줄지어 있었다. 락티의 눈길을 눈여겨보고 있었던 자노는 제자들이 염료를 혼합하기 시작하자 말했다.

"아주아주 오랜 옛날 빙하기가 시작되고 대낮에도 해가 보이지 않았을 때, 먼 곳에서 사람들이 와서 이 계곡에서 터전을 찾았지. 그들의 은신처가 바로 이 산속 동굴이었다. 너희들이 보고 있는 것은 그들이 그린 최초의 그림이다. 이 점과 선이 무엇을 의미하는지, 여기에 찍힌 손자국이 무엇을 말하는지 알 수 없다. 하지만 우리가 말하고자 하는 바는 알고 있지. 우리가 여기 신성한 곳에 그릴 그림은 보잘것없지만 신들에게 바칠 제물이다. 신은 이 그림을 받고 우리 부족을 보호해 주실 거다. 자, 이제 시작하자. 제자들아, 준비되었는가?"

"예, 준비되었습니다!" 그들은 작업을 시작했다.

락티는 숯으로 맘모스를 사냥하는 장면을 그렸다. 이 깊은 동굴에는 횃불이 타들어가는 소리만이 날 뿐이었다. 락티는 이 그림을 그리도록 자신을 밀어주는 어떤 기운이 있다고 느꼈다.

신들이 문을 열어 주었다고 생각했다. 우리가 하는 소리를 듣고 우리 제물을 받아 주신 거야. 그 대가로 특별하고 새롭고 환상적인 능력을 내려 주신 거야. 락티는 자신이 이런 그림을 쉽게 그리고 있다는 것에 그리고 벽은 말할 것도 없고 바위 귀퉁이나 모서리에 그린 노루, 사슴, 맘모스들이 생생하게 살아 있는 것처럼 보인다는 것에 완전히 도취되어 있었다. 공간의 깊이를 고려하여 오크색으로 각각 다르게 그린 말들은 어쩌면 이렇게 멋질 수 있는가? 자기 손을 이끌어 주었던 것은 바로 신이라고

동굴벽화는 갑자기 생겼다

//

은밀한 명령을 받기라도 한 것처럼 약 BC 3만 년 전부터 특히 프랑스와 스페인 지역에 수많은 동굴벽화들이 그려졌다. 전문가들도 의견의 일치를 보듯이, 그 그림은 대부분 호모 사피엔스라는 탁월한 예술적 재능을 지닌 사람들이 그렸다. 화가와 조수들은 동굴을 횃불과 램프로 밝게 비출 수 있어야 했다.

이런 예술작품은 갑자기 생겼다. 그 이전에는 이런 예술 활동을 떠올릴 만한 것들이 전혀 없었기 때문이다. 오늘날 다수의 학자들은 이런 작품을 그린 목적이 무엇보다도 예배나 주술이었으며, 다른 세계로 들어갈 수 있는 문을 개방하고 이승과 저승을 연결하기 위한 것이었다고 확신한다.

이런 제의에서는 동물들이 대단히 중요했는데, 그 가운데서 말은 아주 특별한 역할을 했다. 말은 언제나 검은 숯으로 윤곽을 그린 다음 붉은빛이 감도는 황갈색으로 채색되었고, 검은 갈기나 콧구멍이 떨리는 것까지 묘사되었다. 몸은 전속력으로 달리는 모습이었다. 태양, 달, 별, 구름, 도구, 집—석기시대 회화에는 이런 것들이 하나도 보이지 않았다. 인간 역시 마찬가지였다. 설사 사람이 동굴 벽에 그려져 있다 해도, 그는 그저 대충 점이나 선으로만 그려졌을 뿐이다. 왜 그랬을까? 동물들이 신이나 초자연적 존재에 더 가깝다고 생각해서 일까? 인간과 그의 일상적인 삶은 그림으로 그리기에는 신성하지 않다고 생각했던 것은 아닐까?

믿었다. 락티처럼 다른 제자들도 동굴의 다른 벽에서 정신 나간 사람처럼 작업에 몰두했다. 각자에게는 자기만의 방식으로 묘사할 수 있는 눈이 있었다. 다른 사람들을 비롯하여 정신을 산란하게 만들 모든 일로부터 멀찍이 떨어진 이 깊은 동굴의 어둠 속에서 다들 이 장소가 자기에게 신비한 힘과 영감을 불러일으킨다고 느꼈다. 자노는 제자들과 멀리 떨어진 다른 구석에서 그림을 그렸다. 그는 가끔 와서는 낮은 소리로 주문을 외우기도 하고, 동료들의 작업을 둘러보며 횃불을 비쳐 주기도 했다.

>> 다른 세계에서 왔다는 징표

락티는 다른 사람들보다 먼저 안쪽으로 깊숙이 감추어진 구석 한 곳을 찾아내었다. 지금 하고자 하는 일을 위해서는 어떤 감시인도, 질문도 그리고 동료들의 어리석은 조언도 필요하지 않았다. 그는 준비한 염료를 황갈색과 섞고 노간주나무를 태워 만든 숯으로 검은색을 준비했다. 그다음 가는 붓으로 스케치한 후 두꺼운 버들가지로 그림의 윤곽을 잡았다.

하지만 마음에 들지 않자 화가 났다. "너무 빈약해, 실물과 똑같지 않아. 이것은 다른 얼굴이야. 색깔이 더 필요해. 끊기지 않고 단번에 그려야 해. 한 번에 그려야만 한다고."

끊어지지 않고 한 번에 그리기 위해 그는 온 힘을 다해 집중했다. 그런데 갑자기 락티는 차가운 알루미늄 스프레이(물감)통이 자기 손에 있는 것 같았다. 그것은 다른 세계에서 왔다는 징표였다!

그는 불빛이나 견본도 필요 없었다. 마치 몬트가 바로 앞에 있는 것처럼 그녀의 모습이 뚜렷하게 떠올랐다. 락티가 꽃잎이 네 장인 꽃을 그리도록 머리카락을 틀어올려 목덜미를 드러냈던 모습이 그에게 그대로 남아 있었던 것이다.

반 정도 드러난 옆얼굴, 찰랑거리는 머리카락, 살짝 기울어진 고개를 락티는 재빠르면서도 매우 집중하여 그렸다. 스프레이가 검은색을 내뿜을 때 내는 소리를 빼면 주변은 고요했다. 그는 자기 앞에 있는 그녀를 보았다. 그녀의 눈, 그가 입을 맞추었던 그녀의 입. 락티는 그녀가 손가락 끝으로 자기를 만지는 것 같았다. 시간이 얼마나 흘렀을까? 심장이 천 번 뛰었을까 아니면 백만 번? 시간은 중요하지 않았다. "몬트의 모습이야!" 그는 중얼거렸다. 이제 다 비어 버린 스프레이를 그는 벽 틈에 숨겼다.

"신들이시여, 우리의 제물을 받아 주시니 감사합니다!" 자노가 외치고 다시 피리 연주를 시작했다. 제자들은 그림이 그려진 벽을 따라 제사의 춤을 추면서 이동했다. 그들의 그림자는 신들, 바람과 얼음의 주인들, 자기들에게 사냥감을 보내 주는 모든 계절의 신들을 경배하기 위해 그렸었던 동물들 위로 미끄러지듯이 지나갔다 .

"오, 신이여, 비나이다.
여자들과 아이들을 보호해 주시고,
우리에게 힘을 주셔서
세상의 위험으로부터 지킬 수 있게 해 주시옵고,
당신의 도움을 간구할
우리 후손들 모두를
지켜 주시옵소서!"

그들은 물건을 자루에 넣고 출발했다. 서둘러야 했다. 쓸 수 있는 횃불이 하나밖에 안 남았기 때문이었다. 그들이 동굴 중심부의 넓은 공간을 지나갔을 때 진동이 울리며 바닥이 뒤흔들렸다.

"겁먹지 마라. 이 산악 지역에서 드문 일이 아니다. 조급한 마음에 귀찮게 하는 것을 신들도 바라지 않을 때가 있으니까." 자노가 말했다.

"이곳이 파묻히게 된다면 영원히 바깥세상과 단절되는 거 아닌가요?" 락티가 물었다. 그는 빠르게 달리면서 그렇게 될지도 모른다고 생각했다. 그렇게 된다면 그녀의 그림은 그곳에 영원히 남게 되는 것이다.

아직도 소녀의 초상화를 찾지 못했다

3만 년이 지난 지금도 여전히 스프레이 통은 프랑스 남부에 한 동굴 안에 갈라진 벽 틈 깊숙한 곳에 남아 있다. 아직 아무도 이 동굴의 틈새에 그려진 소녀의 초상을 보지 못했다. 오늘날까지 그녀는 발견되지 않고 있다. 그날 신을 경배하기 위해 주술사인 자노와 세 명의 제자들이 그린 그림도 마찬가지다. 지난 수백 만년 동안 그 지역에서 늘 그랬던 것처럼 2만 년 전에도 땅이 흔들리면서 바위가 무너져내렸고, 이로 인해 그 동굴의 입구가 막혀 버렸던 것이다.

레벨 4

살인을 막는 평화조약

실제 시간: 10월 26일 화요일 21시

실제 장소: 타마스의 지하실

가상 시간: 기원전 2500년

가상 장소: 오늘날 이라크, 티그리스와 유프라테스 강 사이의 땅

>> 아무 쓸모없는 짓일지라도

타마스는 기타를 들고 높은 음과 낮은 음을 번갈아 연주한다. 손가락은 늘 같은 자리를 이리저리 움직이며 단조롭고 졸리는 음을 울렸다. 타마스는 학교 밴드부로 무대에 섰을 때를 떠올렸다. 밴드부에서 그는 기타연주자 타마스라고 불렸다. 오래전 일이야라고 타마스는 생각했다. 밴드부가 해체되면서 그 시절도 끝났다.

"이 게임을 계속 해야 하나?" 그는 자문했다. 마음이 오락가락했다. 아침 무렵에 잠이 들었지만 세 시간 후에 다시 눈이 떠졌다. 지금 그는 피곤하면서도 동시에 들떠 있었다. 부모님은 친척 모임에 가셨는데 아버지는 집을 나서기 전 타마스에게 말했다. "다음 주에 면접을 보러 지모 씨에게 가든지, 아니면 어디든 가서 일자리를 찾아봐. 난 더 이상 네가 빈둥거리며 노는 데 돈을 대주고 싶지 않다! 타마스, 이건 진심이야! 가장 좋은 건 네가 지원서를 쓰는 거야. 화요일이니까 시간은 충분해!"

"*따르릉, 따르릉.*" 타마스는 채팅창을 열었다.

"친구, 괜찮아? 휴대폰은 끈 거야? 어떻게 된 거야?" 모키가 물었다.

"괜찮아. 할 일이 있었어. 지금 지원서를 써야 해. 그렇지 않으면 아버지가 엄청 화를 낼 거야. 아버지는 내가 지모를 만나지 않으면 내쫓을 모양이야."

"젠장, 그건 너랑은 안 맞는 일이잖아."

"맞아. 그렇게 되면 나는 끝장이야. 하지만 아버지가 계속 압박하고 있어."

"바보 같은 짓이야. 다시 대학에 가겠다고 아버지를 설득해 봐. 전산학이나 뭐 그런 걸 한다고 말이야. 뭐든 네가 하고 싶은 게 있어야지 부모님이 학비를 대주실 것 아니냐."

"모르겠어."

"제일 좋은 건 네가 오늘 저녁에 여기 와서 그 문제를 같이 의논해 보는 거야."

"생각해 볼게."

타마스: "판도라?"

판도라: "계속 할 거니?"

타마스: "물론, 무조건 해."

판도라: "새로운 아바타는?"

타마스: "타마스로 해 줘."

판도라: "락티는?"

타마스: "그 장은 끝났어."

판도라: "좋았지?"

타마스: "물론 좋았지. 이제 난 다시 타마스가 되겠어. 새로운 장에서 새롭게 시작할 거야."

판도라: "무슨 문제라도 있니?"

타마스: "묻지 마. 난 좀 다른 것을 체험하고 싶어."

판도라: "넌 그런 경험을 할 거야. 세계 최초의 도시인 우루크를 방문해 볼래?"

타마스: "그 이야기를 통해 시간을 훌쩍 뛰어넘어 보라고?"

판도라: "이 게임에서는 모든 것이 가능해. 너의 아바타들에게는 때와 장소는 전혀 문제가 되지 않아."

인류, 사냥꾼에서 농부가 되다

지구의 평균 기온이 올라가면서 네안데르탈인의 시대도 저물었다. 현생 인류의 시조인 **호모 사피엔스**(Homo sapiens)가 점차 지구에 자리 잡고 살게 되었다. 이들은 수천 년 동안 농업을 발전시켜 기원전 만오천 년에서 6천 년 경에 일어날 지구 역사상 가장 위대한 혁신을 준비했다.

그들은 세계 최초로 휴경지와 풀밭에서 야생밀, 콩, 보리를 찾아냈다. 이 곡식들은 먹을 수 있고 저장할 수도 있었다. 고기는 저장할 수 없었다. 가장 좋은 것은 곡식이 있는 곳 근처에 머무를 수 있었다는 것이다. 지구의 기온이 올라갈수록 그만큼 식물성 먹거리가 풍부해졌다. 새들만 잘 관찰하면 되었다. 새들은 쪼아먹을 먹이가 있는 곳에 떼를 지어 앉아 있었다. 이 새들이 먹다 남긴 것에서 곡식이 새로 자라났다. 그다음에야 비로소 농경이 제대로 시작되었다. 이때부터 체계적으로 그리고 계절에 따라 농사를 짓고 추수를 했다. 이로부터 2-3천 년 동안 인류의 삶은 완전히 바뀌게 되었다. 직접 식량을 생산하게 됨으로써 사람들은 더 이상 식량을 모을 필요도 없게 되었다. 사냥꾼에서 농부로 변신한 것이다. 야생동물을 사냥하는 대신 양, 염소, 말, 소의 어미들을 죽이고, 그 새끼들을 데려다 기르기 시작했다. 이렇게 해서 동물들은 온순하고 유용하게 길들여 사육되기 시작했다.

이 정착의 시대에 떠돌이 목동이라는 계급도 생겼다. 목동들은 가축 떼를 몰고 들판을 떠돌다가 적당한 곳을 만나면 그곳에 계속 머물렀다. 그러다가 들판에 추수가 끝나자마자 바로 길을 떠났다. 가축들은 그들이 필요로 하는 모든 것을 공급해 주었다.

타마스: "인류에게 단계적으로 접근하는 것, 이게 게임의 주제니?"

판도라: "그렇게 말할 수 있을 거야. 하지만 네가 그 버튼을 함께 누르는 거고, 어쩌면 그곳에서 그 소녀를 다시 만나게 될지도 몰라."

타마스: "새로운 코드나 줘."

>> "너희는 도둑이야!"

그날은 따뜻했다. 방랑자 타마스는 들판을 걸어가며 말했다. "공기는 온화하고 흙은 부드럽네. 태양은 떠 있고, 사랑은 멀지 않네. 맙소사, 사랑이라고? 내가 어쩌다 이런 생각까지 하게 된 거지?" 그는 스스로에게 물었다. 오래전 동굴에 그렸던 초상화가 아직 그의 머리에 남아 있었다.

"몬트(독일어로 몬트Mond는 달을 뜻함)를 본 적 있나요?"

염소 떼를 몰고 먼지가 자욱한 길을 걸어가고 있던 목동이 낯선 그를 의심스럽게 쳐다보면서 말했다. "달이라고?"

"그래요, 아저씨." 타마스는 기분 좋게 즐기고 싶었다.

"달은 아침에 봤지." 목동이 대답했다. "남쪽으로 졌지. 당신은 하늘을 관찰하는 사람이오? 그렇다면 가뭄이 언제 시작될지 알겠군."

목동은 잔뜩 기대하며 타마스를 쳐다보았다. 타마스는 무슨 말을 해야 할지 몰랐다. 그런데 갑자기 그 목동이 끌고 가던 염소들이 근처 들판에 쌓아 놓은 짚을 먹기 시작했다. 곧 농부들이 크게 소리치며 달려와 큰 작대기로 염소들을 마구 때렸다.

"빌어먹을 농부들아! 너희가 무슨 권리로 내 염소를 내쫓는 거야. 너희는 오히려 돈을 내야 해. 이 땅은 옛날부터 우리 것이었으니까!"
"너희는 해마다 염소나 양 떼를 몰고 우리 밭을 지나가면서 우리 농작물을 밟아 망쳐 버렸잖아."
"너희가 우리 땅을 빼앗았잖아. 가축들을 죽이거나 가두어 놓기도 했고. 이 도둑놈들."
"이봐, 말조심해. 그렇지 않으면 가만두지 않을 거야."
갑옷 차림의 키 큰 남자가 목동을 향해 위협적으로 도끼를 휘둘렀다.
"안 된다, 아들아. 그를 그냥 가게 내버려 두어라." 한 노파가 그 남자를 달랬다. "목동이 가축 떼를 몰고 가게 내버려 둬라. 그렇지 않으면 우리에게 평화는 다시 없을 거야."
목동은 남자의 거친 위협에 한 발 물러섰다.
"나는 우리 부족들과 함께 다시 올 거야. 그리고 복수할 거야. 우리에게는 당신네들보다 훨씬 더 좋은 무기가 있다는 것을 잊지 마. 우리는 무슨 수를 써서라도 이 땅이 다시 우리 가축들의 땅이 되도록 할 거야."
타마스는 이들이 싸우는 장면을 지켜보았다. 농부들이 그에게 다가왔다.
"당신 누구요? 목동이오?" 도끼를 든 남자가 물었다. 그는 아직도 화가 풀리지 않은 눈치였다. 아무에게나 화를 풀 태세였다.
"어리석은 짓 그만 해, 우툴크." 노파가 말했다. "그는 동물을 몰고 다니는 목동이 아니야. 그런데 당신은 누구시오? 이 근방 사람 같아 보이지는 않는데."
"예, 저는……" 타마스는 말문이 막혔다. "저는 떠돌이입니다." 그는 사람들이 의심을 품기 전에 재빨리 말했다.
"어디로 가는 길이오?"
"우루크가 이 강 유역에서 가장 큰 도시라고 들었습니다. 그곳으로 가

최초의 살인자

최초의 살인 이야기는 성경은 물론이고 코란에도 나온다. 그러므로 농부 카인이 떠돌이 목동인 동생 아벨을 죽인다는 이 이야기의 핵심은 사실일 것이다. 둘은 모든 인류의 시조인 아담과 이브의 가장 큰 아들들이다. 카인은 해가 갈수록 신이 농작물보다는 유목 생활을 하는 목동이 갖다 바치는 고기를 더 좋아한다는 것을 알게 된다. 신의 총애로 사냥꾼이 농부보다 지위가 높아진 것이다. 그래서 세계의 창조자는 목동이 바친 제물은 받았지만, 농부가 바친 제물은 물리쳤다. 카인은 시기심에 불탔고, 그의 분노는 점점 커져만 갔다. 그의 사악한 생각이 점점 커졌다. 전지전능한 신은 그가 왜 그런 생각을 하는지 알았다. 신은 카인에게 여러 번 경고한다. 하지만 카인은 그 경고를 듣지 않고 시기심이 동생에 대한 증오심으로 바뀐 어느 날 아벨을 때려죽인다. 신은 이 살인범을 벌하고 그를 추방하며 그의 이마에 카인의 표적이라는 낙인을 찍는다.

는 길입니다."

"그곳은 족히 하루는 더 걸어가야 할 거요. 배고프고 목마르지 않소? 우리와 함께 갑시다. 계속 걸어가려면 뭔가 요기를 해야 할 거요." 노파는 친절하게도 타마스를 식사에 초대했나. 타마스는 이들과 함께 마을로 들어갔는데, 거기에는 지붕이 낮은 움막들이 줄지어 있었다. 벽은 모래벽돌로 만들었고, 나뭇잎과 점토를 섞어 만든 지붕은 나무 기둥이 받치고 있었다.

"앉으세요." 노파는 타마스에게 자리를 권했다. "우툴크, 아들아, 식량

창고에 가서 우유, 빵, 말린 고기를 내오너라."

타마스는 움막 앞에 있는 의자에 앉았다. 마을 사람들이 호기심 어린 눈으로 다가왔다. 여자들과 아이들은 근처에서 호두를 모으고 있었고, 남자들은 집 주변 땅에 말뚝과 나뭇가지로 울타리를 치고 있었다. 마을에는 돼지와 닭 그리고 오리들이 뛰어다녔고, 양과 염소들도 보였다. 개는 짖어대고, 말들은 멀리 떨어진 풀밭에서 풀을 뜯고 있었다. 하지만 어떤 동물도 낯선 사람을 무서워하지 않았다.

우툴크는 타마스에 대한 의심을 거두고 친절하게 대했다. 그러나 농부들을 경멸한 목동들과는 종종 유혈충돌을 일으키기도 했다. 타마스가 음식을 맛보고 있는 동안 마을 남자들이 회의를 열기 위해 모였다. 그들은 아까 그 목동의 말로 보아 목동들이 다시 공격을 해올 것이라 예상하고 있었다.

"우리는 그들이 다시 집을 불태우고 가축을 흩어놓고 밭을 못쓰게 만드는 것을 두고 보고 있지만은 않을 겁니다."

"우리는 스스로를 지켜야 합니다." 한 농부가 외치면서, 낫에 풀과 곡식을 베었던 낫을 공중에 휘둘렀다.

"왜 그들은 우리가 평화롭게 살도록 내버려 두지 않는 걸까요?" 빙 둘러 앉아 있던 사람들 가운데 누군가가 물었다.

"보초를 세웁시다. 그들의 무기가 우리 것보다 강하긴 하지만 우리가 일치단결하면 그들보다 더 강할 거요." 우툴크가 말했다.

밤이 다가왔다.

"이리 오시오. 낯선 양반." 우툴크의 어머니가 타마스에게 말했다. "우리 집에서 하룻밤 보내세요. 오늘은 더 이상 갈 수 없어요. 그건 너무 위험해요."

>> 갈등

타마스는 그곳에서 묵기로 했다. 그날 하루 종일 걸어서 거의 탈진 상태였기 때문이었다. 그는 목침대에 누워 눈을 감았다. 잠이 들 무렵 바깥에서 남자들이 소곤거리는 소리가 났다. 그는 여러 가지 꿈을 뒤죽박죽 꾸었다. 서로 다른 여러 시대의 장면들이 교대로 나타났다. 락티가 되어 몬트에게 키스하는 장면이 보였다가 여러 꿈들이 빠르게 나타났다 사라지면서 뒤엉켰다. 모키가 나타났고, 그다음에는 로타가 나타나 모든 삶은 서로 연결되어 있으며, 과거와 현재는 모두 시작도 끝도 없는 단 하나의 이야기일 뿐이라고 말했다. 타마스는 "로타, 너 미쳤구나."라고 말하고 싶었으나 한 마디도 하지 않고 그냥 웃기만 했다. 그것은 쓴웃음이었다. 그가 사랑할 수 있는 유일한 소녀는 이 세상에 존재하지 않았다. 그가 과거에 했던 수많은 게임에서도 예쁜 소녀들은 늘 있어 왔다. 하지만 그들은 타마스를 감동시키지 못했다. 지금껏 전쟁 게임을 하면서 그가 딴생각을 하게 할 정도로 예쁜 여자 캐릭터를 만난 적은 없었다. 이번 게임에서는 전쟁도 벌어지지 않았다. 하지만 몬트는 그의 머리에서 떠나지 않았다. 어째서 그의 머리가 이런 고약한 장난을 친단 말인가?

이때 갑자기 밖에서 여러 사람이 소리를 지르며 전투가 벌어진 듯한 소란이 일었다. 그 소리는 꿈이 아니라 실제 상황이었다. 그는 벌떡 몸을 일으켰다. 건너편 움막이 불타고 있었다. 타마스는 밖으로 뛰어나가 불 끄는 일을 도왔지만 소용이 없었다. 연못이 너무 멀리 있어 통으로 물을 나르는 데 시간이 너무 많이 걸렸다. 불길에 휩싸인 움막은 순식간에 땅바닥으로 주저앉았다. 다행히 불꽃이 이웃의 바짝 마른 지붕으로 날아가지는 않았다. 타마스는 경계를 서고 있던 보초들이 제때에 방화자를 제지했기 때문에 큰불을 막았다는 걸 알았다.

이 마을에 불을 지르기 위해 밤에 횃불을 들고 잠입한 사람은 세 명이었다. 그들은 포박된 채 마을 사람들 앞으로 끌려왔다. 방화범들 중 한 명은 오늘 낮에 가축을 이끌고 들판을 지나갔던 목동이었다. 두 번째 방화범은 몽둥이로 두들겨 맞아 심하게 다쳐 부축을 받아야 했다.

"너희들, 이제 어떻게 될지 각오는 되었겠지?" 우툴크가 물었다.

목동들은 말이 없었다.

"이자들은 죽어 마땅해요." 농부들이 외쳤다.

"그래요. 재판은 짧게 끝내고, 물에 빠트려 죽입시다."

"자, 이제 시작합시다."

사람들은 범인들의 몸에 무거운 돌을 매달아 물에 던져 넣으려고 연못 쪽으로 끌고 가기 시작했다.

그때 우툴크의 어머니 목소리가 들렸다. "그만둬! 이들을 죽이면 평화는 다시 없을 것이다."

즉각 모든 사람들이 말문을 닫았다. 그 정도로 그들은 이 노파를 존경하고 있었다.

오직 그녀의 아들 우툴크만이 소리를 질렀다.

"이자들에게 벌은 주어야 해요."

"맞는 말이다, 우툴크. 하지만 죽일 정도로 죄를 진 것은 아니야. 목동, 너는 어떻게 생각하느냐?"

목동은 이제 완전히 기가 꺾여 있었다.

"이 처벌을 어떻게 보느냐? 너와 너의 친구들은 아직 젊다. 나는 너희들이 죽고 싶어 한다고 생각하지 않는다. 그러니 우리 이 문제를 어떻게 해결해야 할까?"

"당신들에게 염소를 많이 주겠소." 이 말과 함께 목동은 한 손을 들더니 손가락을 펼쳤다.

"다른 손을 더 추가한다면, 동의하지."

목동은 고개 끄덕였다.

"합의했소."

우툴크의 어머니는 타마스 쪽으로 몸을 돌렸다. "당신은 먼 길을 여행해 온 분이오. 당신은 이 문제를 어떻게 생각하시오? 이렇게 해결하는 것이 정의롭다고 생각하시오?"

"현명한 판단이십니다. 정말 좋은 해결책입니다. 하지만 앞으로 이런 분쟁이나 싸움이 일어나지 않도록 막을 다른 방법을 찾으셔야 합니다. 제게는 이런 분쟁이 정말 무의미하고 불필요한 것으로 보입니다." 타마스는 말했다.

다음 날 아침 타마스는 우루크를 향해 떠났다. 우툴크의 어머니와 다른 농부들이 배웅 나와 몇 번이고 그에게 고마움을 표시했다. 앞으로 농부들은 특정한 길을 정해 목동들이 그 길을 따라 농부들의 땅을 지나갈 수 있도록 해 주고, 그 대가로 목동들에게 보상을 받는 방식으로 협상을 해보는 게 어떻겠냐고 타마스가 제안했기 때문이다. 목동들은 이에 동의한다는 뜻을 비추었고, 이 문제를 자기 부족과 의논해 보겠다고 했다. 그래서 농부들은 그중 한 명을 풀어주고, 다른 두 명은 붙들어 두었다. 그러면서 목동들이 앞으로 이렇게 계속 습격해 온다면 철저하게 준비해 막을 수 있다는 것도 분명히 했다.

타마스는 잠자리를 마련해 준 사람들에게 좋은 제안을 한 것에 자부심 같은 것을 느꼈다. 그것으로 농부들과 목동들 간의 분쟁이 완전히 해결될 수 있을지는 모르지만.

타마스는 계속 걸어갔다. 메마른 평야에 뜨거운 바람이 불어와 먼지를 일으켰다. 하지만 땅은 비옥했다. 곳곳에 밭에 물을 대는 수로가 보였다. 그는 보리밭을 지나고 버찌와 살구나무 농장도 지났다. 이 수로 양편에 백합과 양귀비가 양탄자를 깐 듯 화려하게 피어 있었다. 이 도시에 다가갈수록 밭과 정원이 매우 잘 정비되어 있다는 느낌이 들었다. 사람들은 오이와 배추를 수레에 싣고 있었다. 농장에는 석류 열매와 대추가 자라고 방목장에는 돼지와 양들이 이리저리 활기차게 뛰어다녔다. 거위와 닭, 오리들은 큰 무리를 이루어 이리저리 몰려다녔다. 멀리서도 성벽이 희미하게 그 윤곽을 드러내고 있는 이 도시는 연못, 수로, 그리고 크고 작은 농장으로 둘러싸여 있었다.

>> 물을 지키는 경비병

그는 대추야자나무 너머로 부푼 돛을 단 배들이 소리 없이 조용히 미끄러져 가는 것을 보았다. 이 배들은 유프라테스 강을 따라 화물을 아라비아 해로 운반하는 범선이었다.

타마스는 종려나무 숲을 가로질러 갔다. 오렌지 빛깔의 멧새 한 마리가 종려나무 잎에서 노래하며 내려왔다.

이 새가 부르는 노래는 그에게 *"저기 이 도시의 항구에 정박해 있는 배에서 몬트가 너를 기다리고 있다"*는 소리로만 들렸다.

아, 그녀를 다시 만날 수만 있다면 얼마나 좋을까! 그는 발걸음을 재촉했다. 하지만 기골이 장대하고 무섭게 생긴 남자 둘이서 그 앞을 가로막았다. 그들은 길고 낫처럼 생긴 청동 창을 들고 있었다.

"처음 보는데, 넌 누구냐?"

"떠돌이 방랑자입니다. 저는 먼 길을 걸어와 쉴 곳을 찾고 있습니다."

이 남자들은 의심스러운 눈길로 타마스를 샅샅이 훑어보았다. "이 길을 걸으면 엄한 벌을 받는다는 것을 모르느냐?"

"몰랐습니다. 죄송합니다."

"우루크에 무엇을 하러 왔나?"

"여행 도중에 명성을 여러 번 들었던 이 도시를 그냥 한번 와보고 싶었을 뿐입니다."

오는 길에 그는 농부들과 상인들에게서 티크리스와 유프라테스 강 사이에 있는 이 도시에는 매우 많은 사람들이 살고 있다는 말을 들었다. 날씨가 덥고 사막 모래 지대임에도 불구하고 유프라테스 강과 티크리스 강의 범람으로 얼마 되지 않는 땅은 비옥해 보였고, 이곳 사람들이 배불리 먹을 수 있을 만큼 충분한 식량을 공급할 수 있을 것 같았다.

두 남자의 표정은 점점 친절하게 변했다. 낯선 이는 무장도 하지 않았고, 혼자였으며 선량한 인상을 풍겼기 때문이다. 그들은 창을 거두었다.

"우리는 물을 지키는 경비병이오. 일렬로 죽 늘어서 있는 저 나무 뒤편에 있는 우리 도시는 물이 충분하지 않으면 생존할 수 없어요. 물을 저장하고 있는 곳이나 특수 보호 시설을 지키고 있는 우리가 없다면, 우물이 마르거나, 적들이 수문을 열려고 할 거요. 그래서 낯선 이가 물을 저장하고 있는 곳에 접근하면 누구나 의심하게 되지요."

"아, 그렇군요. 하지만 저는 그저 방랑자일 뿐인걸요."

"우리는 불순한 의도로 오지 않았다는 당신 말을 믿겠소."

그들은 이 방랑자에게 세계에서 가장 오래된 도시로 가는 길을 잘 가르쳐 주었다.

인류 문명의 개척자, 수메르인

이 도시는 남부 메소포타미아 지역에 위치했다. 유프라테스 강과 티크리스 강 사이에 있는 이 땅의 이름은 아주 오랜 후에 그리스인 우루크의 이름을 따 붙였다. 메소포타미아 지역은 터키 남동쪽부터 페르시아 만까지 이어져 있다. 이곳은 오늘날 이라크의 영토다. 이 지역의 남부 지방을 처음 지배한 것은 수메르인들이었다. 이들을 이어 바빌로니아인들이 이곳을 지배했다.

수메르인들은 자신을 '검은머리 사람들'이라고 불렀다. 이 민족이 어디서 나왔는지는 알려진 바 없지만, 기원전 4천 년 전부터 존재했다는 것만은 확실하다. 이들은 최초로 대도시를 건설하고 인류 최초로 고도로 발달한 문명을 꽃피웠다. 그들은 최초의 문자를 만들고, 사원을 건축하며 강력한 요새를 짓고 조각술과 금속세공 기술까지 발전시켰다. 그들은 농토에 물을 대는 관개시설을 만들고, 수공업을 키웠다. 수메르인들은 새로운 관료 계층에 의해 관리되는 행정, 조세, 통화체계를 만들고 학교제도를 발전시켰다. 그들은 하늘을 열심히 관찰했다. 작물을 재배하기에 가장 좋은 시기를 예보하는 기술처럼 문화의 신기원을 연 수많은 업적들은 이 수메르인들이 이루어 놓은 것이다. 이것들은 나중에 그리스문화나 근처 다른 민족의 문화에도 큰 영향을 미쳤다.

여기서는 바퀴도 발명되었는데, 아마 우리의 어떤 한 천재적인 선조가 피라미드 같은 문화유산을 짓는 공사장에서 큰 돌덩어리를 운반하는 데 둥근 형태의 도구가 얼마나 유용한지를 깨달았기 때문일 것이다. 그리고 수없이 많은 세대를 거쳐 오면서 누군가가 우연히 어떤 금속이 불에 타 연소하지 않고 흙 위로 흘러내린다는 사실을 발견했다. 그것은 바로 구리였는데, 구리는 딱딱하게 굳지 않는 한 여러 가지 물건의 형틀로 사용될 수 있다. 이 기술은 계속 발전되어 나중에는 수천 번의 실험 끝에 구리에 아연을 첨가하는 동합금 기술이 최초로 개발되기에 이른다. 그 후에는 강철, 금, 은 그리고 수많은 다른 금속들도 합금하게 된다. 요약하자면 수메르인들은 새로운 길을 수없이 개척했으며, 이 길은 오늘날 우리에게까지 계속 이어지고 있다.

>> 이 감각과 감정도 진짜인가

그 술집은 봄에 범람한 물이 아직 많이 남아 흐르고 있는 유프라테스 강 항구에 설치된 성벽 밖에 있었다. 떠들썩하고 생기 넘치는 이 술집의 문을 열면 정면의 항구가 한눈에 들어왔다. 지금 그곳에서는 타마스가 아까 종려나무 너머로 보았던 신밧드 범선이 정박해 있었다. 카페 한쪽 구석에서는 음악이 울렸고 다른 쪽 구석에서는 상인들이 물건 값을 흥정하고 있었다. 술집 주인은 새로운 손님에게 갈색 술이 든 술잔과 둥글고 넓적한 빵이 든 접시를 내놓았다. 타마스는 망설이며 술잔에 코를 대고 냄새를 맡고서는 얼른 옆으로 치워 버렸다. 테이블 옆에 있던 주인은 불쾌하다는 듯이 눈썹을 찌푸렸다.

그는 "꿀로 만든 맥주요." 라고 말하고 타마스에게 새로 한 잔을 들이밀었다. 타마스는 주인을 더 이상 모욕해서는 안 되겠다고 생각했다. 목도 엄청 말랐다. 타마스는 두 손으로 술잔을 잡고 깊이 들이켰다. 술은 꿀맛이었고 얼마 있지 않아 취하기 시작했다. 배가 고팠던 그는 빵도 맛있게 먹었다.

이것이 어떻게 가능하단 말인가? 이 가상의 세계에서 진짜 갈증과 허기를 느끼다니? 분명해, 이 감정도 진짜인 거야. 특히 몬트를 향한 내 사랑 말이야. 하지만 유감스럽게도 멧새의 노래는 거짓이었다. 그녀는 배에서 내리지 않았던 것이다.

열린 창과 문을 통해 차가운 강바람이 불어오자 타마스는 다시 정신을 차렸다. 연주자들이 술집으로 들어오더니 구슬픈 음악을 연주했다. 약간 굽은 조그만 하프처럼 생긴 악기도 있고 구부러진 모양의 피리, 관이 굽은 트럼펫도 있었다. 큰 소리로 떠들며 술을 마시던 손님들이 연주기들에게 동전을 던져 주었다. 하프 연주자가 슬픈 노래를 부르기 시작했다. 북방 민족이 쳐들어와 우루크 사람들을 불행하게 만들거나 죽일지도 모른다는 내용이었다.

그 가수는 "곧 사막의 모래가 아름다운 우리 우르크를 뒤덮을 것"이라고 한탄했다.

테이블에 함께 앉아 있던 남자가 타마스를 향해 몸을 숙였다. 타마스는 그때까지 그의 존재를 눈치채지 못했다.

"몸 조심해요, 낯선 이! 이곳 사람들은 지금 두려움에 떨고 있어요. 그래서 낯선 사람을 보면 몹시 의심하지요."

"무슨 말씀인지 잘 모르겠네요."

"북쪽에서 뭐가 불길한 일이 일어나고 있어요. 아무도 감히 대놓고 이야기하지 못하지만 이곳 사람이라면 누구나 알고 있죠." 그는 손으로 입가를 가로막은 채 속삭였다. "전쟁터로 군인들이 출정하고 있어요. 북쪽에서 내려온 상인들이 이 소식을 전해 주었소."

"왜 전쟁이 터진 거죠?"

"우리가 행복하게 잘 사는 것을 시기하기 때문이지요. 멀리 장삿길에 나섰던 상인들이 이 소식을 우리에게 알려주었다오. 문제는 두 강 사이에 있는 이 비옥한 땅을 누가 지배하느냐입니다. 세계의 모든 길이 여기서 만나기 때문이죠. 모든 길은 우루크로 이어지게 되어 있습니다. 낯선 이, 충고하지. 이 땅을 떠나시오. 그것도 될 수 있는 대로 빨리 말이오. 이곳 사람들은 이방인이라면 모두 적에게 성문을 열어줄 스파이로 간주할 겁니다."

타마스는 아무도 모르게 술집 주인 쪽으로 고개를 돌려 보았다. 술잔의 냄새를 맡았을 때, 자기가 좀 눈에 띄는 짓을 한 것은 아닌가? 그때 주인은 두 남자와 이야기를 나누고 있었다. 혹시 이곳 사람들의 차림새와는 전혀 다른 옷을 입고 있는 이방인인 자신에 대해 이야기하는 것은 아닐까? 사람들이 남몰래 자신을 관찰하고 있는 것은 아닐지? 갑자기 타마스는 사방에서 자신을 관찰하고 있다고 확신했다.

곧장 그를 덮칠 것만 같았다.

그는 지금 당장 이 자리를 떠나야만 했다.

아웃!

레벨 5

세계에서 가장 오래된 도시

실제 시간: 10월 27일 수요일 18시 30분

실제 장소: 타마스의 지하실

가상 시간: 기원전 2500년

가상 장소: 남부 메소포타미아의 우루크, 오늘날 이라크의 와르카

>> 수메르인이 되다

판도라: "들어오지 않을 거니?"

타마스: "아니, 당연히 또 들어가지! 그런데 물어보고 싶은 게 있어."

판도라: "뭔데?"

타마스: "이 이야기 얼마나 더 남았니?"

판도라: "그거야 전적으로 네게 달렸지."

타마스: "알아. 내 상상력이 이 이야기에 영향력을 미친다는 말이지. 그래도 이 이야기를 만든 프로그래머는 끝을 어느 정도 예상하고 있을 것 같은데."

판도라: "아직 몇 단계 더 남았어."

타마스: "난 그들을 어디서 만나게 되지?"

판도라: "네가 원하는 데서."

타마스: "나는 내 아바타들과 보조를 맞추며 적응해야 해. 그렇지 않으면 그들은 하나같이 나를 낯선 사람으로 알 거야. 그럼 그들은 나를 바로 의심하게 될 것이고 나는 짜증을 부리겠지."

판도라: "하고 싶은 대로 해봐. 이미 말했다시피 넌 아무거나 마음대로 할 수 있어."

타마스: "여기 이 도시 사람들은 모두 세련됐거든. 나는 우루크의 돈 잘 버는 남자처럼 넓은 통바지와 어깨에 걸치는 옅은 색깔의 옷, 그 위에 두르는 숄도 필요해."

모니터에 나타난 아바타의 모습이 변했다.

타마스: “내 머리 모양도 만들어 봐. 중간 가르마에, 긴 턱수염. 어때 멋지지?”

판도라: “잘 어울리네. 타마스, 너 정말 수메르인 같아!”

우루크, 세계에서 가장 오래된 도시

발굴된 고대 유물에 따르면, 우루크의 인구는 이미 기원전 삼천년에 최소한 오만 명에 달했고, 이들은 대부분 도시를 튼튼하게 둘러싸고 있는 성벽 뒤에 거주했다.

세계 최초의 서사시는 이 도시의 건설자이자 지배자인 길가메시*의 전설을 다룬다. 이 서사시는 이 도시가 얼마나 요새화되어 있는지도 그리고 있는데, 성벽은 6마일이 넘게 돌담으로 쌓았고 그 위에 여러 방어시설(총안과 흉벽)까지 설치되어 있었다. 여러 건물과 광장도 소개하고 있는데, 하늘 높이 우뚝 솟아 있는 사원의 테라스는 우루크를 세계의 중심으로 만든다. 옥수수밭과 과수원 그리고 종려나무 숲이 펼쳐진 비옥한 땅에 물을 대기 위해 배수로가 설치되기도 했다.

우루크는 메소포타미아에서 가장 오래된 도시이긴 하지만 유일한 대도시는 아니었다. 우르(Ur), 라르사(Larsa), 라가시(Lagasch), 움마(Umma), 알라드(Allad), 아카드(Akkad), 바벨(Babel) 그리고 다른 도시들도 있었다. 이들 도시들은 수공업과 상업이 발달했다. 모든 도시는 각각 고유한 신의 보호를 받았다. 하지만 신조차도 이 도시들이 오랫 동안 명맥을 유지하도록 할 수는 없었다. 도시를 건설할 때 사용한 사암(砂巖)들이 사막기후를 못 버티고 부식되어 먼지를 일으키며 무너져 내렸기 때문이다. 왕을 영원히 기념하기 위해 지은 건축물들이 있던 자리에는 천년 후 사막여우들만 돌아다녔다.

>> 러시 아워

방랑자는 이제 성문으로 다가갔다. 성벽은 높았다. 성문 앞에서 성벽의 윗부분이 보이지 않을 정도였다. 그가 술집에서 들었던 노래가 과장된 것이 아니었다. 많은 군인들이 성문을 지키고 있었다. 그중 한 보초병이 타마스의 가슴에 창을 겨누었다.

"어디로 가느냐?"

"사원으로요."

또 다른 보초병이 그의 주위를 돌며 그가 어떤 은밀한 물건이라도 숨기기나 한 것처럼 무딘 창끝으로 그의 가슴과 등을 쑤셨다. 보초병들은 과일과 채소를 싣고 성문을 통과하려던 몇몇 수레를 먼저 지나가게 했다. 그들은 내키지 않았지만 이 보행자를 통과시켜 주었다. 타마스는 이제 자신이 이 세계에 완벽하게 적응했다고 생각했다. 보초병들에게 의심을 살 만한 것은 아무것도 없었다. 타마스가 눈 깜짝할 사이에 이 세계를 탈출할 수 있다는 것을 그들은 모를 것이다. 그들의 현실은 수메르족의 현실이고, 우루크의 현재이며 거대한 성벽과 웅장한 사원 그리고 왕궁의 세계였다.

벽돌로 포장된 거리는 매우 분주했다. 타마스는 옷을 잘 차려입은 아름다운 여인들을 보았다. 이 여인들은 고급스런 천을 이용해 둥그렇게 땋은 고수머리를 하고 있었다. 키 큰 남자들이 모여 토론을 벌이고 있었는데, 그들은 모두 자신감과 자부심에 가득 찬 인상이었고 외모를 매우 중시하는 듯 보였다.

이 게임에서 처음으로 타마스는 사냥을 하거나 식용 초목을 모으거나 불을 피우거나 도구를 만들거나 동물을 기르거나 들에서 수확한 곡식을 창고로 나르는 것과는 다른 일을 하는 사람을 만났다. 처음으로 타마스가 도시를 방문한 것이기도 했다. 가게나 상점, 공장 앞으로 사람들이 돌아다니고 있었다. 도시의 어느 구역에서는 바구니를 만드는 사람, 벽돌을 굽는 사람, 석수장이들이 일하는 거리를 발견할 수 있었다. 이런 모습은 쉽게 볼 수 있었다. 사람들이 이런 일을 모두 거리에서 했기 때문이다. 그다음 그는 정육점, 빵가게, 음식점이 모여 있는 거리도 가 보았다. 고급스런 식당들이 간판에 메뉴를 그려 놓고 선전을 하고 있었다.

수레가 덜커덩거리며 포장도로를 달리고 짐꾼들은 상품이 든 큰 바구니를 등에 지고 날랐으며, 질그릇을 만드는 돌림판인 녹로(轆轤)가 돌아가고 있었다. 이 도시의 평화를 깰 위험이 분명히 다가오고 있었음에도 사람들은 종종 크게 웃으며 떠들었다. 하지만 늘 군대가 상주했다. 군대가 지나가면 사람들이 옆으로 물러났다. 앞길을 막고 있는 것들이 있으면 군인들이 창으로 사정없이 치워 버렸기 때문이다. 여기서는 이런 일이 일상화되어 있는 것 같았다. 가죽조끼를 입은 군인들이 떠나가자마자 거리는 이전의 활기를 되찾았다.

도심으로 계속 들어갈수록 건물들은 더 웅장하고 화려했다. 그리고 사람들이 입은 옷도 우아했다.

도시의 한복판이자 가장 높은 곳에는 웅장한 사원이 자리하고 있었는데, 군인들이 삼엄한 경계를 펼치며 출입을 통제했다. 미래에서 온 이 여행자는 사원이 위치한 언덕 기슭의 혼잡한 거리로 나가 보았다.

>> 거래

“아이고머니나, 사람 잡네.” 시장에서 누군가 큰 소리를 질렀다. “아누(Anu) 신이 너를 가만두지 않을 거다. 하르파, 이 사기꾼아!”

이렇게 소리친 남자는 상인이었다. 위로 높이 솟아오른 투구 모양의 모자를 쓴 그는 부유해 보이는 뚱뚱한 남자였다. 그는 수레에 실린 큰 독에 든 상당량의 대추, 호두, 그리고 보리를 놓고 상인과 다투고 있었다. 두 번째 수레에는 다채로운 색깔의 천과 청동 주전자, 단지가 실려 있었다. 서기 한 명이 옆의 책상에 앉아 있었는데 그의 앞에는 점토판과 갈대줄기로 만든 펜이 놓여 있었다.

“아저씨들, 계약서 쓸까요?” 서기가 물었다. 그는 아직 완전히 구워지지 않은 점토판에 수직선과 수평선을 긋기 시작했다. 그동안 상품의 가격을 놓고 실랑이가 계속 벌어졌다. 둘 중 한 상인이 일어나 다채로운 색깔의 천을 펼쳐놓았다.

“야누, 넌 이 천이 얼마나 귀한 것인지 모르는가 본데, 이것은 멀리 바다 건너에서 수입된 거야. 난 너의 볼품없는 대추나 다 말라비틀어진 호두 몇 개를 받고 이 귀중한 옷감을 너에게 넘겨주려는 거야. 수지맞은 줄 알아. 이 거래를 하는 게 좋을 거다.”

“서기, 계약서를 쓰지.” 머리에 투구를 쓴 이 뚱뚱한 상인은 말한다.

서기는 갈대줄기의 끝부분을 뾰족하게 해서 만든 펜으로 점토판의 왼쪽 란에 과일과 곡식이 담긴 단지를 상징하는 그림을 그렸다. 오른쪽 란에는 교역된 옷감이나 청동제품의 숫자가 기록되었다. 그는 교역된 물품 목록 아래에 상인들의 이름(하르파, 야누)을 적었다. 그다음 그는 상인들에게 펜을 주었고, 그들은 그 아래에 서명했다.

상인들은 일어서서 악수를 나누었다. 계약이 성사된 것이다. 그들은 하인에게 상품을 서로 바꿔 싣도록 했다. 서기 앞에는 이미 또 다른 고객이 와서 계약서를 쓰고 있었다. 한 사람은 새끼를 낳은 어미양 네 마리를 팔고자 했고, 다른 사람은 물고기와 닭을 보석과 교환하고자 했다. 서기는 이 거래에 필요한 서류를 능숙하게 작성했다. 서류라고 해봤자 교환된 상품의 종류와 숫자를 둥글거나 직사각형의 점토판에 그려 놓는 것이 고작이었다.

>> 우리는 너희 돈이 필요해!

갑자기 시장에 소동이 일어났다. 몇몇 시장 상인들이 번개처럼 빠르게 도망가면서 상품을 깨끗하게 치우거나 수레나 보따리 속에 감추었다.

"납쉬가 떴다!" 누군가 외쳤다.

시장에 잘 차려입은 키 큰 사내가 들어왔다. 그는 머리에 아주 높은 두건을 쓰고 있었다. 조수 두 명과 군인 네 명이 그를 따라왔다.

"저 사람이 누구죠?" 타마스는 바구니에 채소를 나르고 있는 여인에게 물어보았다.

"납쉬, 세무서장이에요. 모두가 벌벌 떠는 존재죠."

왜 시장 상인들이 그렇게 했는지는 금방 명확해졌다. 이 세무 공무원이 시장 판매대를 돌며 검사를 했다. 군인들은 이를 거부하는 상인을 창으로 거칠게 내리쳤다. 상인들은 순순히 따를 수밖에 없었다.

상인들의 불평이 계속 이어지자 관원은 소리쳤다. "우리는 이 도시를 방어하기 위해 필요한 돈을 너희들에게서 세금으로 걷으려는 것이다. 너희는 우리가 멸망하기를 바라느냐? 정말 그렇게 되길 바라느냐? 우리는 너희가 사랑하는 도시를 지키기 위해 돈이 필요하다. 우리는 우리를 위해 돈이 필요한 것이 아니란 말이다. 우리는 성벽을 튼튼히 쌓아야 한다. 적들이 북쪽에서 쳐들어올 것이다. 너희들 설마 그것을 바라는 것은 아닐 테지. 너희들이 바라는 것은 조용하고 평화롭게 살면서 장사에 전념하는 거잖아! 너희를 위해 헌신하고 너희의 행복만 생각하고 있는 내가 의무를 다할 수 있도록 해다오. 성직자들이 세무서장으로 임명한 납쉬인 내가 말이다."

그는 계약서를 검사하고, 부하들에게 실제로 거래된 상품의 숫자를 세어 그것을 줄에 가지런히 꿰어 놓은 숫자 표시와 비교하게 했다. 숫자가 일치하지 않는다는 것이 금방 탄로났다. 많은 상인들이 신고한 것보다 상품을 더 많이 판 것이다.

납쉬는 소리쳤다. "이 도시의 신들을 노하게 할 셈이냐. 너희는 사기꾼이다. 성직자 계급이 판결을 내리는 최고 재판소로 끌려가지 않은 것은 다 내 덕인 줄 알아라. 너희들이 내야 할 세금을 조속히 납부하고 벌금으로 은화 12냥을 낸다면, 내 너희의 범죄를 더 이상 묻지 않겠다."

왕궁과 사원이 삶을 통제했다

제후와 왕이 수백 년 동안 우루크를 지배하고, 부유한 지배층이 사회생활의 규범을 정했다. 하지만 성직자 계급도 무시할 수 없는 권력을 누리고 있었다. 이 계급은 여러 분야에서 실권을 쥐고 정책 결정에 참여했다. 묘비와 건물 등 도시에서 발굴된 유물에 따르면 왕궁과 사원이 상업과 돈의 유통을 관리했다. 이들 기관들은 세금징수원을 파견하고, 필요할 경우 도시 질서를 유지하기 위해 군대와 경찰을 준비하기도 했다. 도시들 간 분쟁이나 전쟁은 점점 더 빈번해졌다. 그래서 우루크의 강력한 성벽처럼 거대한 방어시설들이 꼭 필요했다.

>> 학교

사원 구역의 맨 끝에서 타마스는 화려하게 치장된 건물을 만났다. 여러 기둥들 사이로 그는 열두 명의 아이들과 청년들이 돌책상에 앉아 있는 것을 볼 수 있었다. 선생이 그들 앞을 왔다갔다했다.

선생은 말했다. "글을 쓸 수 있는 사람은 큰 명망을 얻을 수 있다. 서기만 되면, 너희도 상류층이 될 수 있다는 말이다. 너희 자식들에게 좋은 집을 지어 줄 수도 있을 것이다. 너희는 은이나 밀, 보리, 좋은 옷감, 기름 그리고 히말라야 땅에서 나는 향수를 보수로 받게 될 것이다. 양이나 소, 물고기, 토끼, 그리고 멧돼지를 받을 수도 있을 것이다. 큰 행정관청에서 일하게 된다면, 너희들이 열망하고 있는 것을 마음대로 갖게 될 것이다. 서기가 되는 것은 너희나 너희 가족을 위해 좋을 것이고, 너희는 이 도시에서 매우 존경받는 사람이 될 것이다."

학생들 앞에는 밀랍 칠판이 놓여 있었다. 그 옆 나무접시에는 마른 갈대줄기로 만든 깃펜이 한 묶음 들어 있었다.

선생은 말했다. "이스나! 너는 아직도 필기구를 어떻게 잡는지 모르니?"선생은 소년의 두 귀를 붙잡고 그가 소리를 지를 때까지 머리를 세게 흔들었다. "그렇게 기분 나빠하지 말아라. 너희는 서기라는 직업이 이 세상에서 가장 좋은 직업이라는 것을 너무 쉽게 까먹고 있어. 성문 경비사령관의 아들 이스나, 펜을 가지고 와서 지금까지 했던 것보다 더 조심스럽게 밀랍 칠판에 글씨를 써 보아라. 그리고 사원 관리원의 아들 칼니, 너는 깃털 펜을 좀 더 뾰족하게 만들어라."

여덟 명의 학생들이 각자 자기 밀랍판 쪽으로 몸을 숙여 선생님이 큰 칠판에 써 놓은 기호를 부드러운 밀랍에 새겼다.

"물!" 선생은 뾰족하게 만든 갈대줄기 펜으로 네 번이나 밀랍에 글씨를 눌러 썼다. 두 개의 기호는 위에, 또 두 개의 기호는 그 아래쪽에. 그러고는 모든 학생들이 잘 볼 수 있도록 칠판을 높이 들었다.

그는 반복해서 말한다. "물! 물은 이렇게 쓰는 거야. 물은 우리가 살아가는 데 중요한 거야. 너희들도 알고 있지. 그러니까 이 기호로 시작하자. 잘 기억해 두도록 해라."

학생들은 파도 모양과 비슷한 기호로 물을 표시하기 시작했다. 그들 뒤에서 선생은 만족한 듯 고개를 끄덕였다. 이따금 그는 학생의 손을 잡고 펜의 끝이 밀랍판에 더 깊이 들어가게 눌러 주었다.

"남자와 여자를 나타내는 기호를 쓸 수 있는 사람? 그래, 안릴, 네가 한 번 해 볼래?"

한 소년이 열심히 갈대 펜을 이용하여 기호를 새기더니 자랑스럽게 밀랍판을 들어 보여주었다.

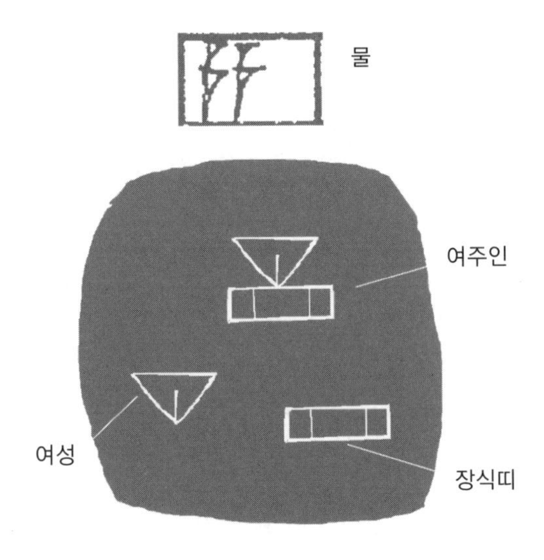

"매우 잘했다. 안릴! 많이 늘었구나. 신들과 너의 아버지가 좋아 하시겠다. 아버지께서는 아마 너를 자랑스럽게 여기실 거다. 모두들 안릴처럼 열심히 공부해야 한다."

한동안 수업은 이렇게 진행되었다. 선생이 밀랍판에 기호를 그려 보여주면, 학생들은 그것을 따라 그렸다. 그다음에는 1에서 20까지 숫자*를 공부할 차례였다.

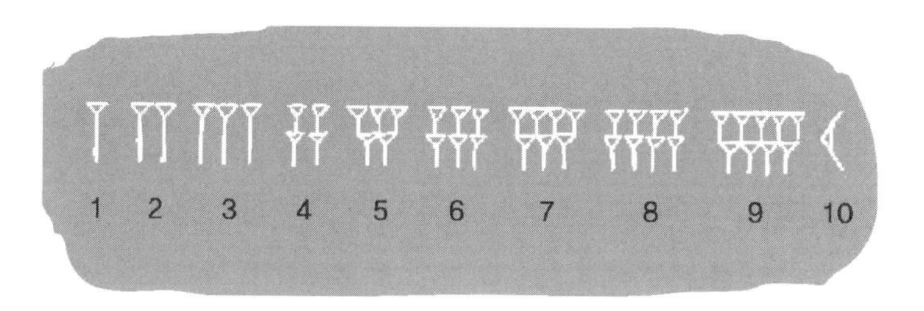

"잘 했다. 얘들아!" 선생은 칭찬했다. "너희들 모두 만족스럽구나. 다가올 시험에 대비하여 준비한 텍스트는 베끼도록 하자. 적어 간 연습용 텍스트를 집에 가서 읽어 보고, 계산 문제도 풀고, 점토판에 사용할 점토를 준비하고, 나무판자에 밀랍을 부어 놓아라. 이렇게 해놓으면 쓸 때마다 판을 깨끗이 지우고 새로 기록할 수 있을 것이다. 그러면 이제 집으로 가서 열심히 공부하도록 해라!"

>> 나 이제 놀고 싶어!

"드디어 수업 끝."

타마스는 학생들을 따라 언덕을 내려가며 그들이 안도의 숨을 쉬는 소리를 들었다.

"학교에서 보내는 하루는 너무 길어!" 슐기가 한탄하듯 내뱉었다.

"내 말이 그 말이야. 한 달에 3일만 쉬는 건 너무 비인간적이야." 이스나가 맞장구쳤다.

"우리를 너무 들볶는 것 아냐. 쉬는 시간이 없잖아."

"서기만 되면, 너희도 상류층이 될 수 있다." 칼니는 선생님의 말투를 그대로 따라했다. "지금 내가 죽도로 힘든데, 그래 봤자 무슨 소용이 있겠어."

"얘들아, 그렇게 어리석은 말은 하지 마." 파로가 친구들을 달랬다. "조금만 참으면 돼. 글만 배우면 우리는 귀한 신분이 될 수 있어."

"그런 것은 내게 아무 소용없어. 지금 내가 바라는 건 노는 거야. 비가 오나 눈이 오나, 덥거나 춥거나 매일 교실에서 공부만 하는 게 아니란 말이야."

"어리석은 소리 그만해!"

"파로, 네가 내 친구라는 걸 다행으로 생각해. 그렇지 않았다면 너를 마구 패주었을 거야." 파로는 웃기만 했다. "얘들아, 우리 항구에 가지 않을래? 지금 그곳에는 북쪽에서 예쁜 여자 노예들을 싣고 들어온 배들이 와 있어. 노예들이나 구경하자."

>> 인간이여, 신들의 규칙을 따르라!

타마스는 계속 걸었다. 그는 이 도시 사람들의 낯선 생활방식과 행동에 완전히 매혹되었다. 골목길에서 그는 음악가와 이야기꾼을 만났다. 그들은 교대로 지금 이 도시를 위협하고 있는 위험에 관해서 칠현금 소리에 맞추어 노래하거나 이야기를 했다. "매년 봄이 끝날 무렵 산에서 눈이 녹아 쌍둥이 강인 티크리스와 유프라테스 강으로 흘러들어올 때면 우리는 늘 강의 범람과 맞서 싸워 왔다. 우리는 위대한 발명 덕에 땅에서 물을 뺌으로써 우리 국토가 늪으로 변하는 것을 막았다. 하지만 이제 또 다른 걱정이 우리 나라를 지배하고 있다. 우리의 적인 북방 민족들이 쳐들어온다면, 바빌론 전체가 사라지게 될 것이다. 그건 우리에게 악몽이다……."

청중이 이들의 말을 끊었다. "당신들은 그 악몽을 어디 다른 곳에 숨겨둘 수 없겠소. 왜 우리의 저녁을 망쳐 놓는 것이오? 오늘 하루도 참 힘들었단 말이오!"

새로운 무리가 자리를 잡았다. 이들은 사제의 명령을 받고 칠현금과 관악기를 들고 이리저리 움직였다. 악기들은 황소가 날라야 할 정도로 엄청나게 컸다. 연주자들은 반원을 그린 채 천지창조 이야기를 노래했다. 그들은 우주를 창조한 여신 남무(Nammu)에 관해서 이야기했다. 그들은 하늘의 신 안(An)과 땅의 신 우라스(Uras), 달의 신 난나(Nanna) 그리고 이난나(Inanna)와 우투(Utu)등 다른 중요한 하늘의 신들에게도 경의를 표했다.

타마스는 돌을 깔고 앉아 이들이 연주하는 음악과 낭송하는 시 그리고 이야기를 들었다.

"인간이여, 신들의 규칙을 따르라!
그들의 명령을 엄격히 따르고, 세계의 창조자들을 존경하라.
너희는 모든 방법을 동원하여 신들을 섬기고,
너희 세계를 떠받치고 있는
나무의 뿌리를 뽑아서는 안 된다.
태초부터 주어진
이 규칙을 어긴다면
큰 혼란이 닥칠 것이고,
너희는 죽게 될 것이다."

도시를 계속 걸어가는 동안 타마스는 머리가 시끌벅적할 정도로 신들이 너무 많은 것 같다는 생각을 했다. 신이 한 명이건 여러 명이건 간에 모든 사람들은 신이 정한 계율을 따르려고 했다. 사람들에게 중요한 것은 상을 받느냐 아니면 벌을 받느냐, 구원을 받을 것이냐 아니면 세계의 종말과 함께 지옥으로 떨어지는 영겁의 벌을 받을 것이냐였다.

>> 스파이

우루크의 여러 곳을 오래 돌아다니다 보니 어느덧 해가 저물었다. 구름에 덮여 가려진 보름달이 죽은 듯이 고요한 이 도시를 드문드문 희미하게 비추고 있었다. 여러 집 현관에는 등불이 타오르고 있었다. 타마스는 술집으로 되돌아오기 위해 도시의 성문을 찾아 나섰다. 그는 이날 밤을 지낼 숙소를 찾고 있었다.

물론 그는 오후 내내 그리고 저녁 무렵에도 몬트를 찾아다녔다. 자기가 찾는 여자였으면 하는 마음으로 그는 오랫동안 어떤 여인을 따라가기도 했다. 키나 걸음걸이로 봐서 몬트 같았기 때문이다. 하지만 등 뒤에 추적자가 따라오고 있다는 것을 알아차린 그녀는 거친 동작을 하며 욕설을 퍼부었다. 타마스는 재빨리 골목으로 도망쳤다.

갑자기 검은 성벽이 앞에 나타났다. 성문이 있을 것이라 추측한 방향으로 걸어가던 그는 갑자기 서너 명의 경비병에게 붙잡혀 그 전에 보지 못했던 성벽의 쪽문으로 끌려갔다. 분명한 건 이곳이 지하 방어시설로 연결된 아치형 문이었다는 것이다. 경비병들이 크게 지껄이는 바람에 타마스는 '이방인', '반역자', '스파이'라는 말을 알아들었다.

"그게 아닙니다!"

경비병들은 타마스를 끌고 가더니 지하 감옥에 처넣었다.

타마스는 있는 힘껏 소리쳤다.

"저를 보내주세요. 도와주세요!"

그때 어두운 지하 감옥에서 누군가가 "헛수고 그만해, 아무도 네 말을 들을 수 없으니까."라고 말했다.

"누구시죠?"

"한 번 여기 들어온 사람은 더 이상 빠져나갈 길이 없어."

누군가 신발을 질질 끌며 다가왔다. 감옥 복도에서 감방으로 흐릿하게 흘러들어오는 횃불 빛을 통해 타마스는 그 남자가 전에 술집에서 만났던 사람이라는 것을 알았다.

"다시 만나게 되었네요."

"모습을 바꾸긴 했지만, 난 네가 이방인이라는 걸 알겠어. 너는 이 도시 사람이 아니지."

“그렇지 않아요.”

“너, 이 도시 사람이 아니잖아?”

타마스는 항변해 보려고 했지만 이 남자의 눈길에서 그래 봤자 아무 소용이 없다는 걸 깨달았다.

“어떻게 아셨죠?”

“내 인식 능력은 인간의 한계를 넘어서지. 나는 인간들이 자신들만이 유일하다고 여기는 세계 밖에 무한히 많은 세계가 있다는 것을 아니까.”

“당신은 예언자인가요, 연주자인가요?”

“연주자라고? 아니야.”

“샤먼(무당)? 마법사? 여기서 날 꺼내줄 수 있어요?”

타마스는 자노를 떠올렸던 것 같다. 아주 오래전에 그의 아바타인 락티가 자노의 제자였던 적이 있었다. 그곳 북쪽 멀리 떨어진 동굴에 어떤 여인의 초상화가 사람들의 눈길을 피해 숨겨져 있다.

“내가 다른 사람들이 못 보는 걸 본다는 것은 사실이야. 하지만 나는 마법사는 아니지. 내일 새벽에 우리를 물에 빠트려 죽일 것 같아 걱정이야. 이곳 사람들은 스파이를 그렇게 다루거든.”

“말도 안 되는 소리예요! 나는 스파이가 아니에요.”

“넌 법을 어겼어. 요즘 같은 시절에는 그것만으로도 가장 엄한 벌을 받을 수 있어.”

“나는 내가 무슨 죄를 저질렀는지 모르겠어요.”

“해가 지고 난 다음에는 누구도 특별한 허락 없이 성벽에 접근해서는 안 돼. 그런데 네가 그렇게 했기 때문에 너를 스파이로 본 거야. 스파이 행위는 사형이야. 내가 카페에서 북방 민족의 침입이 예상되기 때문에 요즘 이 도시 사람들의 신경이 곤두서 있다고 이야기해 주지 않았나?”

"그래도 이런 법이 있는지는 몰랐죠."

"우리는 공동체 생활을 규제하는 법이 필요해. 너도 이미 눈치챘겠지만, 여긴 법이 너무 엄격한 데다 정의롭지도 못해."

"그런데 당신은 왜 여기 온 거죠?"

"나는 국가 권력에 반대하는 글을 썼지. 그것은 이 나라를 통치하는 사제들의 눈에는 가장 심각한 범죄 가운데 하나야."

"글을 썼다구요? 도대체 무슨 글을 썼는데요? 제 기억으로는 여기 사람들은 점토나 밀랍에 숫자나 계산 혹은 계약서만 쓰는 것 같은데요."

"술집에서 가수들이 노래했던 시를 기억해?"

"그들은 예전에 이 도시 우루크를 건설했던 왕에 대해 노래했잖아요."

"그 왕의 이름이 길가메시라네. 그는 반인반신이지. 내가 그렇게 썼지."

"당신이 길가메시 서사시를 썼다고요?"

"나뿐만 아니야. 내 앞에도 여러 사람이 그리고 내 뒤로도 많은 사람이 이 이야기를 계속 전할 거야. 아마 수천 년이 지나도 사람들은 길가메시 왕에 대해 이야기할 거야."

"그렇다면 이해가 되지 않네요. 그 때문에 당신을 감옥에 가두다니요?"

"내가 그를 멋지고 용감하게만 그린 게 아니기 때문이야. 나는 그를 잔혹한 지배자로 그렸지. 사람들을 멸시한 폭군으로 말야. 그런데 내가 썼던 글씨판을 사원 구역에 위치한 고위 관청에서 보게 된 거야. 사제 계급은 추적자를 파견했지. 누군가가 글로써 백성들을 선동할 수 있다는 데에 그들은 큰 공포를 느꼈던 거야."

"어떻게 그럴 수 있죠? 글을 읽거나 쓸 수 있는 사람이 소수에 불과한데 말이에요. 나는 그렇게 들었어요."

"노래나 시의 영향력은 여러 사람들에게 퍼져 나갈수록 커지게 되지."

"그건 그렇죠."

"말[言]이 무기보다 훨씬 더 강할 수 있다는 걸 알고 있었던 지배자들은 시인을 박해하지. 그래서 난 여기 앉아 판결을 기다리고 있는 거야. 판결이 어떻게 날지 이미 다 알고 있긴 하지만 말이야."

"앞날을 너무 어둡게만 보시는군요. 당신 시에 대해서 좀 더 이야기 해 주세요."

우니니라는 이름의 이 노인은 타마스에게 길가메시 왕의 이야기를 해 주었다. 왕의 지배욕이 그를 어떻게 폭군으로 만들었는지, 그의 신하들이 이 반신(半神) 아래에서 얼마나 힘이 들었는지, 왕이 얼마나 죽기 싫어 했는지 등등을. 타마스는 이 잔인한 왕이 진짜 있기나 했는지, 이 이야기 전체가 비유적으로 꾸민 이야기는 아닌지 알고 싶었다.

노인은 웃었다.

"그런지도 모르지. 왜냐하면 이 이야기는 우리에게 아무리 돈이 많고 힘이 세고 권력이 강한 사람이라도 불행이나 죽음은 피할 수 없다는 것을 말하고 있거든. 강력한 권력을 누렸던 왕 길가메시, 신의 총아인 자신은 불멸할 것이라고 믿었던 왕도 결국 죽어야만 하는 인간이었지. 그래서 그의 추락은 깊었던 거야. 자신도 죽을 수밖에 없다는 걸 알았을 때 그는 다른 사람보다 훨씬 더 고통스러워했으니까."

>> 두건을 쓴 구원자

수메르 시인인 우니니가 이야기를 하는 동안 두 사람은 시간 가는 줄도 몰랐고, 그곳이 감옥이라는 사실도 까맣게 잊고 있었다. 그런데 갑자기 노인이 말을 멈추었다.

"조용!"

멀리서 소음이 들렸다.

"우니니, 이 소리가 무엇을 의미할까요?"

"우리를 데리러 오는 모양이야."

"무조건 도망가야 해요!"

"나는 이 창살을 부술 수 없어."

"함께 힘을 모아 부숴 봐요. 자, 시작!"

타마스와 우니니는 힘을 합쳐 감방의 격자 창살을 흔들어 보았다.

"난 할 수 없어. 너무 늙어 힘이 없어."

시인은 체념한 듯 말했다.

감옥 복도에서는 누군가가 큰 소리로 명령을 내렸다. 많은 사람들이 쿵쾅거리며 걸어오는 소리가 들렸다. 경비병들이 횃불을 들고 두 사람이 잡혀 있는 감방을 지나갔다. 경비병들이 모두 소리를 크게 질러대는 바람에 소리가 뒤죽박죽되었다. 무거운 감옥문이 열렸다. 신선한 밤공기가 지하 감옥으로 흘러들어왔다.

"우리를 데리러 온 게 아니었어요. 반란이라도 일어난 것일까요?" 타마스가 말했다.

"적들이 예상보다 빨리 우루크를 기습한 것 같아."

"그게 무슨 소리예요?"

"우루크의 적들이 북쪽의 늪지대에서 내려온 거야. 그들이 타고 온 보트를 경비병들이 이제야 발견한 게 틀림없어."

"혼란을 틈타 이 문을 부수고 탈출하죠."

타마스는 있는 힘을 다해 격자 창살을 흔들어 보았지만 허사였다.

"이봐요, 힘을 합쳐 여기를 빠져나가자니까요!"

그는 다시 한번 소리쳤다.

그때 갑자기 두건 달린 외투를 입은 여자가 나타났다. 그녀는 아무 말도 없이 감방 문을 열어 주었다.

"경비병들이 돌아오기 전에 서두르세요!"

그녀는 조용히 말했다. 그리고 갇혀 있던 두 사람의 반응을 살피지도 않고 바로 복도를 따라 내려갔다. 타마스와 우니니는 그녀를 따라갔다.

밖에서 전혀 볼 수 없도록 돌로 막아 놓은 작은 비밀통로를 통해 그들은 밖으로 탈출했다. 달빛에 비친 강물은 은색으로 물들어 있었다. 강의 상류지점에서는 전투가 벌어지는 소리가 났다. 낯선 보트들이 강가에 정박해 있었다. 성의 망루에서는 적의 침입을 알리는 둔탁한 뿔나팔 소리도 났다. 무장한 병사들이 어둠속에 도망치고 있는 이들을 지나쳤지만 그들을 주목하지 않았다.

"빨리 갑시다! 이 길을 따라가요." 얼굴을 감춘 이 여인은 타마스와 우니니를 강의 지류에 있는 갈대밭으로 안내했다.

"우리를 어디로 데려가는 거요?"

"이 강이 남쪽바다로 이어지는 지점까지 가면 자유에요. 내 보트는 여기 숨겨 놓았어요. 하지만 서둘러야 해요. 전투가 곧 성벽을 따라 전 지역으로 확전될 것 같으니까요."

"나는 더 이상 함께 가지 않겠네."

늙은 시인이 말했다.

"말도 안 되는 소리 하지 마세요!"

타마스가 소리쳤다.

"나는 우루크의 내 민족 곁에 있을 거야."

"그들이 당신을 죽이려 할 걸요. 잘 생각해 보세요."

얼굴을 숨기고 있는 여인이 그들을 향해 몸을 돌렸다.

"뭐하는 거예요. 지금이 가장 좋은 기회예요."

"어서 가기나 해, 다른 세계에서 온 친구."

우니니는 부드럽게 말하고는 자신을 데리고 가려 하는 타마스를 밀어 제쳤다.

"넌 여기서 죽어서는 안 돼."

타마스는 노인을 끝까지 바라보았다.

"무슨 일이 벌어질지 누가 알겠어. 아마 전투가 끝나면 다시 노래꾼과 시인이 필요하게 될지도 몰라. 그때까지 나는 이 도시에 숨어 있을 거야. 그러니 넌 이제 혼자 가!"

>> 일곱 누이들

결국 타마스만 구원자 여인과 함께 좁은 보트를 타고 떠나게 되었다. 그들은 빨리 떠날 준비를 해야 했다. 그들은 보트를 숨겨 놓은 곳에서 재빨리 갈대를 헤치고 보트를 강 쪽으로 밀었다. 지난번 범람 이후 강물이 많이 불어나 있었다. 이 강은 건너편이 보이지 않을 정도로 강폭이 넓었다. 그들이 보트로 뛰어오르자마자, 작은 보트는 급류를 타고 빠른 속도로 떠내려갔다. 타마스는 거의 탈진 상태로 보트에 누워 있었고, 얼굴을 가린 여인이 노를 잡고 배를 몰았다. 마침내 타마스에게 다시 움직일 힘이 생겼다.

"당신이 나를 구해 주셨군요! 어떻게 감사드려야 할까요? 저는 당신 얼굴도 이름도 모르는데, 당신은 누구신가요?"
여인은 두건을 벗었다. 어깨 위로 흘러내린 긴 갈색 머리카락이 달빛을 받아 은색으로 빛나고 있었다.
"몬트!"
"누군가 당신을 구하긴 해야죠, 안 그래요?"
타마스가 그녀를 포옹하려 했지만 그녀는 거부했다.
"다시 그쪽에 앉아요. 그렇지 않으면 배가 뒤집힐 거예요."
"무슨 말을 해야 할지 모르겠군요."
"아무 말도 하지 말아요. 우리에게는 아직 시간이 많아요. 이 별들을 보세요."
그녀는 남쪽 하늘을 가리켰다. 그곳 하늘에 몇 개의 별들이 유난히 밝게 떠 있었고, 터키석과 같은 푸른빛을 발하고 있었다.
그녀는 말했다.
"이 나라에서 하늘을 관찰하는 사람들은 이 별들을 일곱 누이라고 불러요. 이 별들은 우리에게 길을 가르쳐 주지요. 지금은 내가 당신을 데리고 가지만, 나중에는 당신이 나를 데리고 갈 거예요."
"어디로 말이오?"
"내가 잃어버린 세계로 되돌아가게 해주어야 해요. 그것이 당신의 의무예요."
"당신이 원하는 대로 할게요. 그런데 내가 어떻게 해야 할까요?"
"그것을 간절히 원하기만 하면 돼요."
"그렇게 할게요."
"아직 간절하게 원하지 않은 것 같은데요."
한동안 보트가 심하게 이리저리 흔들렸다. 그녀는 노를 놓치지 않으려고 애를 썼다.

"도와줘요, 타마스. 배가 뒤집히면 우리는 길을 잃게 돼요. 이 도시를 벗어나자마자 돛을 펼 거예요."

"그래요, 당신이 원하는 대로 해요."

황소자리의 일곱 자매

그리스인은 이 별들을 '플레야드'(Plejaden)라고 불렀다. 하지만 이보다 더 오래된 문화권에서도 이미 이 일곱 개의 별들이 언급되었다. 사실 여기에서는 오늘날 우리가 알고 있는 것과 같은 일곱 개의 별들보다 더 많은 것을 의미했다.

>> 내 마음이 뛴다

지금도 그대로다. 그가 일곱 누이 별들이 떠 있는 하늘 아래에서 느꼈던 사랑과 애정이 가득한 꿈 같은 감정 말이다. 그날 밤 달은 그와 함께 어두운 강을 헤치고 무한성 속으로 흘러들어갔다.

타마스는 지하 방에서 윙윙거리며 돌아가는 기계 사이에서 생각했다.

"빌리, 여기보다 더 아름다운 삶이 또 있을까?"

고양이는 피곤한 듯 눈을 깜박였다. 타마스는 몇 차례 건반을 두드리며 불협화음을 내고 머릿속에 떠오른 가사를 한 줄 흥얼거렸다.

뛴다, 뛴다, 뛴다, 내 마음이 뛴다, 뛴다, 뛴다……

"야, 판도라, 왜 나를 나오게 만들었니? 난 몬트와 계속 배를 타고 가고 싶었는데."

판도라는 아무 말도 없다.

타마스는 일곱 개의 별들이 발하는 푸른빛을 떠올렸다. 그리고 그녀의 짙푸른 눈과 바람에 날리는 머리 그리고 목에 새긴 꽃 모양 문신을 떠올렸다. 그 작은 보트 안의 세계에는 그들 둘뿐이었다. 마스트에 세워진 돛만 조용히 나부끼고 있었다.

타마스는 행복했다.

"난 돌아갈 거야!"

타마스는 거칠게 기타 줄을 튕겼다. 불협화음이 계속 이어졌다. 갈수록 소리는 더 커져 귀청이 찢어질 것 같았다. 마치 자기가 보트로 돌아오라고 명령할 수 있을 것처럼 말이다.

시뮬레이션 세계가 갑자기 흐려지더니 투명하게 사라지기 시작했다. 모든 형체가 사라졌다.

그들은 아직 몇 마디 더 나눌 수 있었다.

"몬트?"

"잘 지내요, 타마스."

"어디로 가는 건가요?"

"잘 모르겠지만, 아마 사막으로 갈 것 같아요."

"왜 사막이죠?"

"내가 자유를 얻기 위해서 반드시 통과해야만 하는 곳이니까요. 사막도 내가 경험해야 할 한 단계예요."

"누가 정한 건가요?"

이제 그녀의 목소리가 거의 들리지 않았다.

"새로운 단계, 새로운 인물이…… 이 게임의 정신…… 이에요."

"어떤 인물 말이에요?"

"당신이…… 찾게 될 거에요…… 잘 있어요…… 잘 있어요……."

이 시뮬레이션에서 알아서 비상 탈출하란 말인가? 망할, 도대체 누가 버튼을 누른 거야?

몬트, 가지 마! 하지만 몬트는 내려갔고 일곱 누이 별들도 사라졌다.

"젠장!" 이렇게 가상세계로 되돌아가고 싶어 하는 사람이 또 있을까?

뛴다! 뛴다! 달아난다!

뛴다. 내 심장박동이 뛴다!

>> 새로운 레벨에서는 새로운 인물로

판도라: "왠 야단법석이야? 타마스! 마이크 소리 좀 낮춰!"

타마스: "젠장, 판도라, 너 또 어디에 갔던 거야?"

판도라: "다른 일이 있다고 이미 설명했잖아."

타마스: "이런 젠장! 난 코드가 필요해. 돌아가야 해. 그것도 즉시 말이야!"

판도라: "오케이, 게임으로 돌아가. 그런데 네가 생각하는 곳은 아니야. 여기 너의 코드가 있어. 새로운 장에서 다시 시작해."

타마스: "새로운 아바타로 시작할래. 새로운 장에서는 새로운 인물로,

그게 이 게임의 정신 아니야?"

판도라: "그렇지. 네 환상을 무한정 펼칠 수 있어."

타마스: "난 사막으로 갈 거야. 투아레크인으로 말이야. 가도 되지?"

판도라: "네가 원한다면. 그런데 왜 그곳으로 가려고 해?"

타마스: "지금 막 관심이 생겼어. 난 다시 피부색이 다른 사람으로 변신해야 해. 가상 세계에서 이건 멋진 일이지."

판도라와 채팅을 하고 있는 동안 타마스는 새로운 아바타를 디자인했다. 새로운 옷, 새로운 체격, 작은 얼굴, 모든 것을 마음대로 했으며, 조합할 수도 있었다.

판도라: "사막의 아들로 변장한 모습, 정말 매혹적인데."

타마스: "참견 그만하고 다음 레벨의 코드나 줘!"

¥ÅZr∞"□□□□ƒÇZkò∆□□□□□æíi`êÕ□□□□–
®hŸÖΣ"□□□'ßzgz´ÿ□□□'ºäWe¶œ□□□ÿ√ãc
lìj□□□□¿êg`å«□□□◊À™pcì≈◊□□□÷©wiÅ
Æ◊□□□'≤ÄXh●–

레벨 6

사막의 아들

실제 시간: 10월 27일 수요일 23시 30분

실제 장소: 타마스의 지하실

가상 시간: 기원전 550년 전

가상 장소: 사막, 페샨베르게, 오늘날 리비아 땅

>> 사막의 왕자

가라만테스 왕국의 왕 쿤투루가 중병에 걸렸다. 이집트에서 모셔온 마법사나 의사들조차도 어찌할 바를 몰랐다. 그들은 수도인 가라마에서 여름별장이 있는 페산베르게로 왕을 옮겼다. 그곳은 시원한 바람이 불어와 사막의 더위를 어느 정도 식혀 주었다. 튼튼한 성벽 아래 어두운 곳에서는 사냥개들이 무리 지어 헐떡이고 있었다. 마치 주인의 죽음이 임박했음을 알고 있는 것 같았다. 사냥개들은 왕실 귀족들과 함께 사냥을 나가 사자들을 포위하거나 그 자리에 붙잡아두도록 훈련 받았다. 이 개들은 왕이 말 두 마리가 끄는 전차를 몰고와 사자들을 창으로 찔러 죽일 때까지 기다렸다. 하지만 왕이 사냥을 나가지 않은 지도 이미 오래되었다. 놀이패나 곡예사들도 더 이상 별장에 머물지 않았다. 아무도 감히 시끄러운 소리로 떠들 생각을 할 수 없었다.

"왕자를 불러라!" 왕이 힘없는 목소리로 명을 내렸다. 늘상 그랬던 것처럼 스승인 티피낙과 함께 올리브나무 숲 그늘에 앉아 글씨와 그림 공부를 하고 있던 왕자 툴루에게 사람이 파견되었다.

툴루는 키가 크고 호리호리한 젊은이였다. 그는 가라만테스 부족 대부분의 남자들처럼 두건 달린 외투나 파란 터번을 쓰고 다녔다. 균형 잡힌 얼굴에 피부는 아직 완전히 익지 않은 호두 색깔처럼 연한 갈색이었다. 눈길은 진지했고 두 눈은 해질녘의 그늘처럼 짙은 색깔이었다.

그는 스승과 함께 부족의 유래나 아주 먼, 이제 거의 잊혀진 과거의 그림에 대해 토론했다.

"예전에 우리는 이 사막의 자랑스러운 정복자였습니다. 그때 우리에게는 힘과 지식이 있었습니다. 바위에 그린 벽화들은 우리 부족의 전성기를 잘 보여주고 있습니다." 툴루가 말했다.

그는 티피낙에게 그림 몇 장을 내어놓았다. 그것들은 이집트에서 가라만테스 왕실로 수입된 사이프러스 풀로 짠 천에 그린 것이었다.

"이것은 내가 몇 달 동안 사막 계곡의 바위동굴들을 둘러보며 그곳에 그려진 벽화들을 보고 그린 그림들입니다. 저 그림은 아주 옛날 그림을 보고 그린 것인데, 기린, 코끼리, 하마, 악어예요. 이 동물들은 옛날 계곡에 아직 물이 흐르고 사막이 비옥한 땅이었던 시절을 보여주고 있지요. 유목민족이었던 우리 조상들은 이 땅에 거주하면서 이런 그림들을 남겼어요. 가라만테스족의 화가들은 바위 동굴 벽에 무장한 전사를 그렸습니다. 아버지께서는 이 문화를 그림으로 남겨 후손들에게 전하기 위해 나를 그곳으로 보내셨어요. 모래바람에 훼손되면서 이 그림이 사라질 위기에 처해 있기 때문이지요."

"맞습니다, 왕자님. 옳은 말씀입니다." 스승은 말했다. "이 사막보다 더 분명하게 과거의 역사를 알 수 있는 곳은 없습니다. 우리는 가능한 많이 이런 그림들을 보존하고 후세에 물려주기 위해 최선을 다해야 합니다."

>> 왕지의 수업

열병에 걸린 가라만테스 왕국의 왕 쿤투루는 아들에게 말했다.

"아들아, 지금 여행을 떠나도록 하여라."

"아버지, 저는 아버지 곁에 머물며 배우고자 합니다."

사라진 사막 부족

//

그리스의 역사가 헤로도토스(Herodot,기원전 479-424)는 사막부족인 이 가라만테스 족을 고도의 전쟁기술을 갖춘 매우 강력한 부족이라 기술했다. 비밀에 휩싸인 사하라 사막의 이 거주자들은 수 천 년 동안 중앙아프리카에서 지중해까지 펼쳐졌던 짐승 가죽, 보석, 상아 그리고 무엇보다도 가장 귀한 소금 무역을 지배했다. 이 부족의 문화가 얼마나 발전했는지는 리비아 사막에서 발굴된 오천년 된 동굴벽화나 돌에 각인된 글자에서 알 수 있다.

이들은 사막에서 살아남기 위해 수로나 지하 물 저장고를 갖춘 훌륭한 관개시설 체계를 보유하고 있었다. 그들은 오아시스에서 포도, 무화과, 보리, 기장을 재배했다. 많은 학자들은 나일강에서 고도의 문화를 발전시킨 이집트인들도 이 사막부족에서 기원했을 것이라고 추측하고 있다. 투아레크(Tuareg)인들도 이 가라만테스족의 후손이라고 한다.

하지만 이 부족의 전쟁기술과 생존기술로도 로마인의 군사력을 당해낼 수는 없었다. 로마군은 수차례 가라만테스 족의 영토로 침입해 들어왔다. 예언자 예수가 팔레스타인 땅에서 평화의 메시지를 전도할 시점에 로마의 원정군은 수도인 가라마를 파괴했다.

"당연히 그래야지. 하지만 배우기 위해서라도 너는 세상에 나가야 하느니라. 책은 지식으로 들어가는 첫 번째 관문을 열어 주기는 하지만 이따금 책에 파묻히는 것만으로 충분하지 않을 때가 있는 법이니라. 그날이 멀지 않을 것 같다만 언젠가 네가 내 자리를 물려받게 된다면, 너는 세상의 지식으로 들어가는 두 번째 관문을 통과해야 하느니라. 그런데 그것은 네가 올리브나무 숲을 떠날 때만 너에게 열리게 될 것이다."

"아버지, 곧 다시 건강해지실 것입니다. 저는 결코 떠나지 않을 거예요."

"시간이 그렇게 많이 걸리지 않을 것이다. 아마 석 달이나 넉 달 정도. 나 역시 젊은 시절 지중해 연안에 있는 여러 나라를 둘러보고 왔느니라. 나는 이집트인들이 지은 어마어마한 건축물을 보았고, 그들의 파라오가 신과 동일한 대접을 받는다는 말도 들었다. 나는 그들의 문자나 예술도 접했다. 아티카, 델피 등 지중해 너머에 있는 나라도 가보았단다. 그때 난 이 나라의 학문에 대해, 사물의 의미를 탐구하는 학문과 문학의 요람에 대해 알고 싶었다. 나는 메소포타미아 지역도 여행했지만, 수메르와 앗시리아의 옛 문화는 이미 뜨거운 사막 모래에 뒤덮여 버린 상태였다. 하지만 우리 부족이 수십 년 간 사막에서 생존 투쟁을 벌이고 있는 동안 나는 이 모든 것을 대부분 잊어버렸다. 그러니 아들아, 이제 떠나서 세상의 견문을 넓히도록 해라. 평화로운 의도로 여행을 떠나니 신이 너를 도울 것이다. 경험을 잘 쌓거라. 네 앞에는 정말 중요한 의무가 기다리고 있느니라."

쿤투루는 힘겹게 숨을 쉬었다. 너무 힘들게 긴 이야기를 했던 탓이다.

"아버지, 푹 쉬세요."

"아들아, 나중에도 쉴 시간은 충분할 것이다. 우리 상인들의 보고에 따르면 로마제국은 언젠가 우리 왕국을 정복할 준비를 할 것이다. 그때까지 너는 지중해 주변에 살고 있는 사람들의 사회를 잘 알고 있어야 할 것이다. 그래야 우리 부족을 지킬 방법을 찾아낼 수 있을 것이다."

툴루는 말했다.

"저는 그렇게 오랫동안 아버지 곁을 떠나고 싶지 않아요."

쿤투루는 대답했다.

"걱정하지 말아라. 우리의 사적인 소망보다 더 중요한 일이 있는 법이다. 네가 여행을 떠나도 우리는 서로 연락을 할 수 있을 거다. 나의 가장 충직한 매인 에프티그를 데리고 가거라. 이제 더 이상 내 말을 거역하지 말고, 내 걱정도 하지 말거라."

하지만 툴루는 걱정이 컸다. 아버지를 다시 못 볼 것 같았다. 그는 큰 슬픔에 잠긴 채 고향을 떠나 14일 동안 소금을 팔러가는 대상(隊商) 행렬을 따라 나일강 연안의 나라로 들어갔다. 여행 도중 그는 사막 바람도 느끼지 못했고, 저 멀리 밤하늘에 빛나는 별빛에 눈길을 던지지도 않았다. 배고픈 자칼이 접근하는 것을 막기 위해 피워 놓은 불가에 있으면서도 안전하다고 느끼지 못했다. 소금상인들이 사하라 사막 남쪽과 나일 강을 여행하면서 경험한 수많은 재미있는 모험담에도 관심이 없었다.

툴루는 여행을 떠난 후 다섯째 날 모래 위로 솟아난 바위에 앉은 매에게 말했다.

"아! 에프티그, 어쩌면 좋겠느냐? 마음이 너무 무겁구나. 아무 생각도 나지 않고 호기심도 더 이상 생기지 않는구나. 이 자리에서 몸을 돌려 집으로 돌아가고 싶은 마음뿐이다."

"아버지가 바라는 것이 무엇인지 잊지 마." 에프티그가 말했다.

툴루를 제외하고 그 누구도 고향에서 날아온 이 전령의 말을 알아듣지 못했다.

툴루가 말했다.

"항상 명심하고 있어. 하지만 아버지를 못 뵐 것 같다는 생각이 들어."

"그래도 이건 네 아버지의 소망이야."

오랫동안 가라만테스 부족을 위해 충성을 다했던 매가 대답했다. 전해오는 이야기에 따르면 툴루의 선조들 가운데 한 명이 끔찍한 모래폭풍 속에서 어미를 잃고 거의 죽게 된 어린 사막매 한 마리를 바위틈에서 구해 두건 달린 외투 속에 안전하게 감싸서 야영지로 데리고 왔다고 한다. 그 새는 에프티그라고 불렸고, 금세 말 잘 듣고 아주 명민한 새로 성장했다. 그래서 아주 먼 사막을 오가며 신속하게 소식을 전해주는 전령의 역할을 할 수 있게 되었다.

"에프티그, 어떻게 하면 좋을지 이야기 좀 해 주렴."

"계속 여행을 해야지. 호기심과 경탄에 가득 찬 눈으로 앞으로 일어날 일을 기다려. 그리고 고향으로 돌아가 네가 경험한 일을 이야기해 드려. 네 아버지가 바라는 게 그거야. 나는 늘 네 곁에 있을 거야."

"그래. 꼭 그렇게 할 거야." 툴루는 이렇게 말하고 무거운 잠에 빠졌다.

그다음 날 아침 매는 보이지 않았다. 나일 강 연안을 여행할 때도 툴루의 생각은 늘 아버지와 부족에게 가 있었다. 그래서 이 나라의 젖줄인 나일 강가 거대한 케오프스(쿠푸) 피라미드 근처에서 흘러나오는 노래도 듣지 못했다.

"오 나일강이여, 너를 찬미한다.
너는 우리 평야에 물을 대주고,
마실 것과 먹을 것을 준다.
누구는 가리지 않고 모든 이에게 생명을 부여하는
너는 일 년에 한 번 범람하여
우리에게 밀을 주고 대추야자 열매가 달리게 만든다.
우리는 너를 위해 노래하고, 너에게 기도한다.
네가 우리 생명을 보존해 주기를."

모든 것을 내려다보며 우뚝 솟아 있는 피라미드를 보고 툴루는 겁이 났다. 피라미드는 산처럼 웅장하게 태양을 가렸고, 그를 더 우울하게 만들었다. 그는 어마어마한 돌덩이인 피라미드의 외벽을 타고 오르며 생각했다. 이 민족의 왕은 어떻게 이렇게 웅장한 묘지를 만들라고 신하들에게 시킬 수 있었을까.

피라미드의 건설

수천 명의 사람들이 이 피라미드의 건설에 일생을 바쳐야 했을 것이다. 4만 5천 년 전에 쌓아 올린 케오프스(쿠푸)의 피라미드는 전설적인 바벨탑에 필적할 것이다. 불쌍한 건설인부들은 왜 이런 강제노역을 떠맡았을까?

대답은 간단하다. 고대 이집트 사람들은 모두 신의 왕인 파라오를 위해 일을 해야 했기 때문이다. 그들은 일 년에 몇 개월 동안 이 어마어마한 기념비를 쌓아 올리기 위해 정작 자기 농사는 내팽개쳐야 했다. 이와 같은 고대의 큰 건축물들은 왕의 명령에 따라 건설되었다. 왕은 태양신의 아들이었고, 백성들은 그를 두려워했다. 왕이 죽게 되면, 왕은 이 묘지 내부 깊은 곳에 자신을 매장하게 했다. 죽은 왕의 육신은 전문가들이 온갖 종류의 연고나 과즙을 이용해 미이라로 만들어 영원히 보존했다. 이 당시 사람들은 파라오의 영혼이 몸을 영원히 빠져나간다거나 신체가 먼지로 바스러진다는 것을 생각할 수 없었다. 그래서 영혼이 가끔 몸을 찾아올 수 있도록 죽은 파라오의 신체는 그대로 보존되어야 했다.

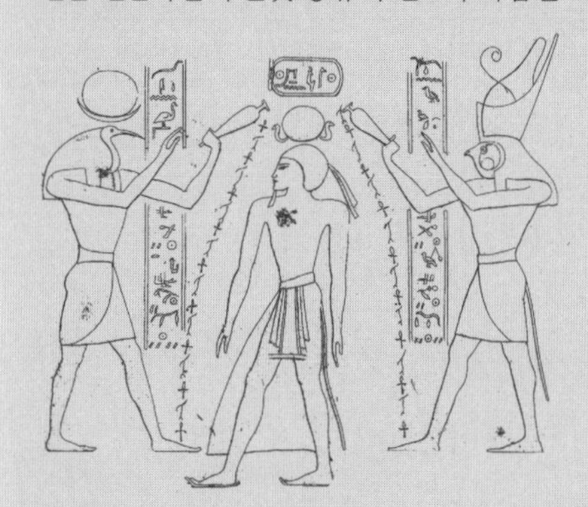

>> 깊은 곳에서 흘러나온 목소리

투아레크족의 전통 의상인 파란 옷을 입은 툴루는 피라미드의 중간 정도까지 올라와 손으로 얼굴을 받친 채 돌 위에 앉아 있었다. 그는 매우 피곤했다. 그의 눈길은 오랫동안 고향이 있는 사막 너머 서쪽을 향해 있었다. 지금까지 그를 계속 따라다녔던 매도 보이지 않았다. 이것을 나쁜 조짐이라고 생각하니 툴루는 더욱 슬퍼졌다. 그는 바로 다시 길을 떠나기로 결심했다. 여기 낯선 땅에서 그가 뭘 할 수 있겠는가?

몇 발자국 더 걷자 동굴 입구처럼 뚫린 공간이 나타났다. 가까이 다가가자 내부로 통하는 길이 보였다. 그 틈에서 찬바람이 불어왔다. 그는 귀를 기울였다. 묘지 깊은 곳에서 목소리가 들려오는 것 같았기 때문이다.

그는 전율했다. 이것이 쿤투루가 사망했다는 조짐일까? 아니면 슬픔이 그의 감각을 몽롱하게 만든 것일까?

"투우우울루—오오거라—엄청난 보화가 너를 기다리고 있다……."

"넌 누구냐? 무엇을 원하느냐?"

"투우울루타아아마아스……"

그는 더 참지 못하고 목소리를 따라 어두운 곳으로 몇 걸음 걸어들어갔다. 그때 푸른 하늘에서 그림자 하나가 내려왔다. 매의 외침이 공기를 갈랐다.

"에프티그!"

이 사막매는 무덤으로 들어가는 입구에 내려앉았다. 매의 날카로운 시선은 툴루에게 고정되어 꼼짝하지 않았다.

"나쁜 소식을 가지고 온 모양이구나?"

매는 꼼짝하지 않았다. 에프티그는 묘지 안으로 절대 들어가서는 안 된다고 툴루에게 경고하고 있었다. 그곳은 좋은 장소가 아니었다. 죽음의 장소였다.

"고맙다. 에프티그."

화살처럼 빠르게 매가 강렬한 오후의 햇빛 속으로 사라지자, 툴루는 가벼운 마음으로 고개를 돌려 매가 날아가는 모습을 지켜보았다. 쿤투루가 죽었다면 매가 그 소식을 전했을 것이다. 그는 살아 있었다. 그는 아들의 여행에 참여하고 있었다. 툴루는 하루 종일 따라다녔던 슬프고 우울한 감정을 이제 떨쳐내고 그 묘지에서 내려왔다.

그는 소금상인들이 알려준 숙소를 찾아 나섰고, 그곳에서 그들을 다시 만났다. 이곳에서 카라반 상인들은 장사를 하고 있었다. 서기가 마당

이집트 문자의 시작

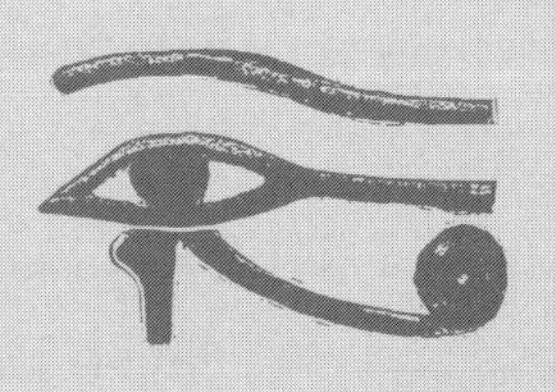

초기 문자기호들이 비밀스러운 마법의 텍스트처럼 보일지라도 대부분 그런 것은 아니다. 수백년 전 수메르인들의 문자처럼 이집트인의 문자도 주로 소나 돼지의 숫자, 나무나 곡식의 적재량, 옷감이나 소금의 양을 장부에 기록하기 위해 이용된다. 서기들은 고대 다른 문화권에서 그런 것처럼 사회적 지위가 높은 시민이었고, 상거래 계약서를 작성하고, 시세표를 만들거나 사냥, 농업, 수공업에 대해 기술하기도 했다. 이집트인이 문자를 쓰기 시작한 것은 수메르인들과 마찬가지로 우선 일상생활에 필요했기 때문이었다. 노래나 기도, 문학작품은 그 후에야 추가적으로 문자로 기록되었다.

에 놓인 책상에 앉아 들어오고 나가는 상품들을 파피루스 종이에 기록했다. 책상은 천연 석판에 두 개의 홈이 있는 것이었다. 한쪽 홈에는 잉크가 담겨 있었고, 다른 홈에는 다양한 크기의 갈대 펜이 꽂혀 있었다.

>> 돌에 새긴 문자

커다란 피라미드가 보이는 장소의 중앙 광장에 돌을 조각하는 작업장이 있다. 툴루는 꽤 많은 벽들과 기둥이 그림으로 장식되는 것을 보았다. 태양의 아들의 위대함과 지혜를 보여주는 장면들이 황갈색 물감으로 돌에 새겨졌다. 들판에서 일을 하는 농부나 가축을 몰고 가는 목동의 그림도 수없이 많이 있었다. 이 그림들은 여기에 그 이름을 영원히 남긴 파라오의 통치시기에는 이 나라가 태평성대를 누렸음을 알려주고 있었다. 많은 왕들은 날개 달린 말이 끄는 전차를 타고 있는 모습으로 그려져 있었다. 돌에 새긴 문자는 왕이 이집트의 적들을 물리치고 승리를 거둔 것을 찬양하는 내용이었다.

툴루는 폭이 어른 세 명 크기쯤 되는 석회석 판에 문자 기호들을 새기고 있는 석공을 유심히 바라보았다. 반듯한 외모나 올리브색 피부를 보고 그가 예술가임을 알아차렸다.

"당신은 사막 부족 출신이죠?"

"그래요. 내 조상들이 예전에 이 나라에 왔지요. 심각한 가뭄으로 우리 조상들은 아주 오랫동안 살아왔던 비옥한 우가리 오아시스를 떠나야 했어요. 고향을 떠나면서 조상들은 우리 역사나 오래된 문화를 모두 잃어버렸지요."

나일강 유역의 역사는 변화가 심하다

나일강 지역이 비옥하다는 소문은 기원전 4천년 경 많은 사람들 사이에 퍼졌다. 그래서 이 강가에는 점점 많은 사람들이 정착하여 농사를 짓고 가축을 기르거나 토기나 청동, 금 가공 기술을 발전시켰다. 그래서 수많은 새로운 문화나 지배왕조가 생겼다. 역사상 이 지역에는 예수가 탄생할 때까지 수천 년 동안 30개가 넘는 왕조*가 등장한다. 수많은 왕들은 이 땅을 잘 통치했지만, 다른 왕들은 지나친 권력욕 때문에 이 땅에 위기를 몰고 오기도 한다. 게다다 늘 이웃국가와의 전쟁이 있었다. 이웃국가들은 고도로 문화가 발전하고, 행정기구가 잘 조직되어 있으며 나일강 연안에 비옥한 땅이 있었던 이 나라를 지배하고 싶어 했다. 이집트의 마지막 여왕은 클레오파트라 7세였는데, 그녀는 로마의 독재자 줄리어스 시저의 도움으로 몇 년 동안 권력을 보장받을 수 있었다.

>> 죽음은 신이 될 수 있는 기회

“이 기호는 무엇을 의미하지요?” 툴루는 돌조각가에게 물었다. 그는 석판 위에 조각된 비밀스러운 기호를 가리켰다.

“그것은 죽음의 신인 아누비스(Anubis) 신과 오시리스(Osiris) 신에게 드리는 기도문이지요. 알렉산드리아의 부유한 상인이 자기 묘비에 쓰려고 주문한 거예요.”

“그가 지금 중병에 걸렸나요?”

“그는 부자고 인생의 황금기를 누리며 행복하게 살고 있어요. 아주 건강해요. 부인과 자식들처럼요.”

“그런데 그런 사람이 왜 죽음을 생각하지요?”

“죽음은 이 민족의 일상생활에서 중요한 부분이거든요. 이곳 사람들은 저마다 자기가 죽어야지 신이 될 기회를 갖는다고 믿고 있어요. 그들은 특정한 시험에 합격하면 저세상에서 영원히 죽지 않을 수 있다고 믿는 거지요.” 예술가는 대답했다.

“그 말은 이곳 사람들이 죽기를 열망하고 있다는 것처럼 들리는군요.”

“그들은 이승의 삶이 끝난 다음에 신처럼 될 수 있다고 생각하거나 자기 마음대로 어떤 피조물로도 변신할 수 있다고 믿으면서 위안을 받고 있지요. 이 모든 내용을 적어 놓은 두루마리 문서가 있어요.”

“그런 생각이 그들에게는 충분히 위안이 되겠네요.”

“내게 일을 맡긴 사람들은 사막 부족 출신들이에요. 그들은 작업을 재촉하기 위해 거의 매일 내 작업장으로 오다시피하지요.”

“그들은 영생에 들어가고 싶어 안달이 났나 보군요.”

“그들의 묘가 완공될 때까지는 아직 몇 달 남았어요.”

“그러면 좀 더 오래 일을 하셔야 할 것 같네요. 사례비를 후하게 받기를 빕니다. 저는 여행을 계속해야 할 것 같습니다.”

“어디로 가는 거요?”

“북쪽 바닷가로 갈 겁니다.”

“행운을 비오. 신이 당신과 함께할 것이오.”

“당신께도 신이 함께하기를 바랍니다.”

툴루가 그 자리를 떠나려고 몸을 돌렸을 때 그림이 바뀌었다. 마치 영화가 끝날 때처럼 빛이 사라지면서 점점 투명해졌다.

“어, 판도라, 어찌된 거야? 나는 나가고 싶지 않아!”

레벨 7

죽음을 고발하는 인간

실제 시간: 10월 28일 목요일 9시 30분

실제 장소: 타마스의 지하실

가상 시간: 기원전 1430년

가상 장소: 뉘른베르크

>> 삶과 죽음

타마스: "왜 나를 게임에서 빠져나오게 했니?"

판도라: "넌 고대 이집트인이 인간과 죽음의 관계에 대해 어떻게 생각했는지를 들었지."

타마스: "그래, 상당히 낯선 이야기였어."

판도라: "그것은 오늘날 우리에게도 마찬가지야. 하지만 죽음은, 다시 말해 죽음과의 관계는 수많은 문화에서 인간 삶을 규정해 주지."

타마스: "나도 그럴 거라 생각해."

판도라: "그래서 지금 넌 이보다 훨씬 후세 사람들이 생각한 죽음관에 대해 알아보러 가야 해."

타마스: "가지 않겠다고 고집 부리지는 않겠는데, 넌 내게 게임 진행에 대한 결정권이 있다고 했잖아."

판도라: "걱정 마. 이 일이 끝난 뒤에는 다시 너의 아바타인 툴루로 되돌아갈 거야. 여기 이 시뮬레이션은 삽화적 사건 정도로만 생각해. 저승 세계의 법칙들은 좀 다를 거야. 비교가 필요하다면, 시간 순서(연속성)를 지키지 않아도 돼. 너와 너의 아바타는 그 소녀를 만나게 될지도 몰라. 누가 알겠어. 그녀가 너를 기다리고 있을지."

타마스: "옛날 코드를 그대로 사용해도 되지?"

판도라: "여기 새 코드야."

ïïYNÑæ÷□□÷√çX^éª□□□□¬èd]Çº□
q]ðj□□÷...ú]RÅ≥'□□□-î\Tyə□□□□□√ö

>> 큰 원망

방랑자는 독일 남부에 있는 중세도시 뉘른베르크에 도착했다. 시민들이 사는 집과 수공업 장인의 공방들로 둘러싸인 시장에는 상인들의 판매대가 설치되어 있었다. 가을 하늘은 점점 깊어가고 있었다. 조그만 유랑극단이 시장 구석에 무대를 세웠다. 광대 한 명이 무대 뒤에서 튀어나왔다. 그는 해골로 만든 작은 방울이 달린 악기를 왕홀처럼 손에 들고 있었다. 이 악기가 딸랑딸랑 소리를 내자 몇몇 사람들이 자리에 멈춰 섰다.

광대는 큰 소리로 외쳤다.

"여러분, 말해 보시오. 여러분 가운데 누가 죽음의 신을 물리칠 수 있습니까?"

"아이고, 아무도 없소." 사람들이 외쳤다. "아무도 그럴 수는 없소!"

전쟁이 일어나고 유행병이 창궐하던 시대에 그들 모두는 너무 자주 죽음을 목격했던 것이다.

"누군가 그런 시도를 해본 적 있다고 들은 적은 있나요?"

이야기를 듣고 있던 사람들은 서로를 쳐다보았다. 아무도 입을 떼지 못했다.

타마스는 엄청나게 불어난 사람들 사이를 뚫고 앞으로 나아갔다. 광대의 연극이 관객들을 완전히 매혹하고 있는 것 같았다. 초저녁 해가 서서히 지자 집집마다 횃불을 밝혔다.

"여러분은 당연히 답을 하지 못할 것입니다. 지금껏 아무도 죽음을 이긴 사람은 없으니까요. 아직까지 자기가 죽는 것이 억울하다고 고발한 사람도 없습니다. 여러분 가운데 죽음이 죄인처럼 처벌받아 쇠사슬에 묶여 있다는 소리를 들은 사람이 있습니까?"

"불경한 말이오!" 몇몇 사람이 광대에게 외쳤다. "신성모독이오!"

"좋아요, 여러분. 이제 여러분은 우리가 보여 드릴 연극이 어떤 것인지 아셨을 겁니다."

광대의 마지막 말이 끝나자마자 가슴을 찢는 듯 비통한 목소리가 울려나왔다.

"죽음아, 나는 너를 저주한다. 난 너를 원망하고, 너를 저주한다."

이 목소리는 여러 차례 반복되었다.

"너는 내게 가장 소중한 것을 앗아갔다. 너는 꽃다운 나이인 내 아내를 데려갔다. 너는 모든 인간의 가장 나쁜 적이다."

이 말을 하며 어둠 속에서 한 남자가 나타났다. 그의 얼굴은 영혼의 고통으로 일그러져 있었다. 금실을 넣어서 짠 값비싼 옷을 입고 있는 것으로 보아 그는 이 도시의 부유한 시민임에 틀림없었다.

"이 빌어먹을 죽음아! 내게 마가레테를 돌려다오. 네가 한 짓은 신도 원하지 않는 것이다. 내 너를 신의 심판대에 세우겠다!"

"천천히, 천천히, 친구."

두건 달린 검은 망토를 걸친 한 남자가 갑자기 나타났다.

"친구! 무엇을 도와줄까? 자네도 알다시피, 사람들이 아무 이유 없이 나를 부르지는 않지."

"이 빌어먹을 놈아, 내가 너를 고발할 것이라는 얘기는 들었지."

"진정해!"

"넌 내 삶의 빛을 훔쳐갔어. 내가 가장 사랑하는 것을 빼앗아갔단 말이야. 나의 샛별을. 마가레테가 없으면 나는 살 수 없어."

"이봐, 나는 내가 해야 할 일을 했을 뿐이야."

"이 살인자야! 넌 신이 창조한 이 세계에 있을 권리가 없어. 난 널 증오해!"

"너희는 내가 데려간 사람들에게 내가 동정심을 전혀 느끼지 않을 것 같나? 운명을 결정하는 것은 내가 아니야. 나는 그저 시키는 대로 할 뿐이야."

횃불로 드문드문 밝힌 장터에 남자의 원망 어린 목소리가 다시 크게 울렸다.

"거짓말! 이 빌어먹을 해골아! 내가 요구하는 것은 마가레테를 돌려달라는 거야! 난 너를 신의 심판대나 인간의 심판대에 세워 네가 한 짓에 대해 합당한 벌을 받게 할 거야."

이제 죽음도 침착함을 잃었다. 죽음은 냉소적으로 웃었다.

"도대체 내게 어떤 벌을 내린다는 건지 말해 봐! 지하 감옥에 처넣거나 아니면 지옥불에 삶는 것? 난 감옥의 담벼락이나 불도 겁이 안 나. 신이 내게 이 일을 시켰다는 것을 잊지 마! 나는 부자나 권력자를 가리지 않아. 나는 그들 모두를 데려가지."

그는 망토에서 피리를 꺼내 연주하며 노래했다.

"황제여, 당신의 칼도 도움이 되지 않아.
왕홀이나 왕관도 쓸데없지,
나는 당신을 인도하고,
당신은 나의 나라로 와야 해."

"신이시여!" 관객들은 성호를 그었다.

몇몇 사람은 큰 소리로 기도를 올렸다. 젊은 아내를 잃은 그 부자는 죽음에게 덤벼들 태세였다. 광대는 방울 달린 악기를 이용해 그와 죽음

사이를 갈라놓음으로써 그 사태를 막을 수 있었다.

죽음 역할을 맡은 배우는 손을 들었다. "나도 이런 일을 하는 게 정말 내키지 않아요." 그는 사람들을 향해 소리쳤다. "여러분, 제 말을 믿어 주세요. 저는 제가 찾아갔을 때, 힘이 없지만 만족스러운 어투로 제 귀에 '죽음의 신이여, 드디어 오셨군요. 어서 저를 구원해 주세요. 제 인생은 참 좋았지만, 이제 만족합니다. 저를 구원해 주세요!'라고 말하며 저를 기다리고 있는 이의 방으로 들어가고 싶습니다."

"너, 이 괴물아, 마가레트는 너를 부르지 않았어! 아내는 계획을 세우고 있었어. 우리는 앞으로 있을 수많은 날들을 어떻게 살지 계획을 짜고 있었단 말이야."

"그래 좋아. 하지만 너의 계획으로 날 귀찮게 하지 마! 나는 그런 계획 따위는 알고 싶지도 않아. 마가레트는 만족하게 살았고, 행복했으며, 고통이나 고뇌도 느끼지 않았어. 그런데 자넨 왜 그렇게 불만인가? 매일 아침이 그녀에게는 새롭고 삶의 기쁨으로 가득 차 있었지. 그녀는 자네를 매우 사랑하기까지 했어. 다른 사람에 비해 죽고 싶다는 생각도 훨씬 적게 했어. 그러니 그녀를 기억 속에 간직하고 이런 선물에 대해 감사하기나 해. 그렇게 욕지거리나 하며 고함만 지르지 말고!"

"이 비열하고 지독한 놈아, 넌 반드시 신의 심판대 앞에 서게 될 거야."

"좋아, 그러면 우리 지금 쉬고 계실 신을 한번 불러보자." 그는 이렇게 외치며 하늘을 쳐다보았다.

"땅과 하늘의 주인이시여! 나의 조종자이자 영원한 심판관이시여!"

천둥번개와 함께 신이 무대에 등장했다. 신은 아주 노쇠해 보이는 노인이었다. 산발에 굵은 삼베 망토를 두르고 투박하게 생긴 지팡이를 짚고 있었다. 몇몇 관객들은 웃음을 터뜨렸다. 그들은 이 노인을 알고 있는 듯했다. 하지만 우렁찬 목소리가 울려나오자 웃음은 사라졌다.

"누가 나를 불러내 시간을 뺏느냐?"

죽음이 이야기했다.

"신이시여, 이 사람이 제가 한 일을 책망하며 저를 신의 법정에 세우겠답니다."

"이 괴물 같은 놈아, 너는 젊은 내 아내를 빼앗아 갔어."

"나는 너희들의 사건을 알고 있다. 두 사람 사이의 다툼을 주의 깊게 들어왔지. 나는 네가 신을 두려워하는 자이고, 선한 삶을 살아 왔다는 것을 안다. 부인을 잃은 너의 상심과 분노도 이해한다. 하지만 네 부인은 네 것이 아니라 신이 잠시 빌려준 것이라는 사실을 잊지 말아라."

이 마지막 말을 듣자 남자의 흐느낌은 더욱 커졌다. 관객들도 그의 눈물을 막을 수 없었다.

"원 참! 나를 고발하는 것이 얼마나 부당한지 저는 그에게 이미 말했습니다." 죽음은 큰 소리로 웃으며 조롱했다.

"잘난 척하지 마라!" 신은 죽음을 꾸짖었다. "너는 권력을 뽐내서는 안 된다. 그 권력은 나에게서 나온 것이니까."

"그러면 마가레트를 제게 되돌려 주시는 겁니까?"

남자의 이 의구심 어린 질문에는 작은 희망의 불꽃이 살아 있었다.

신은 말했다.

"그건 안 된다. 그것은 세계의 섭리를 어기는 것이다."

죽음이 물었다.

"당신의 그 말씀은 무슨 뜻입니까?"

신이 말했다.

"너희 둘 다 옳은 동시에, 틀렸다는 말이다. 네가 아내의 죽음을 원망

하는 것은 당연하다."

죽음이 말을 끊고 나왔다.

"그것은 신성 모독입니다. 신에 대한 모독이자, 이 세상 모든 것에 제자리를 정해 주는 신의 영원한 지배권에 대한 모독입니다.

"이 몰인정한 놈아, 그만 입 닥치지 못하겠느냐! 운명에 대해 불만을 품고 그것을 거역하는 것은 인간의 권한이다."

"세계의 질서(섭리)를 거역하는 것은 인간의 권한이 아닙니다."

"그것도 인간의 권한이다. 하지만 인간에게는 삶을 죽음에, 그리고 영혼을 신에 바쳐야 할 의무가 있느니라."

"당신의 말씀은 그런 뜻이군요."

"너희들의 다툼에서 이긴 것은 죽음이다. 이것을 인정해라. 네 아내 마가레테의 영혼을, 그녀의 영원한 삶을 내가 보살펴 주겠노라."

"저는 그것을 인정하겠습니다. 제 불행이 신의 뜻이라면 어쩔 수 없지요."

(여기 묘사된 장면은 독일 작가 요하네스 폰 테플*(Johannes von Tepl)의 작품 〈뵈멘의 농부〉에서 모티브를 얻었다.)

>> 큰 안도감

연극이 끝나자마자 긴장이 풀리면서 관객들 사이에 동요가 일어났다. 모든 사람들을 짓누르고 있었던 사랑하는 아내의 죽음으로 인한 고통은 뒷전으로 물러가고 대신 큰 위안이 찾아왔다. 갑자기 무거운 짐에서 벗어난 듯 관객은 환호를 터뜨렸다.

사람들은 가능한 빨리 죽음에 대한 생각을 몰아내기라도 하려는 듯 거리낌 없이 춤을 추기 시작했다. 백파이프와 피리에서 흘러나오는 음악은 조금 전까지만 해도 이 자리를 지배했던 죽은 듯이 깊은 정적과는 완전히 반대되는 것이었다. 이제 모두 서로 손을 잡았다. 젊은이건 늙은이건, 부자건 가난하건, 장터의 아낙이건 군인이건, 상인이건 장인이건, 소녀건 목동이건, 마부건 통을 만드는 사람이건, 노점 상인이건 도둑이건, 배우건 관객이건, 곡예사건 형리건, 그들은 모두 원을 그리며 격렬하게 춤을 추었다. 박자에 맞추어 다리를 들어 올리며, 서로 껴안고, 남녀는 서로 추파를 던지며 노래했다.

도깨비가 갔다.
죽음일랑 잊고
우리와 함께 춤을 추자,
고통은 잊고
밤새도록 노래나 부르자,
아침이 밝아올 때까지
함께 술이나 마시자.

타마스는 많이 취해 있었다. 그는 그들 가운데서 함께 노래 부르고 춤도 추었다. 타마스는 그들의 안도감을 함께 느꼈고 그들이 왜 신이 한 대사를 위안으로 느꼈는지도 알게 되었다. 그들은 이렇게 다시 일상으로 돌아갔다. 그들은 이제 자유분방하게 축제를 즐길 수도, 죽음과 연관된 모든 것을 망각할 수도 있었다.

이들이 추는 윤무(輪舞)는 포도주와 맥주에 취해 점점 광적으로 변해

갔다. 소리치고 웃으며, 외설적인 농담이 이리저리 날아다녔다. 춤을 추면서 사내들은 아가씨들을 끌어안기까지 했다.

타마스는 맞은편에서 춤을 추며 돌고 있는 아가씨를 발견했다.

"너 몬트지?" 그는 건너편을 향해 소리쳤다.

타마스는 드디어 몬트를 찾았다고 확신했다. 그는 그녀 옆까지 오는데 성공했다. 그는 문신을 보기 위해 그녀의 긴 머리카락을 붙들었다. 그녀는 웃으면서 그의 손을 쳐내고는 자기 파트너를 향해 몸을 돌렸다. 원을 그리며 추던 춤은 곧 해체되어 흩어졌다. 유랑극단의 배우들, 즉 광대, 부유한 시민 그리고 늙은 신도 춤추는 군중들 가운데 있었다.

"기다려!" 타마스가 소리쳤다. 몬트라고 생각했던 그녀가 손가락으로 자신을 가리키며 '저 사람 미친 것 같다'고 말하는 듯한 동작을 하는 것을 보았다. 그의 확신이 사라졌다. 그는 이 레벨을 다시 빠져나가야겠다고 생각했다.

>> 당신은 아직 죽을 때가 아냐!

그때 갑자기 검은 망토를 걸치고 죽음 역을 맡았던 사람이 타마스 옆에 나타났다. 두건 아래 감춰진 그의 얼굴은 알아보기 어려웠다.

타마스는 이상한 느낌이 들었다. 그의 내부에서 거부반응이 일었다. 그는 오한을 느꼈다.

"애인을 잃어버린 거요?" 그 남자가 물었다.

"당신하고는 상관없는 일이에요. 도대체 당신은 누구죠?"

"배우지요. 내가 나타나면 대부분 나를 못 알아보지요. 나는 한 번은 이런 모습으로, 또 한 번은 저런 모습으로 나타나기도 하며, 한 번은 젊은이로, 또 한 번은 노인으로 등장하기도 하고, 오늘은 눈에 보이지 않다가 내일은 분명히 모습을 드러내기도 하지요. 나는 내가 맡은 역할에 필요한 모습을 스스로 선택하지요. 가끔 나는 군인이나 의사, 일반 시민, 노예, 로마 군인이나 부랑아로 등장하지요. 나는 매우 유연하여 모든 시대에 맞추어 모습을 바꿉니다. 당신도 그렇게 하지 않나요?"

타마스는 전율했다. 그는 배우가 아니었던 것이다. 타마스가 무언가 말을 하기도 전에 그 남자는 계속 말을 이어갔다.

"나도 당신과 마찬가지로 여러 시대를 떠돌고 있어요. 나도 이런 일을 하는 것이 즐겁지 않아요. 당신은 물론이고 다른 어떤 사람도 믿지 않겠지만 내게도 감정이 있으니까요. 사람들의 생명을 뺏는 것은 즐거운 일이 아니에요. 슬픔에 빠진 사람들의 원한이 내 가슴을 찢으니까요. 그런데 사람들이 늘 전쟁에 열광적으로 뛰어드는 걸 보면 나는 이성을 잃어버릴 것 같아요. 그럴 때면 나는 여름에 풀을 베는 사람이 벌초하듯 그들의 연약한 생명을 베어 버린다니까요. 그들은 정말 맹목적으로 죽어가지요. 왕이나 장군에게 속다니 그들은 정말 어리석기 짝이 없어요!"

"내게 바라는 것이 뭔가요?"

"걱정 말아요. 당신은 아직 죽을 때가 안 됐으니까. 나는 말상대를 찾고 있었을 뿐이에요. 다른 시대에서 온 사람이 적당할 것 같아서요. 나는 사람들이 어떤 것을 피할 수 없다면 하찮은 일로 치부하려 한다는 것도 알고 있어요. 그리고 죽음이라는 이 불가해한 사건으로부터 자신을 지키고자 한다는 것도요."

타마스는 이 남자의 말을 더 이상 듣고 있을 수 없었다.

"난 가야 하는데요."

"나도 마찬가지에요. 사람들이 늘 나를 부르니까요. 당신이 온 그 시대에 대해 딱 한 마디만 더할게요."

"안 돼요. 더 듣고 싶지 않아요."

"내가 당신들에게 '금기'로 되어 있다는 것을 알아요. 너무 바쁘게 사는 당신 시대는 죽음이라는, 지금 살아 있는 인간에게 가장 자연스러운 문제를 잘 언급하려 들지 않지요. 당신이 살고 있는 문화는 죽은 자들을 얼른 추방해 재로 태워 버리지요. 죽은 자들은 얼른 사라지고, 기억에서 지워지지요. 다시는 당신들 곁에 가까이 다가오지 못하도록 말입니다. 죽음은 살면서 찾아다닐 것이 아니라고 생각하는 거죠. 죽음을 생각하는 것 자체가 삶의 즐거움을 망치게 할 거라고 말이에요. 그래서 죽음이 삶에서 추방된 거죠. 이런 실수를 범하지 않기만 바랄 뿐이에요! 이제 나도 가야 해요. 안녕히 가세요. 평화롭게 계속 여행하기를 바랍니다."

화면에서 영상이 천천히 사라진다. 사람들이 투명해지고, 칠현금과 피리 소리가 점점 작아졌다. 죽음을 연기한 배우의 윤곽도 점점 줄어들면서 사라졌다.

그다음 모든 것이 사라졌다.

>> 죽음은 단지 시뮬레이션

타마스: "판도라, 이게 도대체 뭐야? 난 완전히 녹초가 됐어."

판도라: "곧장 툴루가 되어 게임으로 들어가 보는 게 좋겠어."

타마스: "잠깐만, 마음을 좀 안정시켜야겠어."

판도라: "왜?"

타마스: "네가 죽음과의 만남에 관여한 거지, 그렇지?"

판도래: "그래."

타마스: "죽음이 말했어, 내가 아직 죽을 때가 아니라고. 이게 무슨 말이야? 죽음은 단지 시뮬레이션일 뿐이잖아."

판도라: "나도 그렇게 생각해. 그런데 왜 흥분한 거야?"

타마스: "종종 나는 내가 주인공인지 아니면 그저 관객에 불과한지 모르겠어. 내가 이야기에서 빠져 나갈 길을 찾지 못할 때면 나는 영화관에 간 꼬마 같다는 생각이 들어."

판도라: "이해해."

타마스: "못 믿겠는걸."

판도라: "준비가 되면 믿게 될 거야."

타마스: "그래 좋아."

판도라: "여기 새로운 코드야."

óΩ□□□□ õyWö»□
ıç¥◊□□□´≤âkz≠□□□□□…ëcw©À□□
»□□□□œ´pYÑΠŒ

레벨 8

침몰

실제 시간: 10월 28일 목요일 11시 30분

실제 장소: 타마스의 지하실

가상 시간: 기원전 550년 경

가상 장소: 알렉산드리아, 사모스 섬

>> 배를 타고 건너가다

툴루는 알렉산드리아 성벽에 앉아 있었다. 성벽의 끝에는 석회석으로 지은 거대한 조명탑이 한밤중에 펴진 밝은 손가락처럼 솟아 있었다. 탑에 설치된 여러 개의 거대한 등과 금속거울에서는 빛이 뻗어 나오고 있었다. 이 빛은 해안선과 항구로 들어오는 배들을 비춰 주었다.

둥근 달을 먹구름이 가리고 있었다. 툴루의 눈길은 왕궁이 있는 특별구역을 향했다. 이곳에는 왕궁의 부속 건물들과 사제 공관, 사원, 목욕탕이 있었고, 곧 전 세계 학자들을 끌어들일 도서관도 반쯤 완공되어 있었다.

"에프티그!"

매는 항구를 둘러싸고 있는 성벽의 한 지점에 내려앉았다. 그곳에는 다음과 같은 경구가 새겨 있었다.

선원들은 언제나 신의 보호 아래 있다.

툴루는 제발 그러기만 바랐다. 그는 기분이 좋지 않았다.

"매야, 고향 소식을 좀 가지고 왔니?"

매 중에 가장 빠른 이 매는 리비아 사막을 건너는 데 단 몇 시간도 걸리지 않았다.

"카르누, 타구트, 그리고 이 사막의 다른 모든 신들이 너의 부족을 보호하고 있어, 툴루."

"아버지도 여전히 살아 계시지?"

"살아 계시고 말고. 왕께서는 늘 네 곁에 있어."

"아버지를 보았니?"

"그럼, 페싼에서 오는 길이야. 네 가족의 안부를 전할게. 아버지 쿤투루, 어머니 네프티, 너의 형제, 누이들, 모두가 너의 여행에 신의 가호가 있기를 바라고 있어."

"고맙다, 나의 충실한 동반자여. 집으로 날아가 내 안부도 전해다오. 나는 잘 있다고 말이야. 나는 계속 길을 떠나서 선생님께서 자주 말씀하셨던 그리스로 들어갈 거야."

툴루는 알렉산드리아 항구에서 바다 건너 아테네까지 태워줄 배를 찾았다. 그 배는 밀수꾼 카라키스의 제피리우스(Zephyr, 미풍)호였다. 이 배는 돛대 하나에 노가 12개인, 꽤 안전해 보이는 배였다.

"천 개나 되는 섬으로 이루어진 이 나라를 나만큼 잘 아는 사람은 없지. 기분 좋게 배를 타고 가다 보면 이틀이면 목적지에 도착할 거요." 선장 카라키스는 호언장담했다.

돛 아래 드리워진 그림자에 승객들이 모여 이야기할 때, 누군가 카라키스는 허풍쟁이라고 말했다. 그는 장사하러 이집트로 왔다가 다시 그리스로 돌아가는 상인이었다.

"이틀 만에 바다를 건너갈 수는 없죠. 카라키스는 지중해 동부 지역에서는 나쁜 사기꾼이자 밀수꾼으로 유명해요. 조심하세요!"

"그런데 왜 당신은 이 배에 당신의 운명을 맡겼죠? 그 상인 옆에 앉아 있었던 툴루가 물었다.

"이번 장사에서 손해를 많이 봤어요. 그래서 돈이 없어 문제가 많은 이 배를 타고 바다를 건널 수밖에 없었어요. 나는 가족이 있는 아티카로 돌아가야 해요. 임박한 페르시아 전쟁이 그리스 전역으로 확대되지 않을까 염려도 되고요."

"그가 무사히 고향에 데려다 주기만을 신께 기도합시다."

이집트의 채석장에서 일했던 노동자가 말했다.

"그럽시다. 각자 이 바다의 심연이 우리를 먹어치우지 않도록 기도나 드립시다."

어떤 상인이 말했다. 하지만 그의 눈에서, 두려움으로 일그러진 그의 표정에서 그가 지금 어떤 상태인지 알 수 있었다. 바람은 강하게 불어왔다. 이 허름한 배의 밧줄을 붙잡고 그는 가련하게 울부짖었다. 파도가 하얀 거품을 일으키며 점점 높아지더니 이내 바다 표면을 뒤덮어 버렸다. 바람은 폭풍으로 돌변하고, 배는 이리저리 내던져졌다.

"신이시여, 우리를 도와주소서!"

상인은 외쳤다. 파도가 배의 난간으로 들이쳤다. 폭풍의 포효는 점점 더 거세졌다. 마치 바다의 모든 괴물들이 풀려난 것 같았다. 폭풍은 갑판, 상자, 돛 할 것 없이 손에 잡히는 것이라면 무엇이든 꼭 붙잡고 늘어진 승객들의 기도 소리를 묻어 버렸다.

"아이고 내 자식들은 어쩌누!" 누군가가 큰 소리로 울부짖었다. 돛은 위에서 아래로 찢어지면서 갈가리 찢긴 채 나부끼고 있었다.

"노를 저어라, 노를 저어, 이 약해 빠진 놈들아! 너희들 우리를 물고기 밥으로 만들 셈이냐!" 카라키스는 선원들에게 소리쳤다. "이놈들아! 노를 더 많이 젓고, 밧줄을 더 단단히 매라. 이렇게 해서야 내가 너희에게 봉급을 주겠느냐!"

거대한 파도가 천둥 같은 소리를 내며 다가와 승객의 반을 뱃전 너머로 쓸어갔다. 노의 손잡이는 딱 소리를 내며 부러졌다. 배는 이제 완전히 파도의 노리개가 되어 더 이상 통제할 수 없게 되었다. 배의 중간 부분에 단단히 결박해 놓았던 궤짝이나 보따리들이 흘러내렸다. 배가 옆으로 기울어지면서 언제든지 뒤집힐 것만 같았다. 승객들은 죽음의 공포를 느끼며 소리쳤다. 카라키스는 큰 소리로 명령을 내렸지만 허사였다. 아무도 그 명령을 따를 수 없었던 것이다.

하지만 이상하게도 툴루는 이 아수라장에서도 겁이 나지 않았다. 오히려 정반대였다. 파도가 높아질수록, 폭풍이 격렬해질수록, 그의 마음은 더 안정되었다. 더구나 자신이 바로 미풍이라는 이름의 배를 타고 죽을지도 모른다는 생각에 웃지 않을 수 없었다. 전설에 따르면 제피리우스는 미소년이자 바람의 신이었다.

폭풍 속에서 잿빛 여명이 수평선 위로 떠오르는 동안 그는 머릿속으로 많은 생각을 했다. 이 바다에서 비참하게 빠져 죽는 것이 내 운명이란 말인가 라고 툴루는 생각했다. 이것이 내 삶의 의미였던가? 그는 이제껏 한 번도 이런 문제를 생각해 본 적이 없었다. 왕자인 그는 매우 많은 재능을 타고 났다. 글쓰기도 빨리 익혔고, 사막에 나타나는 여러 징조를 해석하는 방법을 어릴 때부터 알았다. 동물들이 내는 소리, 별의 운행, 신들의 이름, 여러 부족의 언어 등 많은 것을 그는 쉽게 배웠다. 쿤투스의 궁전에 있는 사람이면 누구나 왕의 큰아들인 그에게 찬란한 미래가 열릴 것이라 예언했다. 그가 왕의 후계자가 될 품격을 갖추게 되리라는 것이었다.

하지만 그 누가 삶의 더 깊은 의미에 대해 이야기해 주었던가? 왜 우리가 이 땅에 태어났는지 그의 스승이 이야기한 적이 있었던가? 죽음이 임박한 순간 그에게 이런 생각들이 떠올랐다. 하지만 이제 모든 것이 너무 늦었다.

"아버지, 제가 아버지의 기대에 부응할 수 없게 되어 죄송합니다. 안녕,

몬트!"

순간 마지막으로 엄청난 파도가 배를 집어삼켰다. 파도는 계속 밀려왔고, 부딪쳐 부서지는 파도에 밀려 육지로 내던져졌을 때, 선체는 여러 부분으로 조각나 있었다.

>> 사형수가 되다

태풍이 육지로 던져 놓은 물건들을 가능한 빨리 안전하게 줍기 위해 모래언덕에서 여러 사람들이 몰려왔다. 일곱 명의 선원과 선장이 살아남았고 세 명의 승객도 해변에 나뒹굴고 있었다. 두 명은 모래사장에 죽어 있었고, 피부가 검고 호리호리한 청년만이 살아 있었다. 툴루였다. 그는 살아남은 선원들과 함께 해안경비대에 체포되어 당국에 넘겨졌다. 카라키스는 물론이고 선원 누구도 폭풍이 부는 동안 제피리우스호가 지중해 동쪽에 있는 소나무섬인 사모스 섬으로 표류하고 있다는 것을 눈치채지 못했다. 중요한 교역 중심지인 이 해안과 항구는 경비가 삼엄했다. 페르시아 군함 일부가 이 섬을 기습하기 위해 다가오고 있다는 소문이 나돌았던 것이다. 해적이나 밀수꾼들은 적으로 의심받았다. 사람들은 이들을 주저 없이 살해했다. 지금 적용되고 있는 전시법에 따르면 나라의 평화를 깨거나 심각한 위해를 가하는 사람은 누구라도 사형에 처해졌다. 카라키스는 당국에 이미 알려진 인물이었다. 1년 반 전에 그는 배를 타고 포타미 만(灣) 앞에서 간신히 경비정을 피해 가기도 했다. 당시 그는 훔친 물건들을 배에 싣고 있었는데, 그것은 해적에게서 사들인 고급 아마천 50마키였다.

짧은 재판을 한 후 섬의 최고 판사인 테오파네스는 "카라키스 선장의 부하들 중 살아남은 자 모두를 사형에 처한다"고 판결했다. 유일하게 살아남은 승객인 툴루는 자신은 밀수꾼이 아니라고 말했지만 테오파네스는 그의 말을 믿지 않았다. 진한 올리브빛 피부색과 건장한 체격 때문에 그는 처음부터 낯설고 의심스러운 자로 간주되었다. '가라만테스족'이라는 말이 나왔을 때 의심은 더 짙어지는 것 같았다. 대부분 멀리 떨어진 이 사막 부족을 잘 몰랐지만, 예전에 누군가가 이 부족은 모두 강도요 살인자라고 소문을 퍼뜨렸다. 이런 악명이 계속 이어져 왔기에 툴루의 변명은 전혀 소용이 없었다. 그의 사형은 정해진 것이나 다름없었다.

다음 날 새벽 이미 사형수들은 사모아 섬 서쪽 천 미터 이상 치솟아 있는 케르키스 마시브 절벽에 설치된 처형장으로 끌려갔다. 험악하게 생긴 형리 소토스가 툴루를 밧줄에 묶어 끌고 갔다. 다른 사형수들, 카라키스와 그의 부하들은 처형장에서 형리의 조수들에게 흠씬 두들겨 맞았다.

그 사이 몇몇 구경꾼들이 끼어들어 긴 행렬을 이룬 채 네 시간이나 걸은 후 사형수들은 일렬로 절벽에 서게 되었다. 아래로 까마득해 보이는 지점에는 파도가 바위에 부딪쳐 깨지면서 거품이 하얗게 일어났다. 하지만 여기 위에서는 비참하게 울부짖는 소리나 자비를 갈구하는 소리도 들을 수 없었다. 바람이 모든 소리를 쓸어갔으며, 재판관 대신 처형장에 나온 법원 최고 서기가 판결문을 읽어내려 가는 소리까지 묻어 버렸다.

"형리, 사형을 집행하시오!"

"예, 이들을 물고기 밥이 되게 던져 버립시다!" 구경꾼들이 소리쳤다. 이들은 노예들과는 신분의 차이가 있는 것 같았다. 그렇지 않다면 이들이 직접 처형을 담당했을 것이다.

처형을 담당하는 노예들이 사형수의 목에서 밧줄을 차례대로 풀어 주고는 뒤에서 무자비하게 절벽 아래로 떠밀었다. 아무도 저항할 수 없었다. 피비린내 나는 전장에서 잔뼈가 굳은 해군 출신인 노예들이 단번에 제압해 버렸기 때문이다.

비명을 지르며, 깃털도 나지 않은 네 개의 날개로 서툰 날개 짓을 하며 심연으로 떨어지고 있는 이 새들을 보고, 절벽 둥지에 앉아 있던 갈매기들이 이상하게 여겼다.

"끼룩! 끼룩!" 갈매기들이 차례대로 울었다.

두 명이 더 떨어지고, 이제 툴루의 차례가 되었다.

폭풍도 나를 해치지 않았고, 바다도 나를 다시 살려 주었건만 이제 내 여행도 끝나는 구나. 그는 슬펐다. 죽음과 영생이 찾아온 것이다. 이집트의 종교는 그렇게 말했다. 정말 그렇게 될 것인가?

"앞을 똑바로 쳐다봐!"

그는 근처 금잔화 덤불에서 흘러나온 목소리를 들었다.

그때 마지막으로 대기하고 있던 사형수가 격렬하게 저항했고, 이 때문에 처형 집행자들의 주의가 잠깐 다른 쪽으로 돌려졌다. 그는 카라키스였는데, 창에 찔린 상처가 남아 있던 그의 얼굴은 두려움과 분노로 빨갛게 상기되어 있었다. 사람들이 그의 목에서 밧줄을 벗기자 그는 있는 힘을 다해 저항했다.

"이 개 같은 놈들아, 어림없다!"

처형 집행자와 그 조수들은 깜짝 놀랐다. 이 사형수가 번개처럼 절벽에서 멀리 도망갔기 때문이다. 하지만 소토스의 노예들이 그를 잡아 다시 절벽으로 끌고 오는 것은 시간 문제였다.

"제발 아무 내색도 하지 마!" 그 목소리는 애원하듯이 툴루의 귀에 속삭였다.

>> 공기처럼 가볍게

갑자기 근처 숲에서 튀어나온 이 그림자를 본 사람은 아무도 없었다. 노예들은 사형수를 잡느라 여념이 없었다.

"에프티그!"

"조용히 해. 손이나 줘!"

매가 주둥이에 물고 온 무언가를 툴루의 손에 떨어뜨렸다. 그것은 매끄러웠고, 온기를 내뿜고 있었는데, 이 온기가 그에게 퍼지면서 그를 안심시켰다. 그의 손에는 보석이 있었다. 보석의 푸른 빛이 그의 손가락 사이에서 부드럽게 빛나고 있었다.

"쳐다보지 말고. 꼭 쥐고 있어. 푸른 터키옥이야. 절벽에서 떨어지는 동안 이 보석이 널 구해줄 거야."

보석의 색깔은 그에게 아라비아 해의 푸른 밤을, 일곱 누이 별들이 발하는 빛을 떠올리게 했다.

"몬트다!"

타마스의 아바타 툴루는 몬트의 모습을 떠올렸다. 그동안 타마스는 자신이 취했던 여러 아바타의 모습으로 몬트를 만났었다.

"너는 몬트를 어디서 만났니?"

툴루가 에프티그에게 물었다.

"내가 동쪽 사막 끝에 있는 바위에서 휴식을 취하고 있는데, 몬트가 카라반 길을 떠나면서 내게 왔지. 그녀는 바로 내가 누군지 알아봤어. 그리고 네게 가져다주라며 이 보석을 주었어."

"몬트는 어때 보였어? 왜 함께 오지 않았지?"

"몬트는 다른 레벨에 있어. 이 여행의 다른 단계에 있는 거야."

"몬트가 그렇게 말했니?"

"그래. 그녀는 네가 지금 어디에 있는지 알아. 하지만 말하지 마, 타마스. 그들이 온다!"

"나는 죽게 될 거야."

"그렇게는 되지 않을 거야. 몬트의 마법이 널 구해줄 거야."

바로 옆에서 잡혀 온 카라키스가 형리들에게 떠밀려 울부짖으면서 심연으로 떨어졌다.

"몬트를 다시 만나야 해." 타마스는 크게 소리쳤다.

"어이, 무슨 일이야? 어떻게 나는지 한번 볼까." 소토스와 노예들이 음험하게 웃었다.

"몬트가 준 보석을 네 몸에 붙여! 타마스, 빨리!"

"너무 무서워!"

"그 보석이 비행선으로 변해 너를 태우고 갈 거야!"

노예들이 툴루의 목에서 밧줄을 벗기고 그를 절벽 가장자리까지 데리고 가기 전, 에프티그가 황급히 말했다. 천 미터 아래에서는 일 미터가 넘는 파도가 뾰족한 바위에 부딪쳐 산산이 부서지고 있었다.

소토스가 마지막 사형을 집행하려고 했을 때 그 사형수는 스스로 절벽 아래로 뛰어내렸다.

"잘됐구먼! 내 일이 줄어들었네." 그는 부하들에게 손짓했다. "떠나자!"

떨어지면서 바로 자기 옆에 에프티그가 날고 있다는 걸 알았을 때, 툴루의 귀에 비로소 소리가 들렸다.

"걱정하지 말라,

나는 네 곁에,
공기처럼 스치며,
잠자리처럼 가볍게,
바람처럼 빠르게,
멀지만 가깝게 있으리니!

툴루는 영원히 계속 떨어질 것만 같았다. 푸른 보석은 무중력의 상태로 해체되면서 모습을 바꾸어 바람과 하나가 되더니 비행선으로 돌변했다. 절벽에 앉아 있던 갈매기들도 이번에는 너무 놀라 울지도 않았다. 날개도 없고 갈매기도 아닌 것이 공기처럼 가볍게 날아왔던 것이다. 투명한 새인가? 아니면 다채로운 구름인가? 빨강 그리고 파랑? 갈매기의 예리한 눈조차도 이렇게 속을 수밖에 없었던 것은 때마침 태양이 떠올랐기 때문이다. 찬란한 태양빛이 바람을 타고 바다 위를 날고 있는 것의 윤곽을 점점 흐릿하게 만들고 있었다.

>> 쫓겨날 위기

타마스는 지하실에서 정신을 차리느라 애를 먹었다. 그는 기계적으로 책과 잡지를 쌓아 올리고, 케이블을 움직이며 고양이에게 밥그릇을 가져다주었다. 사실 그는 아직 제대로 현실감각을 찾지 못했다. 여전히 시뮬레이션 상에서 보석이 변한 비행선을 타고 부유하며 날아다니는 꿈을 꾸고 있었다. 또 다시 몬트가 그를 구했다. 왜 그랬을까? 그녀가 그를 염려하고 있는 걸까? 타마스는 몬트의 사랑을 느꼈다.

위층 현관문에서 초인종이 울렸다. 한 번, 두 번, 세 번. 끊이지 않고 울렸다. 아버지와 어머니가 외출중이라 타마스가 현관문을 열어주러 갔다. 모키였다.

"계속 꿈을 꾸었으면 좋으련만!"

타마스는 기분이 좋지 않았다. 몬트의 사랑을 느끼며 좋았던 기분이 단번에 바뀐 것이다. 그는 현실로 돌아왔다.

"내가 방해했니?" 친구가 물었다.

"들어와. 뭐 좀 마실래?"

그들은 지하실로 내려갔다.

"너 괜찮은지 한번 보자." 모키가 말했다.

"나 괜찮아."

"너 뭐하고 있었니? 청소 중이었던 것 같은데. 아버지 때문에 늘 스트레스지?"

"그래. 내가 취직을 위해 노력하고 있는지 벌써 두 번이나 물었어."

"자격증이나 인턴 경력 증명서 그리고 기타 다른 서류 같은 것들은 준비된 거야?"

"응, 뭐 한 장 더 쓰기만 하면 돼."

"내가 도와줄게. 난 몇 번 써 봐서 잘 알아."

"난 못 하겠어."

"왜?"

"난 면접에 가지 않을 거야."

"그러면 아버지가 너를 집에서 쫓아낼 텐데. 최소한 시간을 벌기 위해서라도 그렇게 해야 해."

"그건 바보 같은 짓이야."

"아버지가 가만두지 않을 텐데."

"그래. 하지만 그런다고 하고 싶지 않은 일을 할 수는 없어."

"야! 타마스. 넌 정말 고집쟁이야. 그래, 하는 수 없지. 아버지가 쫓아내면 우리 집으로 와."

"고맙다. 그 일은 나 혼자 해결할게."

채팅창에 판도라가 보낸 메모가 떴다.

"좋은 소식이니?" 모키가 물었다.

"아직 몰라."

"이제 날 내쫓을 거야?"

"지금 바로 나가라는 건 아니야."

"알았어."

"미안해, 모키. 널 보내고 싶지는 않지만, 정말 중요한 일을 해치워야 해서."

"알아. 내 도움이 필요하면 연락해."

"음!"

모키가 지하실을 나가는 사이에 모니터에 새로운 코드가 떠올랐다.

레벨 9

눈부신 지성의 세계

실제 시간: 8월 28일 목요일 17시

실제 공간: 타마스의 지하실

가상 시간: 기원전 600년에서 300년 사이

가상 장소: 고대 그리스, 밀레토스, 아테네

>> 세계는 어떻게 구성되어 있을까?

한 노인이 몇몇 젊은이와 함께 밀레토스 시의 성문을 지나갔다. 그 모습을 본 포도원 일꾼이 웃으며 소리쳤다.

"탈레스, 이 불쌍한 돼지야, 네 그 어리석고 아무짝에도 쓸모없는 이론을 떠들고 다니느니 차라리 일이나 하시지!"

마차를 타고 도시로 들어가던 두 명의 부유한 상인이 수염 난 탈레스와 제자들을 가리키며 말했다.

"어이! 이 어리석은 놈들아, 그 노인을 떠나거라. 그의 정신 나간 말에 더 이상 귀를 기울이지 말란 말이야. 너희들의 삶에 전혀 득이 되지 않아. 그렇게 그를 따라다니면 평생 가난하게 살 거야!"

"가자, 제자들아. 저 아래 해변으로." 탈레스가 말했다. "저 사람들의 조롱에 개의치 말거라. 나는 이미 오래전부터 그들이 내 철학을 조롱하는 데 익숙해 있다. 저 사람들은 그토록 어리석단다. 그들이 얻고자 하는 것은 오로지 재물뿐이다!"

일행은 스승과 함께 해변 바위에 자리 잡았다. 젊은이들은 한동안 파도 소리에 귀를 기울이거나 손가락 사이로 모래를 흘려 보내거나 창공에 떠 있는 별들을 관찰했다. 왕자 툴루도 그들 사이에 있었다.

"세계의 본질은 무엇일까?" 탈레스는 둘러앉은 제자들에게 물었다.

"세계는 신들의 소유물일까? 신들이 창조한 세계를 파악하는 것이 우리에게 가능한 일일까?"

툴루는 자기 스승이 아직까지 이런 질문을 한 적이 없다는 것을 깨달았다.

"우리는 세계를 파악할 수 있다." 탈레스는 이렇게 선언하고 바다를 가리켰다. "왜냐하면 세계를 구성하는 모든 물질의 근원은 물이기 때문이다. 물은 모든 생명체의 근본이다. 물은 가열하면 기체로 바뀌고, 얼면 고체로 바뀐다. 나무가 연못에 떠 있는 것처럼 땅도 물 위에 떠 있다. 지진이 일어나면 지하세계에 묻혀 있던 물결이 땅을 요동치게 만든다. 제자들아, 자연의 모든 것은 해명될 수 있다. 어떤 자연현상도 더 이상 신의 기분 때문에 일어나는 것이 아니다."

"신은 우리 세계에 어떤 영향을 미치나요?" 한 제자가 물었다.

"신의 영혼은 모든 사물 속에 존재한다."

"그러면 영혼이 무엇인지 설명 좀 해 주십시오."

최초의 철학자들

최초의 철학자들의 사유에서 새롭고 중요한 것은 이들이 과거와 단절을 시도했다는 것이다. 그들은 지성의 도움을 받아 세계를 탐구하려 시도했다. 탈레스(기원전 624–547)와 그 뒤에 출현한 다른 철학자들은 더 이상 신, 전통, 권위에만 의지하여 세계를 탐구하지 않았다.

이것은 문화의 위대한 발전이자 인류 발전의 길에서도 크나큰 도약이었다.

아낙시만드로스(기원전 610–547)나 아낙시메네스(Anaximenes, 기원전 585–528)에게 지구는 둥글지 않고 평평한 것이었지만 어떤 힘에 의해 질서 있게 우주를 떠다니는 고체였다. 하지만 나중에 아낙시만드로스는 지구가 둥글 것이라고 생각하기도 했다. 아리스타르코스(기원전 310–230)는 이 구가 태양 주변을 돈다고 썼다.

지식이 사라지는 시대

유럽 대부분이 기독교화되었을 때 이런 지식 가운데 많은 것이 사라졌다. 기독교는 오랫동안 과학에 우호적인 종교가 아니었다. 기독교에 따르면 천국에서는 천사들이 날아다녀야 하고, 지옥에서는 악마들이 끓는 물에 삶겨야 했다. 기독교는 이것과 모순되는 지식을 용납하지 않았다.

이에 대한 사례로 수많은 과학 분야의 토대를 닦았던 아리스토텔레스(기원전 384−322)의 위대 저작들을 떠올릴 수 있을 것이다. 아니면 모순과 불화를 피하지 않았다고 하는 헤라클레이토스(기원전 520−460)의 이론을 생각해 볼 수도 있을 것이다. 그에 따르면 모순과 불화 이 두 가지 행위방식이 함께 작용해야 세계가 성립된다. 스토아학파를 만든 제논(기원전 334−264)에 따르면 인간은 유일하게 이성을 사용할 수 있는 재능을 타고난 생명체다. 그래서 인간은 자기 세계의 법칙을 인식할 수 있다. 그 어느 것도 인간을 흔들 수 없으며, 인간은 자기 삶을 자기 외부의 다른 것에 의존해서도 안 된다. 스토아적 안식과 자기 극기를 통해 인간은 자기 운명을 용기 있게 감내해야 한다.

피타고라스(기원전 570−497)에게 물리적 세계는 수학적으로 엄격하게 정리되어 있었다. 이 철학자의 이름을 모르는 학생은 없다. 직각삼각형에서 직각을 끼고 있는 두 변의 제곱의 합은 빗변의 길이의 제곱과 같다.($a^2+b^2=c^2$)

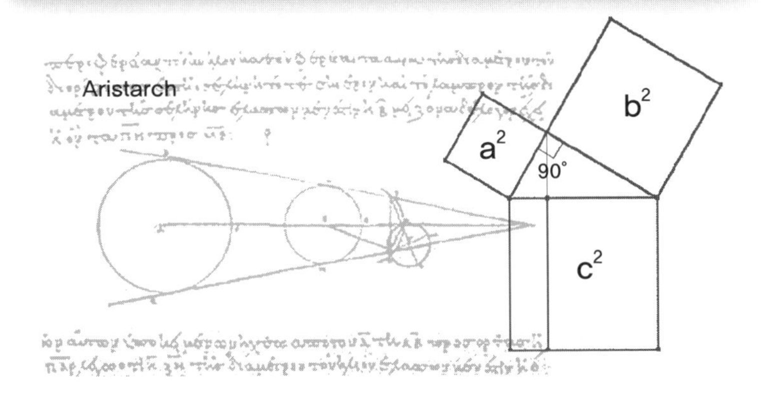

한 학생이 말했다.

"영혼이란 사물을 살아 있게 만들고, 행위하게 만들 수 있는 것이다."

"살아 있는 것은 모두 영혼을 가진다는 말입니까?" 툴루가 물었다.

"물론이지. 만약 영혼이 없다면 세계는 생명이 없는 것이고 죽은 거나 마찬가지지."

"그 말은 동물도 영혼이 있다는 뜻입니까?"

"당연하지. 물질에도 영혼이 들어 있다. 철을 움직이게 하는 자석을 보아라. 자석에도 영혼이 있다."

타마스의 소망은 프로그램이 허용하는 한 모두 실현된다. 판도라가 이미 여러 번 말하지 않았던가?

게이머인 타마스에게는 자기 아바타인 툴루를 그 시대 사상의 중심지인 아테네로 보내야겠다는 생각이 들었다. 이것은 클릭 한 번에 프로그램의 다른 부분으로 들어가는 것처럼 게이머가 생각하는 것과 동시에 아바타를 시공간을 초월하여 전혀 다른 세계로 들어가게 하는 것이다. 이것은 전혀 문제없다. 소망이나 생각은 뇌 속에 있는 뉴런(신경세포)들을 묶어 주고 이 프로그램에 명령을 내린다.

이런 상황에서 타마스는 판도라와 길게 이야기할 필요가 없었다. 그는 바로 아테네를 향해 출발했다.

>> 우리는 어떻게 살아야 할까?

그리스에서 가장 유명했던 그 철학자는 아테네의 시장터인 아고라*

외 그 주변 거리에서 제자들을 가르쳤다. 숭긴 기에 수염을 길게 기른 이 남자는 주름진 긴 망토를 걸친 채 매일 이리저리 걸어다녔다. 그는 좀 우악스럽게 생겼고, 눈도 튀어나오고 코도 눌려 들어간 편이었다. 하지만 사상가인 그의 명성은 널리 퍼져 있어 가는 데마다 사람들이 찾아와 말을 걸었다.

"소크라테스 님, 말씀 좀 해주세요. 오늘날 우리는 어떻게 살아야 할까요?"

"나는 너의 질문을 이해하지 못하겠구나. 오늘날이라니 무슨 말이냐?"

"저는 현재를 말하는 것입니다. 지금 우리 도시에는 전쟁, 정치적 불안과 싸움 등 우리 삶을 불안하게 만드는 일이 많이 일어나고 있지 않습니까?"

"다이모스, 평화로운 시절이 찾아오면 너의 삶이 이와 다를 것 같으냐?"

"그렇습니다, 선생님."

"그런 일은 없을 것이다. 일반적으로 적용될 수 있는 단 하나의 처세술은 없다. 내가 너에게 말해줄 수 있는 한 가지는 너 자신의 삶에 충실하라는 것뿐이다."

"그것은 무슨 뜻입니까?"

"늘 새로운 지식을 탐구하는 것이야말로 삶을 도덕적으로 만드는 것이다. 다시 말해 늘 새롭게 무엇이 옳고, 무엇이 그른지, 무엇이 명예롭고 도덕적인 행위고, 무엇이 그렇지 않은 것인지 질문하라는 말이다. 왜냐하면 네가 비록 정신없이 혼잡스럽게 하루하루를 살아간다 할지라도 늘 모든 것에 질문을 던지고 새롭게 시작할 때만 너 자신에게 충실할 수 있기 때문이다. 너의 내면과 영혼을 행복과 불행, 고통과 상실, 그리고 불의와 배신과는 멀리 떨어져 있게 하여라."

"좋은 말씀입니다만, 그것이 그렇게 쉬운 일입니까?" 누군가 소리쳤다.

"답은 오로지 신들에게만 있소." 군중들 가운데 다른 누군가가 소리쳤다. "무엇이 옳고 무엇이 그른지, 우리가 어떻게 살아야 할지 신들은 알고 있습니다. 우리는 그것을 인정할 수밖에 없죠. 우리가 신들에게 기도하면, 신들은 우리에게 올바른 길을 가르쳐 줄 것입니다. 당신은 신을 의심하려는 거요?"

"나도 신을 의심하지는 않소. 하지만 내게는 내 자신에 대한 의무만 있을 따름이지 신들이나 법 혹은 다른 어떤 권위나 전통을 따를 의무는 없소."

"신을 믿지 않는 사람이군! 신을 모독하는 말이오! 젊은이들을 나쁜 길로 인도하는 유혹자요!" 군중에게서 이런 소리가 터져나왔다.

"나는 언제나 내가 옳다고 생각하는 것만 말할 것이다." 이 철학자는 흔들림 없이 계속 말을 이어갔다. "올바름을 포기하느니 차라리 죽는 것이 더 나을 것이다. 내가 너희들에게 가르쳤던 것처럼 우리는 모든 것을 토론할 수 있어야 한다. 스승과 제자 사이에 묻고 답하는 과정을 통해 우리는 진리를 찾아가야 한다. 잘못 생각하고 있는 지식은 언제든지 검증되어야 한다. 제자들아, 나는 내가 모르고 있다는 것을 알고 있기 때문에 이것이 더욱 중요하다."

>> 먼 미래에서 온 손님

소크라테스와 논쟁을 벌이고 있는 동안 항변의 목소리는 점점 줄어들었다. 그것은 이 사상가가 자기 주변에 모여든 모든 사람들을 호의적으로 대했기 때문일 것이다. 아니, 갑자기 이상한 일이 터졌기 때문일까?

어느 순간 거기 모인 많은 사람들과 스승까지 놀라 눈을 비비며 서로 물었다.

"우리가 꿈을 꾼 것일까? 어떤 신이 이렇게 짧은 순간에 우리 감각을 우롱한다는 말인가?"

어떤 제자들은 그 시장터에 나타난 남자가 어린아이였다고 하늘에 두고 맹세했다. 그의 키는 15세 소년보다 크지 않았다. 그는 나타나자마자 모든 사람들의 눈길을 끌었는데, 그의 모습이 이 지방과는 도무지 어울리지 않았기 때문이다. 당시 그가 입고 있던 옷은 검은색 비단 재킷, 무릎 아래를 끈으로 묶는 회색 반바지, 같은 색깔의 양말과 은색 신발이었다. 그는 검은색 넥타이와 가발까지 착용하고 있었다. 아테네 인들은 지금껏 그런 모습을 한 사람을 본 적이 없었다. 공연 연습을 하다가 길을 잃고 이리로 온 배우가 아닐까? 도대체 어떤 역할을 맡았길래 저렇게 우스꽝스러운 분장을 했을까?

그 젊은 남자는 좀 당황한 듯 주변을 돌아보았다. "람페!" 그는 소리쳤다. "지금 몇 시냐?"

아무도 모습을 드러내지 않았고, 아무도 대답하지 않았다. 오로지 길게 늘어뜨린 하얀 옷을 입은 남자들만 그를 둘러싸고 있었다. 그때서야 그는 상황을 깨닫고 눈을 크게 떴다. 몇몇 사람은 웃고, 몇몇 사람들은 몇 걸음 뒤로 물러났다. 그들에게는 이제 상황이 분명해졌다. 신이 나타난 것이거나 최소한 반신(半神)이 나타난 것, 아니면 제우스신의 시험이었다.

그 젊은 남자가 손을 들어 말을 하자 시장터는 모두 조용해졌다.

"비록 내가 지금 어떤 꿈을 꾸고 있는지 모르겠고, 나의 건방진 하인 람페가 나를 다섯 시 정각에 깨워야 한다는 것을 깜박 잊었음에도 내가 살고 있는 시대보다 훨씬 이전에 이루어진 이 논쟁에 조금이나마 기여하

너의 지성을 이용할 용기를 가져라!

고대 그리스 철학자들도 이런 원칙을 만들어 낼 수 있었을지 모른다. 사실상 이 원칙은 약 2천 년 후인 17세기 말과 18세기에 일어난 유럽 정신운동인 계몽주의의 핵심 원칙들 가운데 하나였다. 당시 계몽주의는 모든 유럽인의 정신적 삶을 매료시켜 뒤흔들어 놓았다. "자신만의 고유한 지성을 이용할 용기를 가져라!"－이 원칙은 계몽주의 대표 사상가인 쾨니히스베르크의 철학자 임마누엘 칸트*(Immanuel Kant)가 만든 것이다. 남의 도움을 받지 말고 혼자 힘으로 생각하라는 그의 호소는 유럽 절대군주제, 즉 왕이나 여왕 한 사람이 국가의 운명을 결정하는 정치체제의 종말이 시작되었음을 의미했다. 뿐만 아니라 종교의 지배적이고 지도적인 역할도 끝나게 되었다. 계몽주의의 기본 사상에는 평등, 관용의 의무, 진보에 대한 믿음 및 시민의 자유 등이 있다. 어떤 사람도 태어나면서부터 사회적 신분이 확정돼서는 안 된다. 지성의 능력은 교육을 통해 육성될 수 있다. 이런 모든 항목들은 사회의 근본적 변화를 준비하며 프랑스 대혁명과 그 후에 일어난 모든 민주화 운동의 토대가 된다. 유럽과 미국 사회는 중세의 속박에서 해방되어 교회에서 독립된 오늘날 서양 민주주의 국가 형태로 발전하게 되었다.

대표적인 계몽 사상가들로는 칸트(철학) 외에도 프리드리히 2세*(Friedrich II. der Große정치), 레씽*(Lessing법학과 문학), 페스탈로치*(Pestalozzi교육)가 있고, 프랑스에서는 데카르트*(Descartes), 볼테르*(Voltaire), 디드로*(Diderot), 영국에서는 홉스*(Hobbes)와 흄*(Hume)이 있다. 미국에서는 변호사이자 국회의원이었던 제퍼슨(Jefferson)이 계몽주의 대표자로서 중요한 역할을 했다.

도록 한 말씀 드리자면, 계몽된 인간인 제 생각으로는 감각적 지각은 늘 사유의 영향을 받게 됩니다. 내가 보고, 듣고, 느끼고, 맛본 것은 나 없이도 존재할까요, 아니면 내가 처음으로 만든 것일까요? 우리가 지각할 수 없는 세계가 있을까요? 분명히 오늘 밤 고대 그리스에 살고 있을 내 꿈속에 등장한 사람이여, 이것은 정말 근본적인 문제입니다. 우리가 이 문제를 알기 위해서는 모든 사람들이 무엇이 옳은가에 대한 토론에 참여할 수 있어야 합니다. 우리는 무언가를 행해야 합니다. 즉 모든 사람들이 자유롭고 평등한 사회를 만들어야 합니다. 이를 위해 꼭 필요한 것은 각자 자신의 지성을 사용할 용기를 가지는 것입니다. 오늘 제가 할 강의의 주제는 바로 이것입니다. 이 강의는 제 집 강의실에서 정각 아홉 시에 시작됩니다. 여러분이 들으러 오신다면 저는 환영합니다."

순간 사람들이 이 낯선 사람의 등을 지팡이로 내리쳤다. 모니터의 영상의 사라지면서 투명하게 변했다.

"람페!" 그가 하인을 부르는 소리가 들렸다.

"칸트 교수님, 다섯 시입니다. 일어나세요!" 하인의 목소리는 군인처럼 명령조로 힘찼다.

호통치는 소리는 서서히 약해졌다. 마침내 "람페, 차와 담배 파이프를 가져다 다오!"라고 명령하는 소리만이 들렸다.

>> 소크라테스의 경고

특이한 복장의 낯선 남자가 사라진 뒤 시장터에 깔렸던 어리둥절함은 서서히 사그라들었다. 하지만 그 후 많은 사람들이 제각각 이야기를 했다.

"기적이 일어난 거야!"

"신이 보낸 사신이었어."

"너무 끔찍해!"

"신이 전하고자 한 말은 무엇일까?"

소크라테스가 제일 먼저 평정심을 되찾았다. 그는 팔을 들어올리며 말했다.

"아네테 시민들이여, 우리가 보았던 것이 기적이거나, 그렇진 않거나 한 것이겠지요. 또 그것이 신이 보낸 사자일 수도 있고 아닐 수도 있겠지요. 무엇이든 저는 관심이 없습니다. 지금 우리는 그것을 해명할 수 없으니까요."

"만약 신들이 보낸 신호였다고 한다면, 우리는 급히 신전으로 가서 기도를 올려야 합니다." 몇몇 남자들이 말했다.

"그렇게 해야 안심이 된다면 그렇게 하세요." 소크라테스가 외쳤다. "하지만 그렇지 않은 사람들은 좀 전에 나타났던 사람이 한 말을 기억하세요."

"우리는 각자 자신의 지성을 사용할 용기를 가져야 합니다." 어떤 제자가 말했다.

"그래, 메난드로스, 그가 한 말의 뜻은 지금 네 말과 유사하다. 그동안 이 문제를 두고 토론했던 사람들도 이와 같은 말을 했다. 옛날의 지배체제를 무너뜨리고 모든 자유 시민에게 투표권을 부여했던 솔론* 역시 백 년 전에 이와 같이 말하려 했다. 솔론은 자기가 숙고한 내용을 여기 이 자리에서 아테네 시민들에게 공표했다. '공동체가 잘 살수록 나도 잘 살게 됩니다. 개인에게 헌신하는 것은 여러분 모두에게 헌신하는 것입니다. 모두에게 헌신하는 것은 개인에게도 좋은 것입니다. 여러분이 어떻게 살고 싶은지 여러분 스스로 결정하십시오. 어떤 지배자도 여러분 위에 군림해서는 안 됩니다.'"

여기저기서 이 말에 반대하고 항의하는 목소리가 튀어나왔다. 많은 사람들은 이 말을 파렴치한 것으로 여겼다. 그러나 소크라테스의 목소리는

교육과 오락의 양면

고대 그리스가 쌓은 문화 업적은 그밖에도 셀 수 없이 많다. 그리스의 조각, 건축, 철학, 정치, 자연과학은 지금까지 높이 평가받고 찬미되고 있다. 예를 들어 그리스 문화는 로마인들에게 모범이 되었다. 유럽 연극 역시 그리스인들이 만들었다. 고대 그리스에서는 거의 모든 도시에 야외극장이 있었다. 아테네 극장만 해도 객석 규모가 2만석이 넘었다. 시 정부는 극장을 적절한 시민 교육의 장으로 여겼다. 극장의 목적은 연극에 등장하는 주인공의 사례를 통해 관객으로 하여금 인간의 정념과 이로 인해 인간이 처할 수밖에 없는 내적 갈등상황에 직면하게 만들고, 이를 소화하여 극복할 수 있게 만드는 데 있다. 예컨대 아이스킬로스(Aischylos)의 오레스테이아 비극에서는 '이에는 이 눈에는 눈'이라는 원시적 피의 복수 원칙을 이성적 재판으로 대체하는 문제를 다룬다. 해마다 술, 여자, 노래와 함께 개최되는 디오니소스 축제 때 며칠 밤 동안 진행되는 공연의 중간 휴식 시간에는 여러 가지 강의나 독회도 함께 열렸다. 그 가운데에는 유럽에서 가장 오래된 텍스트에서 발췌한 것도 있었다. 예를 들어 트로이 전쟁에 대해 쓴 『일리아스』나 오디세우스가 고향에 돌아오기 위해 방황하는 과정을 그린 『오디세이아』도 읽었다. 이 작품은 호머(Homer)가 썼다. 하지만 그가 어디서 태어나고 어떻게 살았는지 아무도 모른다. 다른 작가들이 이 작품에 관여했을 수도 있다. 『일리아스』와 『오디세이아』는 기원전 12세기 혹은 13세기에 조금씩 완성되었다고 한다.

이들을 압도했다.

"자기 그림자의 끝자락 이상을 볼 수 없는 자, 오로지 자기 행복만 생각하는 자는 바보입니다. 친애하는 시민 여러분, 이제 평화롭게 헤어집시다. 여러분 가운데 어떤 분은 신전으로 가시고, 또 다른 분들은 가족이나 일터로 가시겠지요. 시 정부가 요청한 대로 극장에 가는 것을 잊지 마십시오."

소크라테스의 눈길은 툴루에게 향했다. "우리가 하는 이야기를 내내 열심히 경청했던 이방인이여, 조심해서 가게나. 생각할 만한 거리를 많이 얻어 가는지 모르겠군?"

"물론입니다. 하지만 저에게는 지금 들었던 내용을 좀 더 자세하게 생각할 시간이 필요합니다."

"자네는 잘 할 걸세, 이방인. 나도 내 머릿속에서 안개처럼 불분명한 것을 제거하고 분명하고 명확한 생각에 도달하기 위해 많은 시간을 필요로 했네. 지금도 나는 이런 생각 가운데 몇 가지를 계속 생각하며 논쟁하고 있다네. 잊지 말게나. 우리는 논쟁을 통해, 다시 말해 한 사안에 대한 찬성과 반대를 통해 좀 더 분명한 생각에 도달할 수 있다는 것을 말이네. 그럼 친구, 잘 가게. 그리고 오고 싶으면 언제라도 다시 아고라로 오게."

"안녕히 계십시오. 정말 감사합니다." 툴루는 공손하게 인사했다.

그런데 사실 그의 머리는 매우 복잡했다.

나갈게!

타마스: "판도라, 나는 생각할 시간이 좀 필요해."

판도라: "그리스 인들이 삶과 정치와 문화의 가장 중요한 문제들이나 사유와 문명의 근원에 대해 성찰한 최초의 사람들은 아냐. 하지만 그들의 업적은 사유와 행위에 대해 그 전보다 글이나 말로 훨씬 많은 것들을 이야기했다는 거야. 만약 그렇지 않았다면 오늘날 우리는 거기에 대해 아무것도 모르거나 많은 것을 몰랐을 거야."

타마스: "이번 게임은 현실은 무엇인가라는 문제와 연관된 거지?"

판도라: "그래. 만약 네가 더 오래 머문다면, 너는 소크라테스의 제자인 플라톤(Platon)에게서 평생 동굴에서 산 사람들의 이야기를 듣게 될 거야. 그들은 다른 세계에 대해서 아무것도 몰라. 이 이야기는 인간이 진리를 인식할 가능성이 얼마나 적은가에 대해 말하고 있는 거야."

타마스: "그러면 네가 그 이야기를 해줘. 그동안 나는 피자나 좀 데울게."

>> 동굴의 비유

판도라: "어두운 동굴에 몇몇 사람들이 입구를 등진 채 나란히 앉아 있어. 태어나면서부터 그들은 의자에 사슬로 묶여 있었지. 그래서 머리를 돌려 그들 앞의 동굴벽을 보는 것 외에 다른 것을 볼 수 없었지. 빛이라고는 오로지 그들 뒤에서 펄럭거리며 타고 있었던 불빛뿐이었어. 이 빛은 묶여 있던 사람들 앞에 있는 벽에 그림자를 불안하게 던져 주었지. 그들은 평생 그런 자세로 살아야 했기 때문에 바깥 세계에 대해서는 아무것도 몰랐어. 불 앞에서는 사람들이 계속 어떤 물건들을 이리저리 나르고 있었어. 단지나 가재도구, 창(槍), 조그만 조각품이나 식물을 말이야. 그 모든 물건과 나르는 사람들이 동굴 벽에 비치지. 사슬에 묶여 있는 사람들은 이 그림자를 실제 현실로 알았어. 그들은 등 뒤에서 이루어지고 있는 사건에 대해 전혀 알 수가 없었거든. 그런데 이들 가운데 한 명을 묶고 있던 사슬이 풀리자 사람들은 그에게 일어나서 등을 돌려 뒤를 보라고 했어. 그래서

그가 등뒤의 불과 그들 뒤에서 움직이고 있었던 실제 인간이나 물건들을 보았을 때, 어쩔 줄을 몰랐지. 그는 무척 혼란스러웠고 돌연히 나타난 빛에 눈이 부시기까지 했어. 동굴 밖으로 나온 그의 두 눈은 서서히 빛에 길들여졌지. 그는 더 많은 것을 알게 되고, 실제 사물들을 더 많이 인식하게 되었어. 그래서 그는 행복해 하는 동시에 동굴 속에 있는 동료들을 가엾게 여기게 되지. 그는 되돌아가고 싶지 않았지만, 동료들에게 그들이 처한 상황을 알려주는 것이 자기 의무라고 생각하게 되었어. 그는 돌아가 동굴의 벽에 비친 그림자를 가리키며, 이 그림자가 어떻게 생기게 되었는지를 동료들에게 설명해 주기 시작했어. 그런데 동료들은 그를 조롱하며 욕을 해대지. 그가 분명히 눈을 다쳤거나 아주 미쳐 버렸다고 말이야. 사슬에 매인 사람들은 앞으로 자신을 묶고 있는 사슬을 풀어 주고 동굴 밖으로 이끌고 나가려는 사람들이 있다면 모두 죽여 버리겠다고 결의하지."

타마스: "가끔 나도 동굴 속에 있는 사람들 같다는 생각이 들어. 나는 분명히 뭔가가 실제로 있는 것 같다고 생각했는데 그렇지 않을 때가 있거든. 모든 것은 그저 그림자놀이인 것뿐일까?"

판도라: "그리스 철학의 이 중요한 비유가 분명히 말하고 있는 것은 일상에 습관적으로 매여 있는 인간은 동굴 속에 살고 있는 것과 같다는 거야."

타마스: "세상에는 그림자만 있지만, 그것을 눈치챈 사람은 아무도 없어. 하지만 좋은 점이 있기도 해. 우리가 늘 사슬에 매여 있는 거라는 사실을 알게 된다면 미쳐 버리게 될 테니까 말야."

판도라: "어쨌든 동굴 속에 붙잡혀 있는 사람들이 괴로워하진 않는 것 같아. 그들은 다른 것을 상상할 수 없으니까 말이야."

타마스: “현대인들도 이미 오래전부터 사슬에 매여 사는 것 같지 않니? 매일 보는 텔레비전 방송이 우리 뇌리에 은연중 파고들고 있잖아. 모든 사람이 불만 없이 잘 지내고 있고, 분쟁도 끝났어. 어느 누구도 벽에서 자기 눈앞으로 다가오는 영상을 피할 수 없지. 내 생각에 대부분의 사람들이 진정한 자기 삶을 살고 있는 것 같지 않아.”

판도라: “너도 그렇지 않니?”

타마스: “물론이지. 만들어진 세계가 종종 실제 세계를 능가하는 이 게임을 하고부터는 더욱 그래. 이따금 나는 내가 어디에 있는지 모르겠어. 동굴 속에 있는지 아니며 밖에 있는지 말이야.”

판도라: “그게 어때서? 다시 게임으로 들어올래?”

타마스: “물론이지.”

판도라: “툴루로 말이야?”

타마스: “오케이. 나는 다시 툴루를 선택하겠어.”

판도라: “하지만 이번엔 몇 백 년 지난 뒤야.”

타마스: “그렇다면 그는 동화에서처럼 잠을 잔 거군. 나는 그의 이야기를 끝내고 싶어.”

판도라: “고향으로 돌아가는 거? 아니면 앞으로 더 멀리 나아가는 거?”

타마스: “뭐든 상관없어. 코드는?”

레벨 10

세계의 주인들

실제 시간: 10월 28일 목요일 23시

실제 장소: 타마스의 지하실

가상 시간: 기원후 20년

가상 장소: 페산베르게, 리비아 사막

>> 정오의 검은 그림자

무언가가 그의 긴 잠을 깨웠다. 바람 때문이었을까, 아니면 날갯짓 때문이었을까? 툴루는 사막 가장자리에 누워 있었다. 매가 그 옆 바위에 앉아 있었다.

"에프티그! 내가 오랫동안 잤니?"

"아주 오래. 툴루."

"무슨 소식 있니?"

"너에게 전해 줄 소식이 하나 있어."

"몬트에 관한 것이니? 너 그녀를 또 만났어?"

"그래. 그녀가 여기 네 옆에 있었어. 하지만 너에게 전해야 할 소식은 다른 거야. 너 빨리 돌아가야겠다. 부족이 위험해."

"아버지가 돌아가셨니?"

"왕께서는 평화롭게 눈을 감으셨다."

"언제?"

"오래전에."

"너무 마음이 아프구나!" 툴루는 고통스럽게 말했다. "나는 아버지의 임종을 지키지 못했어!" 그는 눈물을 흘리며 가라만테 족의 만가(輓歌)를 부르기 시작했다.

"사막의 신이여,
우리에게 왜 등을 돌리셨나요?

정오의 그림자가

검게,

우리에게 내려앉은 죽음처럼 검게 변했네!

신이시여, 당신의 은총을 얻으려면

어떻게 해야 할까요?"

해가 뜰 때까지 툴루는 이 노래를 계속 슬프게 불렀다. 에프티그가 재촉했다.

"지금 떠나야 합니다, 왕이 될 주인님. 북쪽의 강력한 적이 우리나라를 노리고 있습니다."

"어떤 위협을 말하는 거냐?"

"로마 군단이 우리 수도 턱밑까지 쳐들어 왔습니다."

툴루는 베두인 족이 베일로 몸을 가린 채 낙타 두 마리를 끌고오는 것을 보았다.

"저 사람은 마하사티입니다. 우리 안내자이자 보호자이지요." 에프티그가 설명했다.

"왜 길 안내자가 필요하지? 네가 길을 알잖아."

"마하사티는 사막의 바위, 계곡, 산을 모조리 다 알고 있습니다. 그는 말수는 적지만 오리엔트 지역 최고의 길잡이입니다. 주인님, 사막이 얼마나 빨리 변하는지 생각해 보세요. 모래언덕이 허물어지고, 물웅덩이가 마르는 것 말이에요."

"베두인 족이여, 고개를 들어 얼굴을 보이거라."

마하사티는 말 없이 툴루를 쳐다보았다. 하지만 머리를 덮고 있는 두건은 벗지 않았다.

"주인님, 시간이 별로 없습니다. 저는 마하사티가 주인님을 만족시킬 것이라 믿습니다."

"에프티그, 네 말이 맞겠지. 그러니 빨리 떠나자꾸나."

>> 서둘러라!

툴루는 매에게 물었다.

"로마인이라고 했느냐? 가라만테스 족은 수백 년 간 그들과 잘 지내왔다. 그들이 원하는 것이 무엇이라더냐?"

"그들은 점점 세계의 지배자인 것처럼 굽니다. 그들은 자기들이 다른 어떤 민족보다 우월하다고 생각합니다. 그들보다 훨씬 높은 수준의 문화와 오래된 지식을 축적한 민족들도 많은데 말입니다. 그들의 군대는 전쟁을 일으켜 바다에 인접한 나라들을 황폐하게 만들고 있습니다. 재산과 권력을 탐하는 그들의 욕심은 한도 끝도 없습니다."

그들은 밤낮 없이 쉬지 않고 나아갔다. 베두인 족 안내인은 빨랐고 모든 길을 아주 자세히 알고 있었다. 사막의 남자인 툴루조차도 이 베두인 족이 최고의 길잡이라는 것을 인정해야 할 정도였다. 두 남자 사이에는 어떤 말도 오가지 않았다.

정오 무렵에 매가 쏜살같이 날아왔다.

"저 멀리 로마 군단이 일으키는 먼지를 좀 보세요."

툴루는 절망했다. 그가 앞으로 무엇을 할 수 있을까?

"에프티그, 사실을 말해 줘. 너무 늦은 거 아닌가?"

"도시는 점령되었고, 로마인들이 우리 도시를 파괴하기 시작했습니다."

툴루는 너무 고통스럽고 분해서 절규했다.

"백성들은 제때에 사막으로 피신했습니다."

"그나마 다행이다. 조금이나마 위안이 되는 것 같구나."

그들을 안전하게 안내하고 있는 남자는 툴루의 낙타에 바싹 붙어 달리고 있었다.

"주인님, 이제 저는 떠나야겠습니다. 저의 임무는 이것으로 끝났습니다."

"마하사티, 우리가 늦게 당도한 것은 네 책임이 아니다. 부탁인데 우리 곁에 남아다오. 우리는 부족을 따라 계속 남쪽으로 가야 돼."

"주인님의 길 안내를 하는 것이 저로서야 명예인 동시에 기쁜 일이지요. 하지만 저는 이제 떠나야 합니다."

두건으로 가리고 있긴 했지만 베두인 족의 두 눈은 툴루를 응시하고 있었다. 툴루는 이상한 기분이 들었다. 내가 아는 사람인 걸까?

"왜 떠나려는 거냐? 마하사티."

"저는 제 마음대로 결정을 내릴 수 없습니다."

"도대체 넌 누구냐?"

툴루의 심장이 격렬하게 뛰기 시작했다.

그는 얼굴을 가리고 있던 두건을 벗었다.

툴루는 이제야 그녀를 알아보았다!

"몬트, 나의 몬트."

둘은 낙타에서 뛰어내려 서로를 끌어안았다. 그는 그녀의 눈과 입에 여러 번 입맞추고 머리를 쓰다듬었다.

"내가 당신을 만나다니!"

그녀는 그를 부드럽게 밀어냈다.

"툴루, 우린 이제 헤어져야 해요."

"안 돼! 지금은 아니야. 너를 향한 그리움에 나는 눈이 멀 거야."

"안녕. 내 이야기는 이 세계의 다른 쪽, 다른 시간에서 계속 진행되고 있어요. 하지만 우리는 다시 만날 거예요, 난 그것을 알아요!"

그녀는 마지막 입맞춤을 하고 낙타에 뛰어올라 뜨겁게 달아오른 사막

전쟁기계들의 승리

로마인들은 강력한 정복욕과 엄한 군기로 전투력을 극대화한 군대를 이용해 당대의 지배자가 되었다. 잘 조직된 로마군단은 금속을 댄 갑옷을 입고 지중해 주변의 나라들을 정복했다. 이들의 정복은 기원전 4세기부터 시작되었다. 전투력이나 무기기술, 즉 칼, 방패, 투척기, 화살총, 전차가 없었다면 기원후 3세기에 붕괴되기 시작한 이 제국을 건설하는 것이 불가능했을 것이다. 뿐만 아니라 원정에 성공한 뒤 전쟁터에서 공이 제일 큰 군인에게 금과 은 그리고 토지로 상을 주지 않았더라면 마찬가지로 힘들었을 것이다.

이들은 프로들이었다. 일부는 삶이 곧 전투였던 용병들이었다. 만약 그렇지 않았다면 왜 그들이 지금까지 교역을 해왔던 카르타고나 아프리카의 다른 나라를 치기 위해 완전무장을 한 채 뜨거운 사막을 행군해 갔겠는가? 가뭄과 기아에 지친 가라만테스 족에게는 다른 많은 부족들과 마찬가지로 기회가 없었다. 예수가 태어난 해에 가라마(Garama) 주변에서 벌어진 전투에서 많은 사람들이 피를 쏟으며 죽어갔다. 또 많은 사람들이 포로가 되었고, 노예로 로마에 끌려갔다.

으로 사라졌다.

"몬트!"

툴루의 외침은 이내 사라지고 더 이상 들리지 않았다.

"우리 안내자가 누구인지 넌 알고 있었지?"

툴루는 도시의 성벽 앞 버드나무 가지에 앉아 있는 매에게 물었다.

"그것을 아는 건 별로 어렵지 않았습니다."

"어째서?"

"마하사티는, 드문 경우이긴 하지만 아랍어로 보름달을 의미하니까요."

>> 사막의 아들들아, 행운을 빈다!

툴루와 그의 전사들은 너무 늦게 도착했다. 도시는 이미 대부분 파괴되어 버렸다. 툴루는 제때에 도망가지 못한 남자들과 함께 붙잡혀 쇠사슬에 묶였다. 그는 에프티그가 용병이 쏜 화살에 맞는 것을 보고 경악했다. 날카로운 외침이 하늘을 갈랐다. 매는 거칠게 날개를 퍼덕이며 버텨보려고 했지만 허사였다. 몇 번을 비틀거리며 돌다가 결국 모래언덕 너머로 떨어졌다.

"에프티그!"

툴루는 자신을 묶은 쇠사슬을 흔들며 소리쳤지만 대답은 없었다.

툴루는 고통에 마취된 채로 사슬에 묶인 포로들과 긴 행렬을 이루어 사막을 건너갔고, 갤리선을 타고 로마로 끌려갔다.

툴루가 다른 포로들과 함께 나무로 만든 우리에 갇힌 채 수레에 실려 로마의 거리를 지나갔을 때, 먼 곳에서 끌려온 다른 포로들처럼 대중의 환호성을 들었다.

"사막의 아들들아, 행운을 빈다!" 관객들은 소리쳤다.

"드디어 3월 축제에 쓸 싱싱한 사람 먹이가 왔군. 우리는 아직 사막의 왕이 원형경기장에서 싸우는 것을 못 봤잖아. 사막의 아들들아, 더 용감

빵과 검투사 시합

로마제국의 대형 원형경기장에서는 주로 잡혀온 노예들 중 검투사로 양성된 사람들이 싸웠다. 수천 명의 관객에게는 이들이 흘리는 피만으로는 부족했다. 이 공연의 1막이 남자 대 남자의 격투였다면, 2막에는 야생동물, 즉 아주 먼 나라에서 붙잡아 온 사자나 곰, 코끼리, 황소와의 싸움이 기다리고 있었다. 그리고 쉬는 시간에 관객들, 즉 평민이나 귀족 그리고 특별관람석에서 앉아 있는 황제의 수행원들을 심심하게 만들지 않기 위해서 사형수 몇 명을 처형하기도 했다.

3월 19일에서 23일까지 펼쳐진 이 축제에서 피를 많이 볼수록 사람들은 축제를 높이 평가했다. 목검이나 무딘 창으로 잔혹하게 싸우는 시합이 없다면 사람들은 크게 실망했고, 심지어 이 시합을 덜 잔인하게 진행하려는 황제들에게는 예외 없이 물러나라고 요구하기까지 했다.

"빵과 검투사 시합"은 제국통치의 중요한 수단이었다. 오로지 이런 방법을 통해서만 시민들을 조용히 통치할 수 있었다. 인류사의 모든 독재자들은 로마인에게서 이것을 배우고 이에 따라 행동했다.

하게 싸워라! 그래야 아마 목숨을 건질 수 있을 거다."

"우리는 어떻게 해야 합니까?"

동료 포로 한 명이 왕자에게 몸을 돌리며 물었다. 툴루는 무슨 말을 해야 할지 몰랐다. 그는 단지 여기를 떠나고만 싶었다.

나가자!

"그들이 우리를 검투사로 키울 것입니다." 우리에 있던 다른 포로가 말했다. "그렇게 되면 우리는 목숨을 걸고 원형경기장에서 싸워야 할 겁니다. 저는 알아요. 몇 년 전에 이 야만적인 축제를 본 적이 있거든요. 그때 우리는 로마인들과 평화롭게 살면서 그들과 교역을 했지요."

나가자!

툴루는 다시 한번 생각했다.

>> 툴루의 운명은?

타마스: "이제 어떻게 될 것 같아?"

판도라: "모르겠니?"

타마스: "모르겠어."

판도라: "툴루가 죽게 내버려 둘 거야? 툴루는 이 게임을 아주 오랫동안 해왔어."

타마스: "맞아. 하지만 이 시대는 가상이고, 비약도 너무 심해. 검투사인 그에게 어떤 일이 일어날지 아주 흥미로울 것 같기도 한데."

판도라: "나도 그런 생각이야. 넌 거의 준비됐지."

타마스: "그럼 다시 시작하는 거지."

판도라: “좋아. 넌 이야기가 어떻게 될지 생각해 봐. 어떻게 될 것 같니?”

타마스: “곧 알게 되겠지.”

판도라: “그런데 새로운 코드는?”

타마스: “몬트는 어디 있니?”

판도라: “몰라. 이 이야기를 계속 쓰는 사람은 내가 아니야.”

타마스: “말도 안 되는 소리 하지 마. 넌 그녀가 게임 시간을 지키지 않았다고 말했어.”

판도라: “그녀의 아바타가 시간을 지키지 않았어. 지금 그 아바타가 발이 묶여 있거든. 그래서 그런 거야.”

타마스: “그녀가 말했어, 우리는 다시 만나게 될 거라고. 그러니까 그녀가 직접 정할 거야.”

판도라: “그것을 정하는 사람은 아마 너일 거야…… 새로운 코드는?”

åVbï¬□□□□iÖXS}æl
□□’●qRp£-□□□ÿØ˜Xaü◊□□□◊«éWbö≈□□□
_ö´□□□‘içW`õƒ´□□□Öônkã Ω
□□∂wWoü…□□□□Σãecî Ã□□□ÿ«îZ[î≈□□
□□˝ûnqÑ∂□□□□–

레벨 11

검투사

실제 시간: 10월 28일 목요일 24시

실제 장소: 타마스의 지하실

가상 시간: 기원후 40년

가상 장소: 로마

>> 목숨을 바치려는 자들이 황제 폐하께 인사 드립니다!

툴루는 원형경기장 지하에 있는 넓은 복도를 불안하게 해매고 있다. 경비병이 검투사들을 여기 지하 숙소에서 쉬게 했다. 그들은 잘 먹었다. 그들에게 힘이 있어야 했기 때문이다. 경비병들은 그들이 술과 여자, 노래를 즐기는 것을 막지 않았다. 곧 죽게 될 그들은 기분 좋게 지내다가 로마 시민들을 즐겁게 해주어야 했다.

툴루와 함께 사막에서 끌려온 포로들은 여기 이 원형경기장에서 검투사로 양성되어 검투시합에 나갔고, 곧 죽어갔다. 그들은 상대 검투사의 칼에 찔리거나 야생 동물의 이빨에 갈기갈기 찢기거나 아니면 도망가다가 잡혀 모래가 깔린 아치에서 수천 명이 고함을 지르는 가운데 교수형당했다. 툴루는 이 검투사들이 시합에 나가기 전 원형경기장 안을 한 바퀴 돌면서 황제의 특별관람석 앞에 멈추어 서서 "목숨을 바치려는 자들이 황제 폐하께 인사 드립니다!"라고 음울하게 외치는 소리를 자주 들었다.

이때 그들은 칼로 방패를 친 다음 칼과 방패를 들어 올리면서 황제 나라의 말로 "*모리투리 테 살루탄트(Morituri te salutant)!*"라고 외쳤다.

그러면 피에 굶주려 매우 흥분한 관객들의 우레와 같은 환호가 그들을 향해 울렸다.

툴루는 더 이상 울 수 없었다. 그의 인생이 꿈처럼 끝날 판이었다. 그는 죽고 싶었다. 그때 그는 원형경기장의 하수구와 지하납골당을 배회하고 있었다. 마음은 매우 무거웠다. 그는 모든 것을 잃었다. 가족, 충성스러운 매, 자신의 뿌리, 희망 그리고 삶의 목적까지도. 모든 것이 허망하게 사라졌다.

그가 사랑했던 몬트, 그녀는 왜 더 이상 나타나지 않는 걸까? 그는 그녀가 보낼 새로운 신호를 애타게 기다리고 있었다. 나의 몬트, 어디에 있는 거야. 예전에 당신은 내가 필요로 할 때 나를 도와주었잖아. 부탁이야. 제발 와서 나를 불러줘.

그의 외침은 반향도 없이 붉게 빛나는 복도를 따라 울려 퍼졌다.

"나의 몬……트!"

>> 모든 이는 신 앞에 평등하다

툴루는 복도의 한 모퉁이에서 진지하게 모임을 갖고 있는 남자들을 보았다. 내일 원형경기장에서 목숨을 잃게 될지도 모를 그들은 이미 이곳에 온 지 오래되었으며, 그동안 수많은 시합에서 승리한 한 검투사의 말을 경청하고 있었다.

"나는 그 남자를 내 눈으로 직접 보았고 그가 말하는 것을 듣기도 했어. 그는 예언자고 이미 오래전부터 몇몇 제자들을 이끌고 팔레스타인 사막을 돌아다니고 있었어. 사람들은 그를 신의 아들이라 했어. 그는 이런 진리를 알려주는 것이 신의 아들인 자신의 소명이라고도 말했어."

"별 이상한 소리도 다 하는군요." 남자들 가운데 한 명이 소리쳤다.

>> 복음

그 예언자의 말에 따르면, 권력이 있느냐 없느냐, 황제냐 노예냐, 부자냐

기난뱅이냐, 귀족이냐 미천한 신분이냐는 전혀 중요하지 않았다. 이 유일 신 앞에서는 모두 다 똑같았다. 왜냐하면 이 신의 사랑은 무한하니까.

"어쨌든 신은 우리를 사랑하지 않아요." 뒤쪽 어둠 속에 앉아 있던 한 남자가 외쳤다. "그렇지 않다면 신이 우리를 이렇게 비참하게 내버려 두었겠어요!"

"이 세상의 고통에는 의미가 있어. 우리가 그 의미를 바로 알 수는 없겠지만, 울고 있는 자의 불행, 박해받고 있는 자의 공포, 고통을 당하는 자의 아픔, 이 모든 것을 겪어내는 사람들은 그 고통으로 인해 구원받을 거야. 이들은 언젠가는 천국에 들어가게 될 테니까. 내가 이리로 잡혀 와 검투사가 되기 전에 많은 사람들이 나사렛의 예수라는 사람이 전하는 이 복음을 열심히 듣고 있다는 이야기를 들었지. 이 복음은 사람들의 영혼에 깊이 스며들었어. 그래서 그들은 이 목수의 아들을 자신들이 오래 기다려 왔던 메시아로 여긴 거야. 지금까지 신의 은총은 누구나 받을 수 있다고 설교하는 사제는 없었거든. 모든 사람을 포용하고 용서해 주는 신에 대해서 들은 적이 없었던 거지. 예수는 적을 사랑하라고, 너를 미워하는 사람을 사랑하라고, 너를 저주하는 사람에게 축복을 내리고, 너를 욕하는 사람을 위해 기도하라고 가르쳤어. 또 너의 뺨을 때리는 사람에게 다른 뺨도 내밀고, 네 외투를 훔쳐 가는 사람에게 속옷도 내주라고 가르쳤지. 그에게 중요한 것은 정의가 아니라 자비였어."

"이제 그만하지!" 청중 속에 섞여 있었던 툴루가 외쳤다. "나는 더 이상 그 말도 안 되는 소리를 듣고 싶지 않아."

"그 사람의 말을 계속 들어봅시다." 다른 사람들이 툴루에게 말했다.

"내가 사랑하고 소중하게 여긴 것을 전부 잃어버린 내가, 왕에서 노예가 된 내가, 내게 남은 마지막 것까지도, 나의 가련한 목숨까지도 내놓아야 한단 말인가요? 그것도 떠돌이 사제가 그렇게 하라고 설교했기 때문에요?"

"당연히 그렇게 해서는 안 되지. 하지만 당신이 꼭 알아야 할 것은 믿음이 없으면, 사랑이 없으면 모든 것이 무의미하다는 것이야. 그 떠돌이 예언자는 인간에게 매우 중요한 길을 가르쳐 주었어. 사랑과 신에 대한 믿음으로 가득 찬 길 말이야. 그의 이야기를 들었던 사람들은 신이 모든 이를 위해 존재한다는 이 복음에 완전히 매혹되었어. 신은 유일하고 우리 눈으로 볼 수 없는 존재야. 하지만 유대인들은 이 신에 대해 늘 가르쳐 왔어. 그들은 예수와 함께 살면서 예수에게 늘 설교를 들었지."

"당신은 어디에서 이 모든 것을 알게 되었소?"

"내가 그곳에 있었기 때문이지."

"당신은 그 떠돌이 예언자의 제자요?"

"구세주라 불린 그리스도가 그 나라를 떠돌고 있을 때는 아니었어. 나는 그때 팔레스타인 지역을 점령한 로마 군인이었지. 나는 예루살렘을 경비했었어. 그리고 그리스도를 처형할 때 경비병으로 현장에 있기도 했어."

"그들이 예수를 목매달아 죽였나요?"

"그것보다 더 심했지. 그들은 예수를 십자가에 못 박았어. 그건 범죄자에게 내릴 수 있는 가장 심하고 가장 치욕적인 처형이었어."

"왜 그렇게 했죠?"

"그를 따르는 사람들이 날로 늘어났기 때문이야. 로마 점령군 관리들은 이를 끔찍하게 여겼어. 그들은 예수를 스스로 유대인의 왕이 되고자 하는 반역자이자 테러리스트로 생각한 거지. 총독인 본디오 빌라도(Pontius Pilatus)가 그에게 유죄를 선고했어."

이야기를 하던 사람은 말을 멈추었다. 횃불도 꺼졌다.

"그러고요?"

"예수 그리스도는 처형된 지 3일 후 부활하여 하늘로 올라갔다고 해."

"이 동화 같은 이야기를 믿으라고요?"

"그의 가르침은 내게 깊은 생각을 하게 해. 당신들도 기독교 공동체가 점점 더 커지는 것을 보게 될 거야."

"우리는 결코 그것을 보지 못할 거예요. 그 전에 죽을 테니까요." 한 검

그리스도교

나사렛 예수가 겨우 서른 살 때였다. 떠돌이 예언자이자 기적을 행하는 예수의 가르침은, 점령지인들이 무엇을 믿고 누구 말을 따르는지 거의 관심이 없었던 로마 점령군에게 점점 수상쩍게 보였다. 그들은 로마에 저항하는 반란이 일어날 것을 걱정했던 것이다. 그래서 로마 총독인 본디오 빌라도는 예수에게 사형을 언도했다. 십자가 처형은 그 시대에 가장 치욕적인 처형 방법이었다. 예수는 이를 감수했다. 십자가가 그리스도교의 상징이 된 이유가 여기에 있다.

그리스도교 신앙에 따르면 예수는 처형된 지 삼일 만에 부활했다. 그는 신의 아들이기 때문이다. 성경은 십자가에 매달림으로써 예수가 인간을 죄로부터 구원해 주었다고 가르친다. 그는 인류의 죄를 스스로 졌다. 이런 생각은 죽운 후 영생을 누릴 수 있다는 믿음과 함께 인류에게 큰 위안이 되었다. 그리스도교는 따라야 할 열 가지 계율이 있다. 그것은 십계명이다. 그리스도교 경전은 신약과 구약 두 부분으로 나뉘어 있다.

예수 그리스도가 죽자마자 그리스도교는 당시 로마 제국 전체로 빠르게 퍼져나갔다. 여기에는 특히 예수의 제자인 베드로와 사도 바울의 공이 컸다. 수백 년 후 아메리카 대륙을 정복함으로써 그리스도교의 교세는 더욱 확장되었다. 가톨릭의 수장인 교황은 오늘날까지도 예전 이 제국의 수도인 로마에 살고 있다. 오늘날 서구 문화와 사고방식 가운데 많은 것이 그리스도교의 뿌리에서 나온 것이다. 특히 중세에는 인간의 삶이 그리스도교의 영향을 상하게 받았다. 모든 인간의 존엄성은 보호받아야 한다는 확신은 그리스도교와 유대교 사상에서 나온 것이다. 이 사상은 현대의 많은 민주주의 국가의 헌법에 반영되어 있다.

두사가 외쳤다.

"그 이야기에 전혀 마음이 가지 않아요. 그의 가르침은 지금 내가 당하고 있는 고통에 위안이 되지 않거든요." 툴루가 말했다.

툴루는 어두운 복도로 사라졌다. 그는 혼자 있고 싶었고, 큰 행사가 열리기 전날 저녁 어떤 부자가 검투사를 위해 차려낸 만찬에 참여하고 싶지도 않았다. 비록 이날 저녁에는 아무도 그런 말을 하지 않았지만, 그들에게 이 식사는 처형 전 마지막 식사였다. 원형 경기장에서 탁월한 성적을 올리면 황제로부터 사면의 자비를 받을 수 있을 것이라는 희망을 품은 사람은 없었을까? 왕궁이나 귀족의 대저택을 지키는 경비병 자리를 얻거나 아니면 상으로 약간의 땅을 얻어 결혼하고 가족을 이룰 수 있었으면 하는 희망은?

>> 결투

이 결투에 대해서, 더 자세하게 말하자면 이날 마지막에 벌어진 일에 대해서 로마 사람들은 오랫동안 이야기했다. 아침에 사람들은 동물들을 풀어놓아 서로 싸우게 만들었다. 황소를 곰과 싸우게 하고, 무소와 들소, 몇 마리 표범과 코끼리를 서로 싸우게 했다. 마르스 광장에 나온 관중들은 제대로 축제 분위기에 젖어들었다. 이를 위해 특별히 훈련받고 사냥창으로 무장한 검투사 팀이 큰 소리를 지르며 영양, 사슴, 살쾡이, 코끼리, 곰들을 몰며 사냥을 시작했다. 피가 강물처럼 흐르고 죽은 동물 가운데 많은 놈들이 이 냉혈한들에 의해 모래판을 넘어 원형 경기장 밖으로 끌려 나왔다.

지체 높은 귀족들은 특별 관람석에서 황금 접시에 담긴 풍성한 식사를 대접받고 평민들은 준비해 온 도시락을 먹었다. 후식으로는 범죄자들이 원형경기장에서 처형되었다.

여전히 시합장 밑 지하 공간에 앉아 식사를 밀어내고 자기 앞날을 골똘히 생각하고 있던 툴루는, 평소처럼 다른 사람들과 함께 사형집행인이 되어 사형수의 목을 날리는 일을 거부했다. 오후에 관중들에게 자신을 소개하기 위해 모든 검투사들이 경기장으로 들어갔을 때 툴루는 마지못해 그 대열에 끼었다. 나무로 만든 무기로 하는 예행 연습이 끝나자 그는 무심히 보호장구를 착용했다. 사막 왕국의 왕이었던 이 노예에게 사람들은 깃털 장식이 달린 황금 투구와 다리 보호대, 칼 그리고 방패를 주었다. 그의 상대는 마케도니아 인 소리오스였는데, 그는 작살을 다루는 데 있어서 최고 실력자였고 이미 수많은 시합에서 승리를 거둔 바 있었다.

소리오스는 빠르면서도 정확하게 상대를 죽이는 것으로 유명했고 이 때문에 로마인들은 그를 좋아했다. 시합에서 진 사람들이 늘 하는 것처럼 집게손가락을 펴서 자비를 구하는 일이 그에게는 거의 일어나지 않았다.

결투가 시작되었다. 이미 이 원형 경기장에서는 많은 시합이 열렸다. 모든 시합에는 두 명의 심판이 배정되었다. 그들은 항복하려는 검투사가 상대의 계속되는 공격을 참고 견디도록 만들어야 했다.

툴루는 이겨야겠다고 결심했다. 마케도니아 인은 툴루를 아무 권력도 없는 왕이라고, 그냥 사막 출신의 노예일 뿐이라고 조롱했다. 첫 번째 작살(삼지창) 공격은 방패에 부딪쳐 튕겨나갔다. 하지만 툴루의 단검 공격도 실패했다. 소리오스는 너무 노련했다. 살쾡이처럼 빠르게 툴루의 칼날을 피하더니 곧바로 툴루의 좌우측을 공격했다. 그가 상대의 방패와 무방비 상태의 상체 사이에서 빈틈을 찾아내는 것은 시간 문제 같았다.

툴루의 검이 소리오스를 찔러 그의 상박(上膊)에 상처를 냈다. 하지만 별 효과가 없었다. 반대로 오히려 마케도니아 인을 발광하게 만들었을 뿐이었다. 분을 못 이기고 그는 툴루에게 달려들었다. 툴루는 쉴 새 없이 들어오는 상대의 작살 공격을 막느라 애를 먹었다.

>> 총을 쏘다

갑자기 툴루는 근처에서 고통과 절망으로 가득 찬 절규를 들었다. 그 절규는 지난밤에 팔레스타인 출신 떠돌이 예언자의 이야기를 해 주었던 그 검투사가 지른 소리였다. 상대의 칼이 이 예수의 제자를 관통했다. 그는 무릎을 꿇었고, 칼과 방패를 던지고 팔을 하늘을 향해 들었다.

툴루는 내면에서 우러나오는 충동을 억제할 수 없었다. 그는 동료를 돕기 위해 그쪽으로 넘어갔다.

심판이 욕을 퍼부었다.

"돌아와라! 검투사."

황제와 모든 신하들이 자리에서 일어났다. 관중들이 소리를 지르며 흥분했다. 그들은 지금까지 이런 일을 본 적이 없었다.

툴루는 죽어가고 있는 자를 향해 몸을 숙였다. 그의 두 입술은 속삭이듯 실룩거렸다.

"뭐라 말하는 거요?"

"한없는…… 사랑……"이라고 그는 들었다. 그다음 검투사는 앞으로 고꾸라지면서 죽었다.

"되돌아와!" 심판이 다시 말했다.

소리오스는 곧 냉정을 되찾았다. "겁쟁이 개 같은 놈아! 덤벼라!"

그는 삼지창을 툴루에게 던졌다. 그것은 툴루의 방패에 부딪쳐 다른 곳에 떨어졌지만 창끝이 툴루의 옆구리를 관통했다. 툴루는 손에서 칼을 떨어뜨렸지만 쓰러지지는 않았다.

"그를 죽여라! 그 겁쟁이는 그래도 싸다!" 관중은 소리오스를 향해 외쳤다. 마케도니아 인은 폭이 넓은 가죽 허리띠에서 칼을 빼 마지막 일격을 가하기 위해 팔을 쳐들었다. 그리고 그다음에 일어난 일에 대해서는 황제는 물론이고 신하, 원로원, 시인과 가수, 심판 그리고 3만의 로마 시민 그 누구도 설명할 수 없었다.

"사막의 가련하고 가소로운 왕!" 마케도니아 인이 조롱하면서 소리쳤다. "너는 이제 쓰레기를 뒤집어쓰고 죽게 될 거다."

하지만 거의 죽은 것처럼 보였던 툴루가 번개처럼 재빨리 일어났다. 아무도, 소리우스나 그 어느 누구도 아주 작은 목소리조차 낼 시간이 없었다.

"죽을 놈은 바로 너야, 이 망할 놈아!"

툴루는 방패 뒤편 손잡이에 붙여 두었던 무기를 꺼내 상대에게 겨누었다. 한 번의 예리한 충돌음이 났고 이어서 또 한 번이 더 났다. 그리고 두 번의 섬광이 튀었다. 소리우스는 어떤 보이지 않는 손에 붙들린 것처럼 뒤로 몇 번 뒷걸음치더니 모래판에 쓰러져 꼼짝하지 않았다. 그의 이마와 가슴에는 구멍이 나 있었다.

"나갈 거야, 판도라, 나갈 거야!"

화면에서 영상이 사라지며 투명해졌다.

타마스: “무슨 일이야, 판도라?”

판도라: “말해 봐. 너 아바타에게 권총을 줬니? 그것은 시대에 맞지 않은 것 같은데.”

타마스: “그래서? 그건 스프레이통도 아니잖아.”

판도라: “타마스인 네가 너의 아바타인 툴루를 도우려고 한 거잖아.”

타마스: “그렇다고 할 수 있어.”

판도라: “네가 권총을 머릿속에 떠올린 거구나.”

타마스: “아마 그걸 원했던 것 같아.”

판도라: “시스템이 네 생각을 받아들여 반응했어. 네 아바타가 총을 쏘았고, 그다음에 네가 프로그램을 중지했어.”

타마스: “그래 맞아. 하지만 나는 총싸움 놀이를 하려고 한 게 아니야.”

판도라: “이제 툴루 장은 끝났어.”

타마스: “그럼 내가 그를 위해 할 일이 없겠구나.”

판도라: “그럼 넌 그냥 쉴 거니?”

타마스: “내가 필요 없잖아. 잠깐만 쉴게. 그다음에 계속 할 거야.”

판도라: “타마스로 말이야?”

타마스: “그래 타마스로. 나는 몬트를 찾을 거야.”

>> 혼동되는 세계

다시 여행을 떠나기 전에 얼마 동안 게임을 했을까? 1분? 10분?

그는 시간 감각을 잃어버렸다. 자신이 지금 첫 번째 세계(현실세계)에 있는지 아니면 두 번째 세계(가상세계)에 있는지 그는 더 이상 알 수 없었다. 그것은 중요하지도 않았다. 그는 기타를 들고 즉흥 연주를 했다. 모키의 메일이 왔다는 것을 알려주는 드럼 소리에 그는 몸을 돌렸다.

"지금은 안 돼!"

모니터에 다음 장의 코드가 떴다.

반복 연주는 짧았다. 4도 음정으로 C—F를, 아니면 한 옥타브 더 올려 C'—F'을 다른 멜로디 없이 열 번, 스무 번 반복해서 연주하는 것이다. 낡은 기타로 같은 음을 반복 연주했지만 고양이 빌리는 쳐다보지도 않았다. 타마스는 노래까지 불렀다. 이 리듬에 맞았기 때문이다.

"달빛,
달빛,
달빛, 넌 누구냐?"

그는 결심했다. "기타를 던지고 코드를 입력하자!"

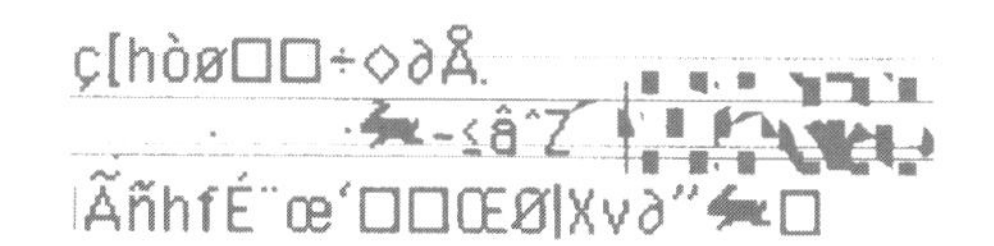

레벨 12

셰익스피어의 세계로 들어가다

실제 시간: 10월 29일 금요일 11시 30분

실제 장소: 타마스의 지하실

가상 시간: 1605년

가상 장소: 런던

>> 거기 비켜요!

몹시 붐비는 좁은 골목길에서 젊은이는 전혀 눈에 띄지 않았다. 그는 시대에 맞게 옷을 입고 있었다. 적갈색 양말에 무릎 아래를 끈으로 묶는 황갈색 반바지를 입고 있었으며, 옷깃과 가죽 허리띠가 달린 긴 검은색 상의에다 머리에는 작은 깃털이 달린 플랫캡까지 쓰고 있었다.

그는 삐걱대는 나무다리를 건너 바람에 휘어진 집들을 지나갔다. 무거운 마차가 하마터면 그를 치고 지나갈 뻔했다.

"거기 비켜요!"

채찍 소리에 비좁은 거리를 지나가던 사람들은 옆으로 길을 피했다. 그들은 상인들, 맥주 만드는 사람들, 매춘부, 떠돌이 극단장, 배우, 온갖 악당, 거지, 카페 주인이었다. 이따금 잘 차려입은 숙녀와 신사가 오후 공연을 보기 위해 하인을 데리고 이 혼잡한 무리를 뚫고 가기도 했다.

"여보세요, 거기 비켜요! 길 좀 비켜 주세요!"

새까맣게 때 묻은 아이들이 소리를 지르며 이리저리 뛰어다니고 구석마다 악취가 진동했다.

"청어요! 청어!" 생선장수가 구석에서 소리쳤다.

"달력이요! 천궁도요! 여러분의 미래를 보세요!" 행상이 별점과 미래의 운세 보기 책자를 흔들었다.

"위스키요! 최고급 백포도주요!" 포도주 상인은 온갖 술이 실려 있는 손수레에 붙어 서서 마구 외쳐 댔다.

"썩 꺼져, 이 망할 놈의 자식아!" 건너편 카페 주인이 나와 욕설을 퍼부었다. 이 거리에 뜨내기 잡상인이 들어오는 것을 카페 주인이나 상점 주인 그리고 수공업자들은 좋아하지 않았다.

이 도시는 고속 성장 중이었다. 강에는 크고 작은 배들이 북적거렸고, 물위에서는 제일 좋은 정박지점을 확보하기 위해 뱃사람들이 서로 욕을 하며 계속 경고 벨을 울렸다. 배들은 큰 행운의 도시 런던으로 올라가는 중이었다.

타마스는 도박장에서 주사위 놀이를 하거나 카드 게임을 하는 사람들을 보고 있었다. 싸움질과 칼부림도 여기서는 일상적이었다. 많은 사람들이 빚을 갚지 못해 달아나려고 했다. 타마스는 공개 처형장을 지나가게 되었는데, 여기에는 예전의 로마 원형경기장에서처럼 많은 사람이 모여들어 입을 벌리고 처형 장면을 뚫어지게 바라보고 있었다. 원형경기장에서와 마찬가지로 구경꾼들의 얼굴에서 깊은 경악과 동시에 억제할 수 없는 쾌감이 드러났다. 분명한 것은 1500년 후에도 사람들은 범죄자들을 교수형시키는 데 완전히 도취되었다는 것이다. 로마의 검투사 시대와 마찬가지로 "빵과 격투"가 있었다. 개나 곰과 유혈이 낭자하게 결투를 벌이는 것은 런던이나 다른 곳에서도 일상적으로 이루어졌다.

우연히 런던으로 들어오게 된 방랑자 타마스는 템즈 강의 선착장으로 왔다.

"서쪽으로 갑니다!" 뱃사공이 외쳤다. "전대미문의 비극이나 재미있는 연애극 공연이 열리는 세계극장으로 가고자 하는 분은 저와 함께 강을 건너야 합니다! 오늘은 작가이자 배우인 윌리엄 셰익스피어의 〈햄릿〉이 공연됩니다." 호기심이 발동한 타마스는 승객들과 함께 강을 건너갔다. 건너편에서 많은 사람들이 사우스워크의 뱅크사이드에 위치한 로드 챔

빌린 극단의 글로브 극장으로 몰려갔다.

극장 앞에서는 장돌뱅이 가수 두 명이 맥주와 와인을 파는 탁자에 붙어 서서 피리 연주와 노래 공연을 했다.

"망령, 사건은 분명하다. 복수를 바란다.
그리고 아들아, 그것은 네가 해야 할 일이다!
왕자가 난처한 상황에 빠졌다.
죽느냐 사느냐, 이것이 문제로다."

손님들은 술잔을 들고 목청껏 마지막 구절을 반복했다.

"마지막에 이 드라마에 나온 모든 사람들이 그 길에 나온다.
이들은 덴마크 왕자인 햄릿의 운명에
뜨거운 눈물을 쏟아낸다!
아! 남은 것은 침묵뿐이다."

>> 글로브 극장

타마스는 1층 옆문으로 갔는데, 이곳에도 사람들이 엄청나게 몰려들었다.

"입석 1페니요!" 길게 늘어서 있는 줄을 향해 이렇게 외치는 소리가 들렸다. "이봐요, 지붕 바로 아래에 있는 자리는 입석 2페니요! 동전 하나만 더 쓰신다면 방석도 드립니다."

입구에서 표를 파는 두 사람은 몰려드는 군중을 감당하지 못했다. 타마스는 그 틈을 이용해 몰래 그 사이를 빠져나갔다.

그를 맞이한 것은 시끄럽게 떠드는 소리였다. 그의 눈길이 맨 먼저 닿은 곳은 객석 쪽으로 튀어나온 무대였다. 무대는 그림으로 완벽하게 장식되어 있었다. 무대의 벽은 단 1센티미터도 그림이 없거나 장식물이 붙어 있지 않은 곳이 없었고, 무대 바닥은 붉은색으로 칠해 있었다. 극장의 위층도 벽과 지붕이 태양, 달, 별로 장식되어 있었는데 여기다 온갖 종류의 동화 주인공이나 마녀, 마법사, 다채로운 색깔의 새들, 용, 그리고 춤을 추고 있는 연인들이 그려져 있었다.

극장 내부는 이미 2천 명의 관객이 빼곡히 들어찼고, 2층 관람석에도 천 명의 관객이 앉아 있었다. 꽉 들어차 있는 관객들이 입고 있는 옷이나 말투 그리고 욕설을 들어보면 이들은 여러 계층이라는 것을 알 수 있었다. 군복을 입은 군인들도 보였고, 선원, 재봉사, 도제, 경비병, 하인들도 있었다. 법률가나 부유한 상인들처럼 잘 차려입은 사람들은 위층에서 난간 너머로 몸을 숙이고 보았다. 대화에는 지방 사람들의 속어와 외국어가 섞여 있었다.

3층 건물의 각 층마다 떡갈나무로 된 의자가 설치되어 있어, 사람들은 여기에 앉아 난간 너머로 무대가 꾸며진 안마당을 바라보았다. 사과나 배 그리고 호두를 파는 상인들이 바구니를 들고 좌석 사이를 오갔고, 맥주와 차도 팔았다. 관객들이 긴 파이프로 담배를 피워대 실내는 연기가 자욱했다. 담배 냄새는 마늘, 양파, 그리고 맥주 냄새와 뒤섞였다.

"이 냄새 나는 허수아비들아, 제발 주둥아리 좀 닥쳐라!"

위층 관객석에 있던 사람들이 아래쪽으로 외쳤다. 북치는 소리와 함께 연극이 시작되었다.

>> 유령이 복수를 원하다

한 남자가 무대 세트에서 뛰쳐나와 무대를 가로질러 아래층 난간까지 달려갔다. 그는 원숭이처럼 기민하게 난간 기둥을 잡고 올라가 복수의 여신의 사주를 받은 것처럼 폭 좁은 난간을 따라 극장을 한 바퀴 빙 돌았다. 그리고 좀 전의 그 지점에서 일단 몸의 균형을 잡고 연결 통로를 건너 무대의 돌출부로 뛰어들더니 무대 뒤편에 만들어 놓은 성의 흉벽이 있는 데까지 달려갔다.

마치 유령을 본 듯했다!

수천 관객의 입에서는 "아!" 하는 탄식 소리가 터져 나왔다. 그는 유령을 보았다. 모든 사람들이 유령을 보았다. 유령을 보지 못한 사람들조차도 그곳에 막 유령이 왔었다는 것을 확신했다.

사람들은 모두 안개가 자욱한 덴마크 해안 엘시노어 성의 흉벽을 보았다. 그들은 바람이 몰아치는 소리와 파도가 바위에 부딪쳐 깨지는 소리를 들었다.

그게 뭐였지?

그들은 호두를 까는 것도 잊어버렸다. 술병은 입 근처에 가지도 못한 채 들려 있었고, 한입 베어 물었던 사과도 손에서 떨어졌다.

조명이 갈피를 못 잡고 성벽과 흉벽을 이리저리 비추더니 마치 덴마크 왕자를 기다리기라도 하는 것처럼 잠시 머물러 있었다. 이 빛으로 어떤 형상이 나타났는데, 그것은 독살당한 덴마크 왕의 유령임이 점점 뚜렷해졌다.

관객들은 탄식을 토해냈다. 아까 극장 앞에서 장돌뱅이 가수들이 지금 이 장면을 노래했었다.

"나는 네 아비의 유령이다. 밤이면 한동안 지상을 헤매다가
낮이 되면 연옥의 불길을 참고 견뎌야 하는 것이 내 운명이다.
(……) 네가 진정 이 아비를 사랑한다면……
이 극악무도한 살인의 원수를 갚아다오!
내 원수를 갚아다오!
잘 있거라, 잘 있어, 아빌 잊지 마라!"

극장 안에는 침묵만 흘렀다. 관객은 꼼짝하지 않고 표정만 굳어갔다. 그들의 두 눈에는 경악의 빛이 짙어졌다.

>> 소매치기 패

어둠이 내려앉았다. 덴마크 왕자 햄릿에 관한 드라마도 끝이 났다. 관객들이 떼 지어 출입구로 몰려갔다. 타마스는 갑자기 누군가의 억센 손에 목덜미가 붙잡히는가 싶더니 순식간에 땅바닥으로 던져졌다.

"내가 쥐새끼 한 마리를 더 잡았지."

사람들이 글로브 극장의 경비원과 관객에게 붙잡혀 온 몇몇 소년들을 빙 둘러쌌다.

"저놈이 내 지갑을 털었소."

"내 지갑도 없어졌네!"

"악당 놈들! 저놈들은 우리가 전혀 눈치채지 못할 정도로 감쪽같이 털었소."

사람들이 소년의 몸을 샅샅이 수색했다. 타마스가 이런 야단법석 가

세계 최고의 스타

4백 년 전 극장은 술집이자 드라마를 보는 곳이었고, 달콤한 감정이나 고통을 느끼는 곳이었으며, 공포영화나 코미디를 보는 곳이기도 했다. 사람들은 그곳에서 가장 즐겁게 놀았다. 그들은 웃고 울었으며, 바보 같은 짓을 하기도 하고 삶과 인생의 의미에 대해 철학적 성찰을 하기도 했다. 감독이자 배우 그리고 극작가이기도 했던 윌리엄 셰익스피어(1564–1616)는 이 모든 것을 보여주었다. 그는 과거나 지금에도 극장의 슈퍼스타였으며, 오늘날까지도 가장 중요한 극작가에 속한다. 그는 살아있는 동안에도 매우 유명했다. 그의 작품은 소네트(시형식) 외에도 연극 작품만 37개에 달한다. 이중 많은 작품을 그는 전속작가로 있었던 런던의 글로브 극장에 올리기 위해 썼다.

셰익스피어는 왕의 사생활이나 나쁜 짓, 광기나 권력욕 그리고 연애사건을 매우 인상적으로 썼다. 그는 작품을 통해 평범한 사람들이나 거지나 악당의 소망이나 꿈 그리고 걱정과 가난을 그렸다. 그는 남자와 여자의 감정을 특별히 잘 표현했을 뿐만 아니라 그들이 느끼는 고통이나 행복도 잘 그려냈다.

그의 작품은 어떤 한 시대에 국한되지 않았다. 쓰는 것마다 최고의 작품이었다. 그가 쓴 작품은 오늘날에도 여전히 세계 최고의 무대에 오르고 있거나 영화화되고 있다. 그의 작품에는 고귀한 사람들과 악당이 나오고 사랑에 성공하거나 실패한 사람들이 나오며, 겁쟁이와 영웅, 멋진 여인과 용감한 남자, 마녀와 유령이 나온다. 이들은 그때나 지금이나 관객에게 강렬한 인상을 주며 대성공을 거두게 만든 중요한 요인이다.

운데서 알아들은 바로는, 이들은 '쥐 떼'라고 불리는 소매치기 패들을 수색하는 중이었다.

"망할 소매치기놈들!"

"저런 놈들은 탑에 가두어야 해!"

"목을 매달아야 해!"

아이들은 강제로 몸수색을 당했다. 도난당한 지갑은 금방 찾았다. 곧 심한 매질과 발길질이 이어졌고 그들은 반 나체 상태로 극장에서 쫓겨났다.

"이 쥐새끼들아! 더 이상 우리 눈에 띄지 마라. 다음번에는 재판에 넘겨 버릴 테다." 경비원이 위협했다.

"저 아이는 어떻게 된 거요?"

누군가가 다른 아이들처럼 몸수색을 했던 타마스를 가리켰다. 그는 옷에 붙어 있던 호두껍데기, 지푸라기 그리고 먼지를 털었다.

"저 아이에게서는 아무것도 찾지 못했소."

"넌 이름이 무엇이냐? 어디서 왔지?" 무대의상을 입은 채로 무대에서 뛰어내려온 남자가 물었다. 그의 인상은 강렬했다. 이마는 높고 거의 대머리였으며, 긴 고수머리가 귀까지 내려왔다. 콧수염이 잘 다듬어져 있었고 눈길은 호기심에 가득 차 있었지만 친절한 것은 아니었다.

"셰익스피어 님, 이놈은 분명히 소매치기 패일 것입니다." 경비원이 설명했다. "이놈이 저 쥐새끼 같은 놈들하고 친하지 않다면 왜 여태껏 한 마디도 하지 않고 입을 다물고 있겠습니까."

"곧 앵무새처럼 노래하게 될 거야, 잘 지키기나 해!" 경비 가운데 한 명이 쇠붙이가 박혀 있는 몽둥이를 흔들었다.

"이 사람들아, 그만하게! 이 극장의 결정권은 내가 가지고 있네. 저 아이를 풀어 주게. 그 아이는 우리 극장에 해를 끼칠 아이가 아니야." 그 배우가 말했다.

배우는 요술쟁이, 부랑아, 매춘부라 불릴 정도로 경멸받는 직업이었지만, 사람들은 그들의 예술을 좋아했다. 셰익스피어는 여기서 누구도 그의 말을 기억할지 못할 정도로 존경 받고 있었다.

“당신이 책임지시겠다니 그러겠습니다, 셰익스피어 님. 당신이 보스니까요.” 경비원이 말했다.

“이제 어디서 왔는지 분명히 말해 보거라!” 셰익스피어는 다시 타마스에게 몸을 돌렸다.

“다른 세계에서 왔습니다.”

셰익스피어는 세계의 방랑자를 꼼꼼히 뜯어보았다.

“넌 배우냐?”

“아닙니다. 하지만 다른 역할들 속으로 들어가기도 하죠.”

“작가냐?”

“아니요. 전 게임을 하는 사람입니다.”

“어쨌든 넌 환상을 불러일으키는 아이 같구나. 넌 어리다. 우리는 너처럼 우리와 함께 일하고자 하는 아이가 필요하다.”

“저는 배우가 아니라고 분명히 말씀드렸는데요.”

“그건 괜찮다. 눈이 아주 신선해 보이는군. 내일 점심 시간에 오거라. 우리 극단은 지원자들 가운데 쓸 만한 배우들을 선발할 거다. 오겠느냐?”

“예, 감사합니다. 셰익스피어 님.”

>> 캐스팅

“용기 있는 젊은이 여러분, 환영합니다.”

다음 날 점심때 셰익스피어는 그들에게 인사를 건넸다.

“그러니까 여러분은 장사꾼, 뚜쟁이 마부, 목수나 기타 다른 삶을 사는 것보다 배우 생활을 하면서 먹을 딱딱한 빵을 더 좋아할 작정인 거죠. 아시다시피 우리는 재능 있는 여배우를 구할 수 없습니다. 이 나라의 법이 여자들이 무대에 서는 것을 허락하지 않기 때문입니다. 사람들은 그들을 매춘부와 동일시합니다. 시장의 문화 검열관들이 모든 공연장을 다니며 우리 공연의 도덕성을 엄격하게 감시하고 있습니다.

자 그럼, 서론은 이쯤 하고, 이제 여러분 가운데 누가 연극 배우라는 직업에 적합한지 그리고 여러분 가운데 누가 여자 역할에 어울릴지 알아봅시다."

"여자 역할이라고요?" 지원자들 가운데 몇몇 사람들이 소리치고 웃었다.

"여러분은 자발적으로 여기에 온 것입니다." 챔벌린 극단의 스타 배우였던 캠페가 말했다. "가고 싶은 사람은 가세요."

아무도 가지 않았다.

"당신." 셰익스피어가 무대 맨 앞 가장자리에 있던 젊은이를 가리켰다. "올라와 봐요."

그는 두 말 없이 계단을 뛰어올라왔다.

"나를 따라 다음 대사들을 해보세요. *신이시여, 당신의 목소리가 깨진 금조각처럼 아름다운 소리를 잃지 않도록 하소서!*"

이 청년은 어쩔 줄 몰라 하며 셰익스피어를 바라보기만 했다.

"내가 먼저 읽은 대로 이 대사를 따라 해보라니까. *신이시여*……"

"저거 정말 바보 같은 짓 아닌가요." 타마스 옆에 있던 누군가가 속삭였다.

셰익스피어가 무엇을 기대하고 있는지는 하늘만 알았다.

"알겠어. 저건 이번 주에 공연할 햄릿에 나오는 대사야."

"신이시여, 당신의 목소리가 깨진 금조각처럼 아름다운 소리를 잃지 않도록 하소서!" 그 젊은이는 과장된 제스처를 하며 큰 소리로 울부짖듯 낭송했다.

"입을 그렇게 크게 벌리지 마세요. 소리도 그렇게 크게 지르지 말고. 당신 목소리는 너무 저음이군요. 어쨌든 당신은 여자 역할에 맞지 않아요."

사람들이 웃었다.

"너희는 머리가 아주 돈 놈들이야!" 오디션에 떨어진 사람이 무대를 떠나면서 외쳤다. "나는 나 자신을 원숭이로 만들고 싶지 않아!"

캐스팅은 계속되었다. 몇몇 사람은 곧장 떠났고, 몇몇 사람들은 오디션을 계속하기 위해 남았다. 이제 타마스 차례였다.

"아! 다른 세계에서 오신 방문자구먼." 셰익스피어가 웃으면서 말했다. "자. 날 따라해요. *저런, 안 돼요. 나보고 여자 역할을 하라고 하면 안 돼요. 저는 이미 수염도 났다구요.*"

이게 뭐람? 타마스는 자신에게 물었다. 나보고 여자 역할을 하라고 할 것 같은데. 이들이 날 가지고 놀고 있군. 그의 눈길은 잠깐 아래 관객석을 향했다. 그곳에는 많은 사람들이 모여 있었다.

그는 말했다. "저런, 안 돼요. 나보고 여자 역할을 하라고 하면 안 돼요. 저는 이미 수염도 났다구요." 그의 목소리는 앞서 한 사람보다 고음이었지만 웃음을 억누르게 할 수는 없었다.

"켐페, 어때?" 셰익스피어는 동료에게 물었다.

"브라보!" 켐페는 소리쳤다. "저 아이는 재능이 있어. 적절한 목소리로 조용히 모든 것을 표현하고 있어. 우리는 저런 게 필요해. 너 또 무엇을 할 수 있니?"

"잘 모르겠는데요."

"우리 극단에서는 연주도 하고 노래도 부르고 춤도 많이 추지. 관객들은 극의 분위기를 돋우기 위해 음악이 나오기를 기대하지. 우리가 필요로 하는 것은 분위기야. 사랑을 나누는 장면에서는 만돌린으로 연주하는 세레나데, 마법을 부리는 장면에서는 갈대 피리 음악, 그리고 전투 장면에는 나팔이나 큰 북이 필요해."

켐페는 다른 악기들과 함께 탁자에 놓여 있던 탬버린을 잡았다. 그는 팔을 높이 들더니 춤을 추며 즉흥적으로 단순한 멜로디를 만들고 그것에 가사를 붙였다.

"글로브는 세계의 극장이고,
민중의 있는 그대로의 인생을 그리지.
올바르게 살아가는 삶,
악당, 귀족,
창녀, 정숙한 여인,
마부, 채소장수를
이 무대에서 볼 수 있지. 재치 있고 위트 있는 말들이
폭풍이나 번개보다 더 빨리 모든 장벽을 허물어 버리지."

"훌륭하군, 켐페. 자네는 우리 도시 아니 우리나라 최고의 배우라네! 우리 모두는 자네의 즉흥곡 만드는 솜씨를 높이 평가하지. 이제 다른 세계에서 왔다고 자칭하는 저 아이의 노래를 한번 들어보도록 하지. 자, 너는 우리에게 무엇을 보여줄 수 있지?" 셰익스피어가 물었다.

"기타를 연주해 볼게요." 타마스가 바로 대답했다.

"기타라구? 그건 어떤 악기냐?"

"만돌린과 비슷한 거예요."

"그래 한번 연주해 봐."

사람들이 타마스에게 양의 창자로 만든 12현짜리 만돌린을 건네주었다.

타마스는 웃음거리가 될지도 모른다고 생각했지만 현을 당기며 박자를 맞추기 시작했다. 하지만 그가 만돌린을 연주하는 것은 애초에 불가능했다. 자신의 낡은 기타로도 그는 몇몇 간단한 반복 악곡 외에는 연주할 수 없었다. 그 기타는 여섯 줄뿐이었고, 그 가운데 하나는 망가져 있었다. 록스타가 되겠다던 그의 꿈은 오래전에 접었다. 사람들 앞에 서는 것에 대한 두려움 때문이었다. 아니다. 그는 청중들을 전율시킬 정도로 훌륭한 연주자가 아니었기 때문이다.

"낯선 세계에서 온 친구, 어서 연주해 보게. 여인의 마음을 훔칠 멜로디로 우리를 기쁘게 해보란 말이야."

타마스의 눈길은 아치형 천정을 향했다. 태양, 별, 달 장식이 보였다. 그 달은 정말 아름다운 몬트의 얼굴을 하고 있었다. 몬트가 미소 짓고 있었다. 몬트의 갈색 머리카락이 미풍에 휘날리고 있었다.

그는 G—G—C 리프를 한 옥타브 높게도 연주하고, 한 옥타브 낮게도 연주했다. 이 리프는 그가 예전에 지하실에서 생각했던 가사와 잘 어울리는 것이었다.

"빕 빕 빕,
내 심장을 뛰게 하네.
나를 안아 주오, 나를 잡아 주오,
사랑하는 몬트, 내려와서,
나를 잡아 주오, 영원토록!"

그는 서툰 솜씨로 리프 연주를 끝냈다. 연주가 좋든 나쁘든 타마스에게는 상관없었다. 그래서 하마터면 사람들이 자신에게 보내는 박수 갈채를 못 들을 뻔했다. 극장에 모인 사람들은 그의 감성과 분위기에 완전히 매료되었던 것이다.

"브라보! 아직 이름도 들어보지 못한 낯선 이여." 셰익스피어가 말했다. "우리 극단에 한동안 머물러 주었으면 하네. 아주 미친 사람이나 시인들 그리고 사랑에 빠진 사람들만이 무의미와 상상 그리고 사랑의 감정을 잘 표현할 수 있는 법이니까. 하지만 여기서는 입에 풀칠하기가 어려워. 우리가 관객을 즐겁게 해준다면 관객의 박수 갈채가 있겠지만, 관객의 목에서 '우' 하는 소리나 '꺼져라' 혹은 '그만둬라' 등 야유도 나올 수 있지. 그래, 이것은 우리 모두가 당할 수 있는 일이지. 이 경우에 위트가 필요해. 적절한 시점에 대본에 나와 있지 않은 말을 던지는 기술 말이야. 여보게들, 즉흥적으로 대사를 만들어내는 것은 기술 중에 기술이라네. 그러니 늘 잊지 말게. 관객이 현실을 창조한다는 것을 말이야. 이것이 정말 중요하네. 관객은 무대에서 본 것으로 자기 세계와 자기 감정을 만들어내는 법이지. 이것이 극예술의 가장 중요한 본질이지. 이 모든 것을 잘 새겨 두기 바라네."

>> 한여름밤의 꿈

배우 지망생 가운데 세 명이 〈한여름밤의 꿈〉이라는 연극에 숲에서 유령처럼 움직이는 요정으로 출연했다. 이들은 음악과 함께 덤불과 나무들 사이를 허깨비처럼 휙 스쳐 지나가면서 분위기를 만들었다. 타마스는 요정의 왕 오베론과 요정의 여왕 티타니아가 다스리는 마법의 숲 이야기를 좋아했다.

셰익스피어는 다른 세계에서 온 이 청년이 기쁜 마음으로 열심히 연극 연습에 임하는 모습을 흐뭇하게 지켜보았다.

"우리 연극이 네 마음에 드는 것 같구나, 타마스. 너는 내가 지금껏 글로브 극장에서 보았던 어떤 연극 지망생들보다 잘 해. 다음에는 이보다 더 큰 역할을 맡기겠다. 아마 헤르미아나 리산더 역할이 될 거야. 이번에 관객의 큰 사랑을 받을 사람은 여자 역할을 맡을 청년이나 소년 배우라는 사실을 너는 이미 알고 있는 것 같구나."

셰익스피어가 몰랐던 것은—그는 알았을지도 모른다.—타마스가 그리운 소녀를 위해 연기를 한다는 것이다. 타마스가 맡았던 배역은 모테라는 요정이었다. 무대에서 달의 모습을 하고 있는 여인이었다.

관객들은 무대에서 거의 세 시간 동안 공연된 이 그로테스크한 연극에 완전히 열광했다. 공연 도중 규칙적으로 터져 나온 갈채와 용기를 불러일으키는 외침만이 무대에서 일어나고 있는 매혹적인 혼란을 잠시 끊을 수 있었다. 극장은 미어터졌다. 이날 저녁은 2천 석 가운데 단 한 자리도 비지 않았다. 그 정도로 사람들은 이 연극을 좋아했다. 혼란스러운 마법의 세계에서 일어난 이 동화 같은 사랑이야기보다 더 아름다운 것이 있을 수 있을까?

"브라보!"

코볼드 퍽이 과장된 제스처와 함께 작품의 마지막 대사들을 암송했을 때 이미 박수가 터져 나왔다.

"저희 그림자들이 언짢으셨다면

그것이 보였을 때
—저희는 이렇게
변명하고 싶습니다—
잠들어 있었을 뿐이라고.
생각만 바꾸시면 다 괜찮죠.

가볍고 시시하며
꿈처럼 헛것 같은 이 주제를
나무라지 마십시오. 여러분.
용서해 주시면 잘해 보겠습니다."

"안 돼!" 사람들은 소리쳤고 우레와 같은 박수를 계속 보냈기 때문에 몇몇 대사는 시끄러운 소음에 묻혀 버렸다. 그 사이 퍽 역을 맡은 배우 켐페가 무대 맨 앞자리에 있던 배우들에게 자신이 에필로그의 마지막 부분을 암송하는 동안 놀면서 춤을 추라고 신호를 보냈다.

"이제 안녕히 가십시오! 연극은 끝났습니다.
손을 흔들며 작별 인사 드립니다!"

>> 객석으로 떨어지다

그 순간 타마스는 무대에서 관객들 한가운데로 뛰어내렸다. 무대 맨 앞자리에서 한 배우가 요정 의상을 입은 채 잠시 중력에서 해방된 것처럼 관객에게로 떨어진 것이다.

그가 공연의 성대한 피날레를 망친 걸까? 객석에서 심한 동요가 일었

나. 하지만 사람들은 셰익스피어와 캠페가 미리 계획한 것이라 생각하고는 웃었다. 하지만 캠페는 공연이 끝날 때마다 했던 춤 공연을 망친 것에 대해 고래고래 소리치며 화를 냈다. 셰익스피어 역시 그를 나무랐다.

그러나 요정 모테 역을 맡았던 배우, 타마스는 개의치 않고 출입구 쪽으로 뛰어갔다. 그녀를 발견한 것이다. 두 명의 소매치기가 그 금발 소녀를 어딘가로 끌고 가려고 하는 참이었다.

"그녀를 놓아 줘!"

"아, 모테였어! 너 웃긴다! 꺼져! 그렇지 않으면 네가 다칠 거야."

타마스는 늘 손에 지니고 있었던 만돌린을 몽둥이처럼 쳐들었다. 배우 타마스가 그 순간 여러 시대를 배회하는 세계의 방랑자 타마스가 된 것이다. 그를 얕잡아보지 않은 것이 좋다. 적어도 그는 지난시대에서 검투사로 목숨을 걸고 싸웠던 인간이다. 필요하다면 무기를 다룰 줄도 알았다. 이 소매치기들은 생각보다 빨리 이런 사실을 눈치챘다.

"야, 그래 좋아!" 그들은 소리를 지르며 재빨리 사라졌다.

금발 소녀와 다 찢어진 요정 의상을 입고 있어 좀 우습게 보이는 타마스는 글로브 극장의 문 앞에 서 있었다. 극장 안에서는 모리스카 춤을 출 때 연주되는 음악 소리, 웃음소리, 손뼉 치는 소리가 흘러나왔다. 배우들이 조금 전의 혼란을 재빨리 수습한 것 같았다.

"너 정말 몬트야?"

"네가 나를 부르지 않았니?"

"난 늘 너를 부르고 있지. 언제나 너를 생각하고 있어. 무대에 떠 있는 달을 보고도 네가 내게 내려와 주었으면 하고 불렀어."

"이번엔 네가 날 도와주려 달려왔네."

"아, 그놈들을 쫓아낸 건 별일 아냐. 자, 이제 우리 떠나자."

"넌 무대에 있어야 하는 것 아냐?"

"아니야, 연극은 끝났어!"

>> 내가 너를 지켜 줄게

타마스와 몬트는 런던 북쪽 풀이 무성하게 자란 언덕에 말 없이 앉아 있었다. 밤공기는 온화했고, 밝은 별빛과 이제 막 떠오른 달빛이 이 비밀에 싸인 미녀의 두 눈에 비쳤다. 남쪽에는 템즈 강이 은빛으로 물든 채 흐르고 있었다. 타마스는 계속 그녀를 바라보며 그녀의 단정한 얼굴과 피부에 부드럽게 내려앉은 은은한 달빛에 감탄했다. 그녀는 부끄럼 많고 연약하고 슬픈 인상이었다. 타마스는 그녀의 머리카락을 쓰다듬었다. 그녀는 타마스에게 미소를 보냈다.

"너는 내 목에 그 꽃 그림이 있는지 보고 싶은 거지?"

"맞아."

그녀는 머리카락을 옆으로 넘겼다. 타마스는 예전에 자신이 그녀의 목덜미에 그려 준 그림을 보았다.

"라르다나 꽃. 이걸 그려 준 널 난 잊은 적이 없어." 그녀는 말했다.

"널 다시 만나서 정말 행복해." 그가 말했다.

"우린 친구가 된 거지?"

"넌 내 옆에 앉아 있고, 나는 너를 피부로 느끼고 있어."

"그래. 네가 와서 기뻐."

"그런데 왜 그렇게 슬픈 표정이니?"

"난 내가 어디로 가게 될지 몰라서 불안해. 그리고 곧 너를 떠나야만

할지도 몰라."

"절대 안 돼."

"넌 이 게임에서 네 아바타를 늘 통제하지?"

"모르겠어……. 늘 그런 것은 아니지만, 적어도 그런다고 생각하고 있어."

"툴루에게 무슨 일이 있었니?"

"그는 자기 부족의 멸망에 몹시 절망했어."

"툴루가 죽으려고 했다며."

"어떻게 알았니?"

"나는 이 세계에서 일어난 일을 많이 알아."

"맞아. 넌 내가 툴루일 때, 그리고 그 전에 내가 타마스일 때도 여러 번 나를 구해 주었지."

"너도 날 구해줄 거지?"

"물론이지."

그 순간 타마스는 그렇게 할 거라고 굳게 확신했다. 그가 이 게임에 영향력을 행사할 수는 없을까?

"전에 넌 어디에 있었니? 넌 어떤 인물로 길을 떠난 거지?"

"아주 오래전에 나는 어린 시절을 안달루시아에서 보낸 유대인 소녀로 살았어. 내 이름은 수잔나, 아버지 나훔, 어머니 라베아와 함께 그라나다에서 행복하고 만족스럽게 살았지."

"네 아바타인 수잔나의 이야기를 해줘."

"그래. 하지만 잠시만 쉬게 해줘. 지금 난 너무 지쳤어."

"쉬어. 내가 너를 지켜 줄게."

그녀는 머리를 타마스의 어깨에 기댄 채 깊은 잠에 빠졌다.

레벨 13

추방

실제 시간: 10월 29일 금요일 18시

실제 장소: 타마스의 지하실

가상 시간: 기원 후 1490 - 1605

가상 장소: 런던, 스페인 남부 안달루시아 지방의 그라나다

타마스는 의자에 누워 선잠을 자며 세 시간을 불안하게 보냈다. 머릿속이 복잡했다. 그는 드디어 결정을 내려야 할 시간이 왔다는 것을 알았다. 아버지가 다음 주까지 기다리지 않을 것 같았다.

하지만 다른 세계에 대한 생각은 더욱 강렬해졌다. 채팅 창에 코드 하나가 떴다. 그는 그 코드를 입력했다. 1600년 런던의 밤이 나타났다.

>> 증오가 들어올 문은 닫혀 있었다

그들 앞에 도시가 있었다. 몬트는 자기를 구해준 타마스를 애처롭게 바라보았다. 그녀는 또렷한 목소리로 자기 이야기를 시작했다.

"그라나다는 당시, 그러니까 1490년경까지만 해도 평화의 섬이었어. 스페인 남부의 무슬림이 이미 9세기부터 점령하고 있어 갈등이 많긴 했지만 안달루시아 지방의 도시인 그라나다는 유대인, 무슬림, 기독교인들 간 적대감은 거의 없었지. 여러 세대를 지속해 온 이 세 종교의 신도들 사이의 우정은 각 종교의 문화를 생산적으로 혼합시켰지. 유대인인 나조차도 새벽녘에 미나레트(이슬람 첨탑)의 꼭대기에서 울리는 무에친(이슬람 국가에서 기도시간을 알리는 사람)의 신비로운 외침을 좋아했어. 이슬람교 신자들은 신에게 예배를 드리기 위해 모스크(이슬람 사원)로 들어갔지. 나는 창문으로 몰래 그들을 지켜보기도 했어. 우리 유대인은 유대교당으로 갔고 기독교인은 같은 길을 따라 교회로 갔지. 우리는 서로 인사를 나누었고, 우리 이웃의 신들을 존중하며 관용을 베풀었지.

신에 대한 완전한 복종

신에 대한 완전한 복종, 이 말은 이슬람이라는 아랍어 단어를 번역한 것이다.

기독교와 유대교처럼 이슬람교의 기본 사상도 이 세상에 신은 단 한 분뿐이라는 것이다. 알라는 천지만물의 창조자이자 수호자다. 알라 신은 모든 운명을 미리 정하고, 모든 것을 알고 있으며 자비롭다. 전설에 따르면 알라는 상인의 아들인 모하메드를 자기 예언자로 삼았다. 모하메드는 610년에서 632년 사이에 아랍의 메카(Mekka)와 메디나(Medina)에서 이슬람교를 창시하고 이슬람교의 경전인 코란에 이 내용을 적어 두었다.

모하메드의 가르침은 급속히 퍼져 나갔다. 이 예언자가 사망한 지 80년 만에 무슬림들은 이슬람을 세계의 종교로 만들었다. 이들은 타릭(Tarik) 사령관의 지휘 하에 지중해 서부의 좁은 해협(오늘날 지브롤터 해협)을 건너 스페인 안달루시아 지방으로 들어와 서양 기독교 왕국을 무너트렸다. 새로운 아랍 지배자들은 이 나라에 고도로 발전된 문화를 들여왔다. 그래서 그라나다(Granada), 톨레도(Toledo), 코르도바(Cordoba)와 같은 도시가 생겼으며, 오늘날에도 이들 도시에는 아랍의 화려한 건축술이나 완벽한 조경술이 그대로 남아 있다. 이 시기에 예술과 학문이 전례가 없을 정도로 화려하게 꽃을 피웠다. 음악과 문학은 이 도시 사람들의 일상생활이 되었고, 아랍의 정복자들이 보따리에 싸서 가져왔던 체스는 왕들의 놀이가 되었다. 학교나 도서관도 생겼다.

타마스, 우리는 이렇게 동화처럼 평화롭게 공존했기에 증오가 우리 세계에 들어올 수 없었어. 그들은 사령관 타릭의 지휘 아래 무기를 동원해 이 나라를 폭력적으로 지배했지만, 아랍인들은 다른 민족의 관습과 화해하며 평화롭게 지내야 한다는 것을 금세 배웠던 거야. 기독교인과 우리 유대인은 몇 세대가 지난 후 아랍인과 전쟁을 했었다는 사실조차도 잊어버렸어. 우리는 무슬림이 들여왔던 찬란한 문화에 깊은 인상을 받았거든. 그라나다에 무슬림들이 창조한 왕궁*(아람브라궁)과 이슬람 사원의 화려한 장식, 아름다운 정원, 멋진 건물 그리고 훌륭한 옷감에 완전히 매료되었지.

사람들은 이 낯선 민족의 문화를 받아들였고, 침입자들은 곧 우리 이웃이 되었지. 상업이 번성했지만 시기심이나 미움은 없었어. 바그다드의 지리압 같은 유명한 가수들이 그라나다에 오기도 했어. 음악가들도 새로운 음악으로 우리에게 자극을 주었지. 나도 밤이면 내 방에서 만돌린으로 동경에 찬 멜로디를 연주했어. 나는 아무도 모르게 연주했어. 나를 감동시킨 감정을 누구에게도 들키고 싶지 않았거든."

"그라나다에서 행복하지 않았니?"

"그때 난 행복했어. 하지만 처음부터 내 인생에는 그림자가 드리워 있었어."

"무슨 뜻인지 알겠어. 이런 삶은 단지 빌린 인생일 뿐이니까. 우리는 이 여행의 시뮬레이션들일 뿐이야. 이런 세계는 정말 진짜라고 느껴지기도 하지만 덧없는 것들이어서 김 빠진 맛이 나지."

"나도 알아. 하지만 오랫동안 나는 그런 사실을 잊고 있었어. 강아지 비바랑 하잔과 함께 우리집 과수원에서 놀면서 과일꽃의 매혹적인 냄새에 빠져 있자면 내게는 더 이상 다른 바람이 없었어. 나는 수잔나였을 뿐이었어. 꼬리깃을 활짝 펴고 화단을 돌아다니던 공작들이 질투 어린 눈으로 우리를 바라보았지. 타마스, 우리 집은 부자였어. 아버지 나훔과 어머니 라베아는 오래전에 이 도시에 정착한 명망가 출신이었어. 비록 유대인이었지만 우리 집안은 몇 세대를 이어오며 계속 이슬람 교도였던 무어 인들 사이에서 고위 공직자나 외교관으로 일했지. 아버지는 도시의 통행세 징수를 감독하면서 동시에 소금이나 향신료, 짐승가죽 그리고 고급 천을 거래하는 중요한 상점을 운영하셨지. 아주 넓었던 우리 집은 무어 인들의 화려한 궁전인 알함브라 궁전을 둘러싸고 있는 붉은색의 높은 성벽 아래에 있는 알바이신 구역에 있었어."

런던의 파노라마가 그의 발치에서 우연하게 던져진 그림자처럼 어둡게 펼쳐지고 있는 동안 타마스는 그녀의 이야기에 귀를 기울이고 있었다. 구름이 달을 가리고 있어 템즈 강이 흐르고 있다는 것은 단지 느낌으로만 알 수 있었다.

"내 이야기를 계속 듣고 싶니?" 그녀는 기대고 있던 그의 어깨에서 머리를 떼며 그를 향해 몸을 돌렸다.

"무슨 소리야? 당연히 계속 듣고 싶지! 나는 유대인 수잔나였던 너에게 어떤 일이 일어났는지 알고 싶어. 수잔나의 이야기를 해줘. 다시 사라지지만 말고!"

"운명은 늘 한자리에 머무는 게 아냐.
기쁠 때가 있는 것처럼 고통스러울 때도 있기 마련이니까."

십자군이 일으킬 재앙이 다가오고 있었을 때 안달루시아의 가수들이 부른 노래였다.

"1492년 1월의 어느 아침 그라나다의 남쪽 성문 위로 까마귀 떼가 날아가는 것을 보고 나는 깜짝 놀랐지. 그리고 부모님과 함께 거리로 나가 무슬림들이 끝없이 긴 행렬을 이루며 쫓겨나는 것을 보았어. 그라나다를 통치한 마지막 무어 인 지배자 보압딜은 터번의 베일을 내려 얼굴을 촘촘히 가리고 있었어. 아무도 그가 눈물을 흘리는 것을 못 보게 하기 위해서였지. 거의 700년 동안 그들은 이 땅에 살았어. 그라나다는 오랫동안 지속되었던 기독교 스페인 군대의 수복 작전에 버텼던 마지막 도시*였어. 좁은 골목을 비집고 나가야 한다는 것과 이 도시를 버려야만 풀려날 수 있다는 것이 보압딜과 무슬림들에게 얼마나 치욕적이었을까.

우리는 아라곤의 이사벨라 여왕과 카스틸랴 왕국의 페르디난트가 비단을 깐 왕좌에 앉아 거만한 승리자의 포즈로 이런 굴욕적인 광경을 지켜 보는 것은 옳지 않다고 생각했지."

>> 관용을 베풀던 시대는 끝났다

그녀는 잠시 하던 말을 멈추고 쉬었다. 마치 더 이상 이야기를 하는 것이 어렵다는 듯 말이다. 그러다 다시 이야기를 이어갔다.

"무어 인들이 마지막으로 퇴각함과 동시에 아랍 인이 점령했던 도시에서 관용의 시대는 끝났지. 문화 교류도 더 이상 일어나지 않았어. 서로 다른 종교를 가진 사람들끼리 평화롭게 공존하는 시대가 종지부를 찍은 거야. 마치 증오가 수백 년 동안 묻혀 있다가 이제 다시 표면에 나타난 것 같았어. 아버지 나훔은 벌써 수주 전부터 불길한 소문을 들었어. 새로운 기독교 지배자들이 정복지의 유대인들을 추방할 것이라는 말이었어. 기독교 폭도들은 이 소문을 흡족하게 받아들였어. 지배자의 약속과는 달리 유대인은 박해받고 약탈당했으며 추방되었지. 누구라도 저항하면 집에서 쫓겨나 죽게 된다는 소문이 돌았어.

어머니 라베아는 저녁식사 때 말했지. '나훔, 너무 걱정하지 말아요. 사람들이 다들 말하고 있잖아요. 우리 집안은 명망이 높은 가문이라고요. 사람들은 우리를 존경하고 있어요. 우리는 여러 세대 동안 이 도시를 위해 많은 일을 했으니까요.'

'그것은 이제 중요하지 않소.' 아버지는 우울한 목소리로 말하고 음식이 가득 든 접시를 밀어냈지. '우리는 이제 행동을 해야 하오. 힘의 균형이 깨졌거든. 머지않아 그라나다에 새로운 주교가 와서 유대인들에게 세례를 받으라고 요구할 거요. 우리 민족의 역사에서 이런 사례는 충분히 많잖소.'

'결코 그런 일은 없을 거예요' 라고 라베아는 외쳤어."

>> 박해

"하지만 아버지가 옳게 보셨어. 얼마 되지 않아 교회에서 보낸 첫 번째 공개서한이 도착했어. 편지는 유대인은 이 도시를 떠날 것인지 아니면 기독교 세례를 받을 것인지 결정해야만 한다는 통보였어. 유대교회의 대표들은 이의를 제기해 보려고 했지. 그들은 급히 고위층에게 대표를 파견했어. 하지만 그곳에서 그들은 체포되었어. 톨레도에 있는 이사벨라 여왕에게 보낸 대표들도 빈손으로 되돌아왔어.

'어차피 고향을 떠나야만 한다고 생각해야 돼.'라고 아버지가 말했지. '나는 사업을 정리하려고 해. 꽤 시간이 걸릴 거요. 아마 석 달 아니면

유대교

유일신을 모시는 세계 종교 가운데 가장 오래된 것은 유대교이다. 유대교는 기독교와 이슬람교의 모태가 되는 종교이다. 야훼라 불리는 유대인의 신은 전지전능한 세계의 창조자이자 우주와 역사의 지배자다. 예수 그리스도를 메시아로 여기는 기독교와는 달리 유대인은 오늘날까지도 구원자를 기다리고 있다. 이 종교의 가장 중요한 경전은 타낙(구약성경)과 탈무드(율법과 종교전통의 모음집)다.

역사적으로 유대인은 늘 박해받고 추방되었다. 이 불행한 역사는 수천 년 전 이 조그만 유목민족이 이집트와 바빌로니아인들에게 여러 번 끌려가면서 시작된다. 구약성경은 아브라함과 모세 그리고 이 민족의 다른 조상들의 이야기를 전하고 있다. 오랜 방랑생활과 다른 민족의 박해와 치열한 전투를 치른 끝에 그들은 약속의 땅에 도착한다.

서기 70년경에 유대인의 도시인 예루살렘과 성스러운 사원은 로마인에 의해 파괴되었다. 이들은 사방으로 흩어졌고 거의 2천 년 동안 세계를 떠돌아다니며, 전 세계에 정착했다. 많은 나라에서 현지인과 그곳 통치자들에 의해 유대인 공동체에 대한 박해와 추방이 자행되었다. 그들에게 예수의 죽음에 대한 책임을 물었고, 그들은 현지인들이 겪고 있던 기근이나 흑사병 기타 다른 고통에 대해 책임을 져야 했다.

유대인을 적대시하는 선전 선동은 특히 독일에서 자주 일어났다. 이곳에서는 유대인이 정치 경제, 문화, 과학 분야에 막강한 영향력을 행사했기 때문이었다. 히틀러 치하의 나치 독재 기간에 이런 반유대주의*는 인종주의적 이데올로기의 영향을 받아 더 극성을 떨었다. 그 유래를 찾아보기 힘들 정도로 대규모로 진행된 유대인 박해는 인류 역사상 가장 큰 범죄가 되었다. 홀로코스트*가 자행되는 과정에서 6백만 명의 유럽 유대인들이 나치의 집단학살수용소에서 죽어갔다.

1948년 이스라엘의 건국과 함께 유대인은 다시 독립 국가를 건설했다.

일 년 정도. 당신은 수잔나와 브라반트에 있는 친척 집에 가도록 해요. 내가 이미 사촌인 르우벤에게 편지를 해 두었소. 르우벤이 받아줄 거요. 가능한 빨리 나도 따라가겠소. 나는 재산을 포기하지 않을 거요. 이 땅에서 개처럼 쫓겨나지 않을 거라는 말이오!'

'당신 혼자 두고 갈 수는 없어요!' 어머니가 단호하게 말했지. '왜 기독교인이 우리를 박해하겠어요? 그들 가운데는 우리 친구들도 많이 있잖아요. 나는 그들이 우리에게 나쁜 짓을 한다는 것을 상상할 수 없어요.'

'당신은 사람들을 너무 몰라'라고 아버지가 우울하게 말했어. '우리 유대인은 무슬림들이 쫓겨난 뒤로 소수인종이 되었소. 우리는 시기꾼들과 세상에 불만이 많은 사람들의 표적이 된 거지. 기독교인은 앞으로 곤경에 처하거나 전쟁에 패할 경우, 그리고 사업에 실패하거나 흉년이 들 경우 그 모든 것을 우리 유대인의 책임으로 돌릴 거야. 이것은 늘 나타났던 현상이야.'

'당신 생각은 너무 비관적이에요.'

'저도 여기에 남을래요! 저는 무슨 일이 있어도 그라나다를 떠나지 않을 거예요.' 나는 눈물을 흘리고 발로 땅을 굴렀지. 아버지는 충분히 현명한 분이셔서 이런 논쟁을 벌이기 전에 모든 준비를 다 해두셨지. 이날 저녁 나는 침착하게 집을 떠날 준비를 했지만, 마음은 무거웠어. 슬픔은 그 어느 때보다 컸어. 내 방에서 나는 비바와 하산이 헝클어진 머리카락을 내 무릎에 묻고 있는 동안 만돌린을 연주했지. 타마스, 저것 좀 봐. 아침 여명이 수평선 위로 올라오고 태양이 도시 위로 떠오르고 있잖아. 피곤하지만 우리 둘이 함께 있어 행복해. 나를 팔에 안고 잠시 쉬게 해줘."

타마스는 그녀를 팔로 감싸안고 어깨에 걸치고 있던 숄로 그녀를 덮어주었다. 그 두 사람은 그렇게 짧고 불안한 잠에 빠져들었다.

>> 이 게임은 끝나야 해!

판도라: “아직도 게임하고 있니?”

타마스: “당연히 하고 있지.”

판도라: “뭘 하는데?”

타마스: “그동안 네가 말한 대로 하고 있었어. 그것 말고 내가 뭘 더 하겠니?”

판도라: “지금은 안 하고 있잖아.”

타마스: “네가 중단시켰잖아. 도대체 왜 그런 거야?”

판도라: “게임 시간이 곧 초과될 거야.”

타마스: “그게 무슨 말이야?”

판도라: “게임을 끝내야 한다는 말이야. 곧 더 이상의 코드가 없을 거야.”

타마스: “빨리 끝내라고 위협하는 거니?”

판도라: “넌 그 소녀에게 너무 몰입하고 있어.”

타마스: “지금 질투하는 거야?”

판도라: “네가 이미 말했잖아. 우린 러브 스토리를 만드는 것이 아니라고 말이야.”

타마스: “기억 안 나.”

판도라: “그렇다면 지금 말할게.”

타마스: “관심 없어. 나는 몬트 옆에 있을 거야. 그녀를 사랑해!”

판도라: “그렇지만 네가 쓸 수 있는 시간은 제한되어 있어.”

타마스: “그만해, 판도라! 지금 인류의 반이 가상 세계에서 살고 있어. 제한이란 없어.”

판도라: "넌 게임의 권한을 내게 넘겨야 해."

타마스: "내가 네 게임 초대에 응했다는 사실을 잊지 마. 내가 너에게 호의를 베풀었잖아. 이 게임을 끝낼지 말지는 내가 결정할 거야. 나는 몬트의 이야기로 계속 이어갈 거야. 그것이 네 마음에 들든 말든 말이야!"

타마스는 화가 났다. 그는 지금까지 자신이 판도라에게 얼마나 많은 도움을 받았는지 까맣게 잊고 있었다. 그러다 그는 갑자기 경악했다. 판도라가 그에게 새로운 코드를 주지 않으면 어떻게 될까?

"판도라?"

아무 반응도 없었다. 대신 모키의 채팅 시그널 음악인 드럼 소리가 울렸다.

타―타―타 타타타―블랍!

세 번, 네 번 울렸다. 신경에 거슬렸다. 타마스는 채팅 창을 클릭했다.

"뭐야? 지원서 좀 썼어?"

"그저 그래."

"아직 시작도 안 했지?"

"그렇진 않아."

"내일 라트슈에 있을 내 생일 파티에 올 거야?"

생일이라고? 타마스는 생일에 대해 거의 잊고 있다.

"당연히 가지. 그때 보자."

"그러면 그때 그 문제를 자세히 이야기하자."

"무슨 문제?"

"지원서 쓰는 거지 뭐겠어? 난 그게 급하다고 생각해."

"그래, 좋아."
"그렇게 기죽어 있지 마. 내일까지 뭐 할 거야?"
"특별한 거 없어."
"그럼, 잠깐 들르든지."
"봐서!"

"판도라?"
……
그는 예전 코드를 다시 입력해 보았다.
영상이 나타나고, 타마스는 런던 외곽의 언덕에서 수잔나와 함께 있는 장면으로 다시 들어갔다.

>> 협박

수잔나가 잠에서 깼다. 그녀는 자신이 어디 있는지 알아보려는 것처럼 잠시 주변을 둘러보았다.
"안녕, 나야, 수잔나. 넌 내 옆에 있어."
타마스를 알아본 그녀는 미소 지었다.
"좋아, 네가 있어서 너무 좋아."
그는 그녀의 어깨에 팔을 올렸다.
"계속 이야기해 줄래?"
"좋아. 넌 그라나다에서 우리에게 가해진 압박이 점점 더 심해졌을 것이라 예상할 거야. 실제로 사람들은 거리에서 공공연하게 유대인에게 욕을 하거나 침을 뱉고 폭력을 행사하며 공격을 하기도 했어. 그런 때는 부유한 상인이나 수공업자 그리고 가난한 구역에 사는 자영업자를 구별하지 않았지.

'악마에게나 떨어져라, 이 유대인 놈들아!'

'너희가 우리 빵을 빼앗았다!'

유대인의 상황은 날로 나빠졌지. 도미니크 수도회 수도사 또르케마다는 이사벨라 여왕에게 유대인과 집시들을 혹독하고 무자비하게 대하도록 협박했고, 마침내 여왕도 이에 동의했어. 도미니크 수도회 수도사는 종교재판관이 되어 재량권을 행사했어. 그는 교황의 지시를 이행한다는 핑계로 유대인을 박해하고 괴롭히며 권리를 박탈했어. 그는 유대인에게 세례를 받든지 아니면 이 나라를 떠나라고 강요했어. 유대인이 떠나면 당연히 유대인의 재산은 교회의 것이 되었지.

곧 많은 유대인 가족들이 집 밖으로 나올 엄두도 못 냈지. 부녀자를 폭행하고 죽인다는 소문이 돌자 내 부모님 나훔과 라베아는 결단을 내렸지. 일은 빨리 진척이 되었어. 우리 여자들이 먼저 도시를 떠나기로 했지. 아버지는 한 달 후에 뒤따라오기로 하고."

>> 도피

"이런 계획을 세울 때 집시 족인 쇼르게가 도움을 주었어. 그는 우리에게 나와 어머니를 소달구지에 태워 북쪽으로 함께 데려가겠다고 제안했지. 쇼르게의 식구들은 이미 오래전부터 우리 집에서 일해 왔거든. 이 집안 여인들은 여러 세대 동안 우리 집에서 세탁부나 요리사 그리고 하녀로 일했고, 남자들은 밭을 경작하거나 정원사 혹은 마부로 일했어. 그들은 승마용 말을 잘 키웠고, 큰 짐을 싣고 안달루시아 여러 거리를 다녔던 마차용 말과 나귀들을 관리했지.

무슬림 통치자들은 수백 년 전부터 앞산 동굴에서 살았던 이 집시들을 인정하고 그대로 살도록 내버려두었어. 그들은 안심하고 그들 문화를 보존할 수 있었는데, 춤과 음악, 전통 의상 관습을 잘 지켜 왔지. 그들은 솜씨 좋은 수공업자였고, 바구니나 빗자루 솔을 잘 만들었으며, 올리브 나무로 훌륭한 조각상을 깎아 황갈색이나 은색으로 색칠했어. 그들은 자기들이 만든 물건을 가지고 그라나다 시장이나 주변 마을을 돌아다니며 팔았지. 축제일처럼 특별한 날에는 춤 공연도 하고 오래된 멜로디의 노래를 부르기도 했는데, 외설적이고 활기찬 동시에 멜랑콜리한 것이었어.

지금까지는 아무도 그들을 방해하지 않고 마음대로 살도록 해 주었어. 그들은 멀리 떨어진 시장에 물건을 팔기 위해 여행도 마음대로 할 수 있었지. 하지만 이제 그들을 쫓아내려고 협박하고 있다고 쇼르게는 말했어. 이 지역에서는 더 이상 집시들이 살 수 없게 되었던 거지. 유대인과 마찬가지로 집시들도 자신들이 증오했던 무슬림과 동일시하여 신의 이름과 이사벨라 여왕의 강력한 권력을 통해 몰아내려고 한 거지.

5월에 어머니와 나는 집시 여인으로 변장한 채 달구지를 타고 고향을 떠났어. 그 집시들도 여러 집단으로 다시 나뉘었어. 그들은 서로 다른 방향으로 떠나면서 가슴이 찢어지는 이별을 했지. 일부는 발칸 반도로 갔고, 다른 일부는 남부 프랑켄 지방에 머물렀는데, 우리가 속한 세 번째 집단은 북쪽으로 계속 올라갔어. 그때 내가 모르고 있었던 사실은 쇼르게가 우리를 르우벤 족이 사는 네덜란드의 스헤르토헨부스까지 안전하게 데려다 주는 조건으로, 우리를 데려가는 이에게 충분한 사례비를 주었다는 것이었어. 그것은 기독교-스페인 왕국과 주교 그리고 이단 심판관의 영향권에서 멀어진다는 것을 의미했지. 이단 심판관의 지하 고문실에 끌려갈 경우 우리는 기독교로 개종하지 않으면 죽을 수밖에 없었어.

우리 여행은 아홉 달이나 걸렸어. 우리의 도피는 안달루시아에서 편도나무에 꽃이 피기 시작할 무렵 시작되었는데 목적지에 도달했을 즈음 네덜란드에는 눈이 많이 왔고 모든 강과 운하, 저수지가 얼어 있었어."

>> 점쟁이

"그곳으로 오는 길에 나는 리마 할머니와 친해졌어. 이 집시는 나이가 팔십이 넘었지. 그녀는 시장에서 돈을 받고 점을 쳐 주거나 병자를 고쳐 주는 치료사였어. 나이는 들었지만 그녀의 눈길에는 내면의 강력한 힘과 침착함이 묻어 있었어. 그녀가 사는 천막을 방문해 본 사람이라면 누구나 이 늙은 집시가 신비한 지식을 얼마나 많이 알고 있는지를 깨달을 수 있었어. 그녀는 손금을 보고 사람들의 운명을 읽었지. 그녀의 눈길은 과거와 미래를 오고 갔어. 어느 날 우리가 야영지 끝에 있는 나무줄기에 올라가 차를 마실 때 리마가 내게 물었지. '수잔나, 도대체 왜 너는 그렇게 침울한 거니?' 내가 왜 그렇게 생각하느냐고 묻자 그녀는 '네가 잠결에 하는 소리를 들었단다. 네 얼굴에 걱정이 많아 보이고 또 네가 잃어버린 세상에 대해서도 알고 있으니까. 우리도 모두 고향을 잃었고, 우리가 아주 오랫동안 살았던 세상을 잃어버려 큰 슬픔에 빠져 있으니까.'

순간 나는 눈물을 흘리며 이 늙은 집시 여인에게 모든 것을 털어놓았지. 내 인생이 누군가의 의지에 따라 움직이고 있다는 걸 이때처럼 강하게 느껴본 적이 없었기 때문이야.

'나는 내가 누군지 더 이상 모르겠어요.' 나는 훌쩍이면서 말했지. '어떤 이야기에 나오는 등장인물인 것만 같아요. 아무리 생각해 봐도 정말 모르겠어요. 나는 아무도 아닌 것 같아요.'

'진정해라, 얘야.' 리마가 말했지. '나는 너를 잘 이해한다. 네가 왜 그렇게밖에 생각할 수 없는지 알고 있다. 네 마음을 나도 느낄 수 있어. 하지만 너는 움직이고 생각하고 감정도 있고 피와 살로 이루어져 있어. 네가 이야기에 나오는 인물인지 아닌지가 뭐가 중요하니. 우리는 너를 사랑하고 너는 나에게 더없이 소중한 존재란다! 우리 모두는 삶이라는 장기판에 올려진 말처럼, 보이지 않는 힘에 의해 움직이고 있어. 아무도 자신이 어디서 와서 어디로 가는지 몰라. 삶과 세계를 믿는 수밖에 없지!'

그녀는 몇 마디 말로 나의 우울한 기분을 변화시켰어. 비로소 나는 내 발 밑의 땅이 더 이상 흔들리지 않는다는 걸 확신했지."

수잔나는 말을 잠시 끊었고 타마스를 진지하게 쳐다보았다.

"보고 싶다는 너와 나의 간절한 소망이 여기서 우리를 다시 만나게 했어."

"나는 너를 떠나지 않을 거야."

"타마스, 나도 너를 떠나지 않을 거야. 언제 어디서건 말이야. 이제 날 조금 더 자게 해주겠니? 그다음에 내가 그라나다에서 빠져나온 후 살고 있는 세계로 함께 돌아가자."

"너와 함께 갈게."

"그게 가능해?"

"내가 원하면 가능해! 나는 이 게임의 운영에 공동 결정권을 가지고 있어."

그가 이런 말을 하는 사이, 그녀가 대답하기도 전에 화면의 그림이 사라졌다.

"판도라?"

반응이 없었다.

"새로운 레벨을 내게 줘, 부탁이야!"

판도라는 대답하지 않았다. 판도라가 몇 개의 코드가 더 있다고 말하지 않았나? 아니면 이미 끝난 건가?

"판도라!!! 망할, 나와라! 난 되돌아갈 거야!"

공포감이 위태롭게 밀려들었다. 이제 더 이상의 코드가 없는 걸까?

"이봐, 전혀 안 되네!"

다른 코드가 하나 떴다.

코멘트도 없이.

h¶'□□□Ã™rQv∂̄'□□🐇□ΠŎhuù...
-ºåŸg§Ãÿ□÷◊æÇXgîi□□□□∑âcbëÕ
ñb`ô '□🐇'∆ėZ_çΩ□□□□□...ûr_}π□□□›

레벨 14

연금술사와 과학자들의 논쟁

실제 시간: 10월 29일 금요일 22시 30분

실제 장소: 타마스의 지하실

가상 시간: 1512년

가상 장소: 브라반트 州 스헤르토헨부스

>> 마녀의 부엌?

어두운 공간에서 검은 고양이 한 마리가 달리고 있었다.

"므르크나오!"

"야, 빌리, 너 여기서 뭐해?"

"므르크나오!"

고양이 빌리가 타마스의 무릎에 머리를 대고 비비더니 그의 품에 뛰어 올랐다. 이곳은 그의 지하실이 아니었다. 모니터도 컴퓨터도 없고, 책들이 쌓여 있지도 않았다. 잡지도, 피자나 고양이 사료가 가득 든 냉장고도, 고양이 변기도, 빌리가 쓰는 의자도 없었다.

그 대신 긴 탁자에 올려놓은 초가 펄럭이며 타고 있었다. 화덕에서는 불이 타올랐고, 뜨거운 판 위에는 도가니와 냄비가 올려져 있었다. 플라스크에는 용액이 조용히 끓어오르고 철제 삼발이에는 다양한 크기의 솥이 걸려 있었다. 돌 탁자에는 재료를 빻을 수 있는 여러 종류의 절구와 절구공이들이 더미로 쌓여 있었다.

"고양이야, 우리가 와 있는 이곳이 도대체 어디야? 망할! 실험실이잖아?"

이곳은 고양이가 책에서 본 곳과 같은 곳이었다. 마녀의 부엌. 고양이는 안절부절하지 못했다.

"빌리, 사람들이 우리를 가마솥에 넣고 삶을 건가 봐!"

"므르카나오!"

"꿈을 꾸고 있는 것이 분명해. 나는 그동안 계속 꿈을 꾸었어. 그런데 빌리, 가끔 이해되지 않는 일도 있어."

"수잔나?"

그녀가 다시 사라진 걸까? 그녀가 이미 그랬던 것처럼 가상 세계의 무한히 먼 곳으로 사라졌단 말인가?

"몬트?"

아무 대답도 없었다. 그녀가 지금 그의 품을 파고드는 고양이로 변한 것은 아닐까?

바보 같은 소리! 여기서 시스템에 또 뭔가 심각한 문제가 생긴 것 같아!

"판도라, 몇 분만 시간을 더 줘. 그러면 내가 다시 나가서 한번 더 시도해 볼게."

판도라는 아무 말도 없었다.

벽 쪽에 붙어 있는 책꽂이엔 돼지가죽을 입힌 낡고 두꺼운 책들이 꽂혀 있었다. 타마스는 그중 한 권을 들고 촛불 근처로 가져가 비춰 보았다. "타불라 스마락……." 그는 제목을 읽었지만 무슨 뜻인지 알 수 없었다. 그는 촛불에 좀 더 가까이 다가섰다.

"맙소사, 그 책을 그냥 놔 둬!"

분노에 찬 목소리가 들렸다. 한 남자가 이 큰 공간의 어둠 속에서 빠른 걸음으로 달려오더니 책을 빼앗았다.

"젊은 친구, 자네 미쳤나! 타불라 스마락디나(Tabula smaragdina) 가운데 남아 있는 것이라곤 이 책 단 한 권뿐이야."

남자는 그 책을 잽싸게 빼앗아 다시 책꽂이에 꽂아 놓았다.

"르우벤 아저씨, 그에게 너무 심한 말을 하지 마세요. 그는 아직 아무것도 모른 채 어리둥절해 하고 있잖아요."

"수잔나!"

그녀가 나타났다. 처음에 타마스는 너무 어리둥절해 그녀를 알아보지 못했다. 그녀는 모습도 변해 있었다. 금은박으로 장식된 긴 옷에 예쁜 모자를 쓰고 있었다.

"타마스!"

그들은 서로 포옹했다.

"타마스, 이분은 르우벤 판 쉘팅가(Reuben van Scheltinga)야, 아버지의 가장 친한 친구로 우리를 받아 주셨지. 르우벤 아저씨는 연금술사이자 과학자이고 철학자야. 그리고 이 애는 나와 함께 온 내 친구 타마스예요. 제가 전에 이야기했던 친구 말이에요."

수염이 난 이 남자 얼굴이 순간 환하게 밝아졌다. 그는 진홍색 케이프을 입고 챙이 없는 비단 모자를 쓰고 있었다. 그는 타마스를 친절하게 바라보았다.

"내가 불친절했다면 미안하네. 나는 책 걱정을 했을 뿐이라네. 이 책은 이 분야에서 가장 오래된 교과서라네. 이미 3천 년 전에 이집트인들도 값싼 금속을 금이나 은으로 바꿀 수 있는 기술에 대해서 생각을 했었지."

타마스는 자신이 참 바보 같다고 생각했다. 그는 무슨 말을 해야 할지 몰랐다.

"나는 네가 살고 있는 시대에는 우리 시대의 과학이 별 관심을 끌지 못하고 있다는 것을 알고 있어."

내가 살고 있는 시대라니? 라고 타마스는 생각했다. 이 남자가 무엇을 알고 있는 거지? 수잔나가 혹시 그에게 무슨 이야기를 해주었나? 타마스는 그녀를 쳐다보았다. 그는 고양이를 쓰다듬고 있었다.

"어떻게 빌리가 여기에 있는 거지?"

"이 고양이 이름은 빌리가 아니야. 이놈은 네포묵이지. 이 실험실에서 살고 있는 고양이야. 이곳에는 그의 사냥감이 많아."

"판 쉘팅가 씨, 좀전에 '다른 시대'라고 말씀 하셨는데, 그것이 무슨 뜻이죠?"

연금술사는 은근한 미소를 지었다. 타마스는 이 남자를 어떻게 받아들여야 할지 혼란스러웠다. 곧 그는 판도라에게 구원 요청을 해야겠다고 생각했다. 이 남자도 아마 자신과 수잔나처럼 실험용 토끼가 아닐까?

"르우벤 아저씨는" 수잔나가 말했다. "특별한 분이셔. 아저씨는 미래를 알지. 이 구역에 살고 있는 사람들은 아저씨를 매우 존경해."

"너무 추켜세우지 말거라, 수잔나." 판 쉘팅가가 손짓했다. "우리 과학을 섬뜩하게 여기는 사람들도 많이 있다. 그들에게 우리는 그냥 피하는 것이 더 좋은 마법사거나 마술사일 따름이야."

"아저씨는 마술사예요." 수잔나가 말했다. "좋은 마술사요. 아저씨는 우리 가족을 도왔어요. 제게는 그것이 중요해요."

"우리 연금술사는 자연에서 일어나는 여러 현상들을 좀 알고 있지. 특히 우리는 이 세계의 가장 깊은 내면에서 이 세계를 흩어지지 않고 하나로 응집시키는 것이 무엇인지 알려고 노력하고 있지."

>> 영혼의 변화

"저는 연금술에서 주로 하는 것이 금을 만드는 일이라고 읽었어요." 타마스는 연금술을 바보 같은 짓이라고 생각한다는 말은 하지 않았다.

"너는 참 호기심이 많은 아이처럼 보이는구나. 우리 기술을 발설하는 것은 엄격하게 금지되어 있긴 하지만 너에게 몇 가지 이야기를 해주마.

세상은 우리가 금이나 은처럼 귀금속이나 보석을 만드는 일만 하는 길로 알고 있지. 또 우리가 하는 일의 본질이 무엇인지 안다고 생각하는 자들은 우리가 호문쿨루스*나 골렘*같은 인조 인간을 만들 수 있다고 소문 내고 있어. 하지만 그들은 화학 원소를 변화시켜 어떤 소재를 다른 소재로 바꾸는 기술은 실용적인 목적을 위해서 하는 것만은 아니라는 사실을 몰라. 연금술은 예전부터 내려오던 비법에 따라 녹이고 합금하고 혼합하는 것만이 아니야. 아니고 말고. 그것은 일부일 뿐이고 연금술은 철학과 관련된, 다시 말해 인간 영혼의 변화도 시도하지."

"좀 자세히 설명해 주시겠어요?"

"액체나 고체를 변화시키는 동안 인간 정신도 변화돼. 연금술사의 영혼이 정화되고 소우주가 대우주에, 가장 작은 것이 큰 것에, 전 우주에 비치게 되지. 이 말이 무슨 뜻인지 쉽게 이해되진 않을 거야. 이 일을 제대로 이해하고 몰입하기 위해선 오랜 시간이 필요해."

"명상 같은 것을 말씀하시는 건가요?"

"그렇게도 말할 수 있을 거야. 내가 이해한 바에 따르면 연금술사는 인간 세상을 발전시키고 인간 내면에 들어 있는 영혼의 힘을 강화시키는 일도 하지."

"많은 연금술사들이 그들에게 일을 시킨 사람들에게 금을 만들어 주지 못해 감옥에 갇히거나 죽었다고 하던대요."

"연금술사의 길을 가다 보면, 현자의 돌을 발견하기 전에 많은 위험을 겪게 되지. 하지만 모든 이론은 불확실한 거야. 가자, 내 실험실을 보여줄게. 내 동료들이 엄격하게 지키고 있는 비밀 엄수의 의무를 나는 잘 지키지 않아. 그들은 자기가 하는 작업의 비밀을 다른 사람에게 털어놓으면 실패한다고 믿고 있어. 하지만 나는 그렇게 생각하지 않아. 사람들이 우리를 마술사나 마법사로 여긴다면, 나는 반대할 생각이 없어. 비밀과 수수께끼는 늘 있는 법이니까. 답을 찾기 위한 노력이 영원히 지속되는 것처럼 말이야."

판 쉘팅가는 타마스와 수잔나에게 그의 작업장 여러 곳을 보여주었다. 그는 타마스에게 조수인 질베스터와 고센을 소개해 주었다. 왜소해 보이는 두 사람은 같은 동네에 살고 있었던 형제인데 판 쉘팅가가 그들을 조수로 받아들였다. 타마스에게 그들은 과학자의 조수라기보다는 광대 같다는 인상을 주었다. 그들은 돌로 만든 화덕의 불을 돋우는 동안 잘 모르는 말로 연금술사와 이야기를 나누었다. 그 말들은 거의 자음으로 이루어져 있어 타마스에게는 동물이 내는 소리처럼 들렸다.

"크륵스트? 엑스트?"

"아스비르트! 아스비르트!"

"르조, 르조!"

거의 난쟁이 키에 가까운 이 두 남자는 열심히 고개를 끄덕이며 여러 개의 도가니에 용액을 부었다.

"아주 조심하라고 한 말이야." 라고 연금술사가 설명했다.

"우리는 이 실험이 어떻게 될지 아직 몰라."

타마스가 궁금한 눈으로 쳐다보자 판 쉘팅가가 말했다.

"이제 몇 가지는 너에게 보여줄 수 없구나. 모든 금속은 유황-수은 화합물에서 만들 수 있지. 하지만 양을 어느 정도로 해야 하는지 그리고 몇 도의 온도에서 해야 하는지는 수많은 실험을 요구해. 이제 저 너머 다른 곳으로 함께 가보자."

>> 새로운 시대가 열렸다!

이 과학자는 수잔나와 타마스에게 오래된 창고를 보여주었다. 타마스는 한편으로 완전히 매혹되기도 했지만, 그의 이론이 너무 당황스럽기도 했다.

"나는 이탈리아와 독일 연금술사들과 함께 여러 별과 특정한 금속의 관계에 대해 공동 연구를 했지. 예를 들어 금과 태양, 은과 달, 그리고 철과 화성의 관계 말이야."

그는 두 사람을 커다란 지구본으로 안내했다. 지구본은 평판으로 되어 있었는데, 지구 위에는 반구(半球) 형태로 다양한 거리를 두고 여러 행성과 항성들이 배치되어 있었다. 다른 행성들은 모두 움직일 수 있었지만 지구만은 움직이지 않았다.

"하늘의 모든 별들은 지구를 중심으로 돌게 되어 있어. 이것은 2천 년 전부터 내려온 법칙이야."

타마스는 이에 반박하고 싶었지만, 옆방에서 조수 질베스터와 고센이 도구를 만지면서 내는 시끄러운 소리에 그만 주의를 빼앗기고 말았다. 종소리가 울리고 연기가 나더니 크게 언짢은 소리가 들렸다. 고양이는 독거미에게 찔린 것처럼 급히 자리를 떠나 수잔나 뒤로 몸을 숨겼다.

"질베스터! 고센! 조심하라고 일렀지 않느냐! 무슨 일이냐?"

대답 대신 연기 구름에서 어떤 형상이 만들어지더니 누군가 시끄럽고 깊은 소리로 말했다.

"지금 나는 무조건 내가 살았던 때보다 앞선 시대로 나올 수밖에 없었소. 말도 안 되는 소리를 더 이상 듣고만 있을 수 없기 때문이오! 2천 년 전부터 내려온 법이라고요, 그래요?" 화가 난 모습으로 갑자기 나타난 방문자는 소리쳤다. "내가 묻고자 하는 건 당신들이 여기서 하고 있는 것은 도대체 어떤 과학인가 하는 것이오?"

이제 분명하게 보이는 것은 이 남자의 머리가 헝클어져 있고 수염이 났으며, 키가 크고 힘이 세 보였다는 것이다. 그는 소매가 넓고 긴 외투를 입고 있었다.

연금술사는 마음의 평정을 되찾으려고 애썼다.

"당신은 누구시오? 어디에서 오셨소?"

"여러분 내 이름은 갈릴레오 갈릴레이*요. 파두아 대학에서 수학과 천문학을 가르치고 있지요. 당신들은 새로운 시대가 시작되었다는 것을 알아야 하오. 2천 년 넘게 인류는 태양과 여러 행성 그리고 모든 별들이 지구를 중심으로 돌고 있다고 믿었지요."

"교수님, 우리에게 무슨 말을 하고 싶은 게요?" 연금술사는 지구본 모형을 가리켰다. "이것이 사실에 부합하지 않다는 게요?"

"그렇소. 나는 그 말을 하고 싶소. 나는 모든 사람들에게 이 말을 전하고 있소. 그와 같은 잘못된 지식을 믿던 시대는 지났소. 움직이는 것은 지구이지 태양이 아니라는 사실*을 이미 많은 사람들이 알고 있거나 예감하고 있으니까요."

교수는 말했다. 그 순간 작은 얼굴에 호리호리한 어떤 남자가 검은색 옷을 입고 연기구름에서 나와 말했다.

"내 이름은 니콜라우스 코페르니쿠스*요. 나는 그 사실을 알고 있고 그것을 증명할 것이오. 연금술사 님, 나는 이미 당신의 시대에 그에 대한 연구를 시작했소. 먼 동쪽 프라우엔베르크 성당 탑에서 매일 밤 별들을 관찰하고 그 위치를 그리면서 나는 지구가 우주의 중심이 아니라는 사실을 알아 버렸지요.

내가 말하고자 하는 것은 이미 새 시대가 시작되었다는 것과 진리를 알아내는 것은 과학이라는 것이오. 나는 과학이 오늘날까지 통용되는 알렉산드리아의 프톨레마이오스* 세계상을 무너뜨리기를 바라오. 태양이 중심이고 지구는 다른 행성과 함께 회전하고 있는 세 번째 행성이지요. 금성과 수성이 이 궤도에서 태양에 좀 더 가까이 돌고 있어요. 아직 발견할 수 없었던 화성, 목성, 토성 그리고 다른 행성은 지구보다 바깥 궤도로 돌고 있소."

"아주 좋군요, 친구." 갈릴레이가 칭찬했다. "그런데 당신은 우리 인간의 품격을 깎아 내리는군요. 지금까지 기독교의 본질을 이루어왔던 것이 이제 과학의 의심에 의해 매장된다면 교황은 결코 그것을 용납하지 않을 것이오. 기독교 교리에 어긋나는 의견을 말했던 사람들이 대부분 화형장의 장작더미 위로 던져졌습니다. 저는 여러분이 그렇게 되지 않기를 바랄 뿐입니다."

"저는 제 책 『천구의 회전운동에 관하여』를 생전에는 결코 발표하지 않을 것입니다." 라고 말하는 코페르니쿠스의 목소리가 들렸다.

조수들은 불을 끄느라고 연금술사의 화덕 앞에서 동분서주하고 있었다. 그런데 화덕에서 올라오는 연기에서 또 다른 인물이 과학의 세계극장에 등장했다. 관객들은 너무 놀라 한참 동안 말을 잃고 있었다.

"여러분, 내 이름은 요하네스 케플러요. 존경하는 코페르니쿠스 씨, 당신이 평생 동안 행성의 위치에 대해 연구하며 쓴 책은 우리에게 정말 중요한 책, 즉 경전이었습니다. 저는 아주 젊었을 때부터 우주는 수학 법칙에 따라 조화롭게 돌아간다고 확신했습니다."

"맞아요, 정말 지당하신 말씀입니다." 파두아의 교수는 완전히 흥분하여 외쳤다. "수학은 우주를 설명하는 알파벳입니다!"

"일생 동안 저는 행성이 태양을 중심으로 원형으로 도는 것이 아니라 타원형으로 돌게 만드는 힘에 대해 알고자 했습니다." 케플러가 말했다.

"하지만 여러분," 판 쉘팅가가 외쳤다. "그렇게 말하는 것은 이단이고 화형의 벌을 받게 될 것입니다."

"저는 여러 번 도피 생활을 했습니다. 이건 사실입니다. 저는 제 과학적 지식과 믿음으로 인해 두 번 처벌을 받았습니다. 다른 사람들처럼 저도 종교개혁 이후 개신교-루터파가 되었습니다." 케플러가 말했다.

개혁

수도사인 마르틴 루터(Martin Luther, 1483–1546)가 1517년 10월 31일 비텐베르크(Wittenberg)에서 95개조의 반박문을 공포했을 때, 가톨릭의 종교개혁(라틴어 reformatio는 부흥 혹은 개혁을 의미한다)이 시작되었다. 루터는 1517년에서 1648년 사이에 일어난 교회개혁 운동의 동력원이 되었다. 이 교회개혁운동은 서구 기독교를 분열시켰다. 점점 더 많은 나라들이 루터의 개신교를 받아들였다. 종교개혁의 결과로 다른 종파들도 생겼고, 이로 인해 종교전쟁이 일어났다. 중세 말까지 유럽 국가들을 강력하게 통제했던 가톨릭 교회의 힘은 종교개혁을 계속 약화시킬 정도로 강했다.

하지만 이 새로운 운동은 성과 속을 분리함으로써 몇몇 유럽 국가들과 유럽 외 국가들에서 확고하게 뿌리내렸다. 종교개혁 운동은 15, 16세기에 중세를 종식시키고 새로운 정치, 경제, 사회적 생각이나 행위가 일어나게 만든 보편 문화운동에 속한다. 결혼, 국가, 사회, 예술과 같은 삶의 모든 분야가 이 운동의 영향을 받았다. 교육제도도 발전했는데, 개신교에서는 성경을 스스로 읽을 수 있어야 했기 때문이다. 이뿐 아니라 종교개혁운동은 자연과학과 기술발달도 촉진시켰다.

>> 이제 중세를 떠납시다

"그래, 그때 나는 로마 교황청이 그런 내용을 잘 받아들이지 않을 것이고 그들이 신앙 때문에라도 과학자들을 박해하는 데 모든 것을 걸 것이라고 생각할 수 있었지." 갈릴레이는 조롱조의 미소를 지었다.

"여러분, 부탁하건데, 내 실험실에서 나가 주세요. 여기에는 벽에도 귀가 달려 있어요. 더군다나 이 도시는 도미니크 수도회가 지배하고 있습니다. 여러분도 아시겠지만, 그들은 화형을 담당하는 관리들을 장악하고 있소."

"케플러 씨, 앞으로 우리 서로 연락하면 안 될까요?" 갈릴레이는 연금술사의 말을 무시한 채 물었다.

"물론입니다, 교수님. 편지로 제가 알아낸 지식을 알려드리지요. 그리고 제가 쓴 『우주의 조화』도 보내드리겠습니다."

"우리 수백 년 간 종교에 매여 있는 중세를 빨리 떠납시다."

"맙소사, 갈릴레이 교수님, 조금 참으세요."

판 쉘팅가가 그의 말을 끊으려 했다. 하지만 파두아 대학 교수는 말을 멈출 수 없었다.

"배를 타고 전속력으로 나아가 먼 바다까지 갑시다. 새로운 진리를 발견하려면 용기가 필요한 법이지요. 저는 토성의 고리를 보았고, 목성에 위성이 있다는 것과 달 표면에 산과 계곡이 있다는 것을 발견했고, 또 태양의 흑점도 보았습니다. 저는 이런 지식을 『별세계의 보고』라는 책과 『신과의 대화』라는 책에 담아 발표했지요. 그런데 이 책들은 나라 밖에서 몰래 구입해 읽어야 합니다. 이 책들이 교회에서 가르치는 내용을 너무 강하게 반박하고 있기 때문이에요. 제가 말할 수 있는 것은 제가 제

직업을 배반했다는 것이에요. 왜냐하면 제가 종교재판에 끌려나왔을 때 과학자인 저는 교회에 반대하지 않았기 때문입니다. 고문과 화형에 대한 두려움이 너무 컸고, 좋은 술과 고기에 대한 너무나 인간적인 욕망이 있었던 거죠."

"여러분들이 태어나기 전에 내게 왔었다는 이야기는 하지 않을 거죠?" 판 쉘팅가가 물었다.

"그게 좋겠어요. 어떤 은밀한 힘이 나를 불렀던 거예요. 아마 여기에 오신 다른 분들과 마찬가지로 꿈을 꾸고 있는 것인지도 몰라요. 그런데 여러분은 어디로 갈 거죠?"

'우리 모두는 장기판의 말 신세죠.'라고 타마스가 말하려고 했다. 하지만 이를 예감한 수잔나가 그에게 경고의 눈길을 날렸다.

"만약 여러분이 앞날을 미리 내다볼 수 있다면, 상황을 다르게 조정하여 삶의 나사를 다른 방향으로 돌릴 수 있는 두 번째 기회를 가질 수 있지 않을까요?" 판 쉘팅가가 말했다.

"여러분은 어디로 갈 생각인가요? 모든 것은 미리 정해져 있고, 우리 마음대로 앞날을 바꿀 수는 없죠. 하지만 이제 나는 다시 돌아갈 거예요. 특히 당신, 연금술사의 제자는," 이 말과 함께 갈릴레이는 타마스를 쳐다보았다. "용감하게 미지의 대양으로 배를 타고 나가세요. 그래야만 지식을 얻을 거예요."

"이제 그만합시다!"

연금술사는 참을 수 없을 정도로 화가 났다. 그는 무시당했다고 느꼈다.

"저는 미래의 새로운 지식을, 즉 행성의 궤도를 계산했다거나 지구가 우주의 중심에서 쫓겨났다는 것을 들었습니다. 그런데 제가 한 가지 묻고자 하는 것은, 이 세계를 흩어지지 않고 하나로 응집하고 있는 것이 무엇인지 모르는데 이 모든 지식이 내 영혼의 구원을 위해 무슨 소용이 있는가 하는 것입니다."

"중요한 것은 영혼의 구원이 아니라, 과학적 지식이오."

이 말과 함께 갈릴레이의 목소리는 점점 약해졌다. 그의 모습도 처음 나왔던 연기 속으로 사라졌다.

부활의 시대

(프랑스어로 부활을 의미하는) 르네상스는 문화사(예술사)에서 1340년부터 16세기 중반까지 굳게 고착된 중세 질서를 떨쳐내는 해방운동이 일어났던 시기다. 이 당시에는 고대 시대 그리스인이나 로마인들이 생각하고 창조했던 것들의 가치가 어둠 속에 묻혀 있었다. 14세기에 사람들은 자신을 혼자 힘으로 일어설 수 있고 자기 일에 스스로 책임질 수 있는 독립적인 존재로 느끼기 시작했다. 그 이유는 외국 민족 특히 이슬람 민족의 문화적 영향 때문이었다.

회화에서는 레오나르도 다 빈치*(Leonardo da Vinci)나 알브레히트 뒤러*(Albrecht Dürer) 그리고 다른 많은 예술가들의 작품 속에서 새로운 의식이 표현되었다. 문학에서는 윌리엄 세익스피어가 르네상스의 가장 유명한 대표자다. 건축술, 음악, 철학 그리고 다른 분야에서도 이 시기는 결정적으로 중요한 변혁이 일어난 때다. 볼로냐 대학이나 옥스퍼드 대학 등 최초의 대학들이 문을 열었다. 콜럼버스(Colombus)와 마르코 폴로(Marco Polo)가 세계 정복에 나섰다. 최초의 시계부터 풍차까지, 총부터 연마기에 이르기까지 기술의 발전 속도가 점점 빨라졌다.

마인츠 출신의 요하네스 구텐베르크(Johannes Gutenberg)의 발명 덕분에 과학 연구의 결과물들과 이에 대한 전문적 설명 그리고 르네상스 문학이 빠른 속도로 전파되었다.

>> 자연의 본질

갈릴레이가 사라진 자리에 주름진 긴 가운을 입은 한 남자가 나타났다. 그는 손을 들고 말했다.

"생물이든 무생이든 모든 자연은 원자로 이루어져 있어. 나, 압데라 출신의 데모크리토스*는 이미 2천 년 전에 제자들에게 이렇게 설명했지."

"원자라고? 처음 들어보는 말인데. 그게 도대체 뭐요?"

판 쉘팅가가 말했다.

"자연의 가장 작은 단위죠. 너무 작아 눈으로 보거나 손으로 만질 수도 없어요."

"그것이 눈에 보이지 않는다고 말하고 싶은 거요? 그렇다면 내가 어떻게 당신을 보고 있는 거죠? 저기 있는 저 도구들이랑, 내 친구 딸이랑, 저 젊은 친구는요?"

"원자는 무한히 많이 있소. 그래서 아주 작은데도 힘이 강력하죠. 칼이나 검 그리고 도끼로도 원자를 나눌 수 없소. 자연에 수없이 많은 형태들이 존재하는 것과 마찬가지로 원자들도 수없이 많은 형태로 존재하지요. 원자는 물, 꽃, 새, 나무, 그리고 이 세상에 있는 모든 물건들을 만들어냅니다."

"영혼도요?"

"그렇소. 영혼도 마찬가지지요."

판 쉘팅가는 격렬하게 고개를 흔들었다.

"나는 그 말을 믿을 수 없소. 어떻게 그럴 수 있단 말이오. 현자의 돌은 원자로 구성된 것이 아니라 순수한 정신으로 이루어져 있소. 저 돌팔이가 하는 말을 믿지 말거라."

그는 수잔나와 타마스에게 외쳤다.

데모크리토스는 이 말에 흔들리지 않았다.

"내가 옳다는 것을 역사가 증명해 줄 거요. 나는 그것을 알고 있어요."

"원자가 있는가 없는가, 무엇이 이것들을 응집하고 있는가는 대단히 중요한 질문이오. 왜 모든 것은 사방으로 날아가지 않죠? 우리는 왜 땅 위를 달리면서도 무한한 허공으로 떨어지지 않는 거요."

판 쉘팅가는 외쳤다. 그는 너무 흥분해서 얼굴이 아주 빨갛게 변했다.

"당신이 찾고자 하는 그 현자의 돌은 우리에게 이에 관해 답을 주지 못할 거요."

다른 손님이 말했다. 그리스인 데모크리토스 대신 이제 그가 나섰다.

"연금술사 님, 나는 중력의 법칙을 찾아냄으로써 이 수수께끼를 풀었소. 이 법칙은 불변하는 것이고 신께서 주신 거요."

"뉴턴 교수님, 제가 그 법칙을 계속 발전시켰습니다."

헝클어진 머리에 친절한 눈을 한, 새로 온 남자가 말했다.

"당신은 누구요?"

"내 이름은 아인슈타인입니다, 알베르트 아이슈타인 교수요. 당신의 후배 물리학자들은 모두 당신의 그 탁월한 업적에 큰 혜택을 입고 있지요, 아이작 선생님."

그는 이 말과 함께 뉴턴에게 허리 숙여 인사했다.

그리고 많은 목소리가 뒤섞여 흘러나왔다. 타마스는 머리가 복잡했다. 그는 피곤했으며, 그제서야 수잔나가 자기 손을 잡고 있음을 알았다. 판 쉘팅가는 시간이 흐를수록 점점 더 초조해 했다. 연금술사의 화덕인 아타노어 주위로 서너 명의 가상 인물이 등장했다.

"물질세계를 설명하고 있는 이 모든 모델들은 결코 나를 만족시킬 수 없어." 연금술사는 분명하게 말했다. "몇 시간 동안 과거나 앞으로 다가올 시대의 위대한 학자들이 자기 이론들을 펼쳐 보였지만 나는 끝내 삶의 참되고 깊은 내용이나 그 의미에 대하여, 그리고 전지전능한 신의 활동에 대해 더 이상 알 수 없었소. 나는 이제 다시 나의 학문 분야로 되돌아가겠소. 여러분 부탁하건데, 이제 떠나 주시오."

"한마디만 더 해도 될까요?" 그동안 뒤편에 머물러 있어서 눈에 띄지 않았던 한 손님이 말했다. 이 나이 든 남자는 검은색 프록코트를 입고 허리를 숙인 채 걸어 나왔다. 그의 얼굴은 하얀 수염으로 덮여 있었다.

"좋아요. 마지막이오. 이름이 어떻게 되지요?"

"찰스 다윈이라고 합니다. 연금술사 님, 저는 우리 지식은 매우 제한적이라는 당신의 의견에 동의합니다. 하지만 오랜 연구 끝에 제가 얻은 확신에 따르면 인간은 결코 고정된 존재가 아니며, 인간과 우주를 조정하고 있는 어떤 존재가 만물의 영장으로 완전하게 창조해 놓은 것도 아닙니다. 인간은 동물로서, 동물이 계속 진화한 존재로 보아야 합니다."

"동물이 계속 진화한 존재라고요? 말도 안 되는 소리!" 연금술사는 단호하게 반대했다. "여러분이 하는 이야기를 들을수록 앞으로 과학이 정말 미친 길을 계속 갈 것 같다는 생각이 드는군요. 이제 가 주세요, 여러분. 가세요!"

"내가 살고 있는 시대에는 대부분의 사람들이 모든 생물체는 유사하게 조직된 세포로 구성되어 있다고 알고 있습니다. 이 세포들이 근육세포, 뼈세포 뇌세포로 모든 필요한 기능을 수행하고 있는 거죠. 우리는 모두 학교에서 이렇게 배웠습니다."

판 쉘팅가는 어안이 벙벙한 표정으로 그를 바라보았다. 그의 표정은 점점 어두어졌다. 하지만 그가 대답하기도 전에 수잔나가 말했다.

"아, 르우벤 아저씨. 타마스를 그냥 두세요. 타마스는 이따금 헛소리를 할 때가 있어요."

"그래, 우리 방문자들이 쓸데없는 소리를 하는 것을 듣고 타마스의 머리가 좀 이상해진 것 같구나. 너희들에게 말하지만 이 지구는 모든 생물체가 사는 세계의 중심으로 수천 년 전에 창조된 것이란다. 전지전능한 창조자인 신께서 만드신 거야. 이와 다르게 말하는 것은 귀신의 장난이야."

"귀신의 장난이라니 그 무슨 말이오?"

"히에로니무스, 당신이었군요."

막 문을 열고 들어온 이 중년의 손님은 차분하고 친절한 인상을 풍겼다. 그의 얼굴에는 주름살이 잡혔고 눈빛은 열정적이었으며, 입술에는 뜻을 알 수 없는 미소가 흐르고 있었다. 그는 검은 가죽으로 만든 모자를 쓰고 있었다. 어깨에 두르고 있는 숄에 군데군데 물감 흔적이 있는 것으로 봐서 그는 화가 같았다.

"친구, 무엇 때문에 침울해 있는 거요?"

"아 친구, 우리가 깜박했군요. 수잔나, 너 내 친구인 보쉬* 선생님을 알고 있지. 이 창고가 그의 화실이지. 이 아이는 타마스요, 나홈 가문의 친구이지요. 그는 잠시 여기서 지낼 거요. 아마 그가 당신을 도울 일이 있을 거예요. 수잔나가 내게 해 준 이야기에 의하면 그는 책도 열심히 읽고 글도 잘 쓴다니까요."

"나는 우리가 여기서 뭔가를 발견할 것이라 확신해요. 내가 오기 전에 여기서 어떤 일이 일어났는지 알고 싶군요."

"꿈을 꾼 것처럼 유령이 몇 명 나타나 자기 이론을 이야기해 주었는데, 어떤 건 나를 매혹시키기도 했지만 화나게도 했어요."

"난 아무도 못 봤는데요. 도취의 마약을 먹은 거요, 아니면 아타노르*

의 연기가 당신 감각을 마비시킨 거요? 이 실험실에 다른 세계에서 온 유령들이 나타나다니요?"

"그래요, 맞아요. 연금술이 가야 할 길은 험난하고 위험으로 가득 차 있지요. 하지만 지금까지 그 어떤 사람의 말도 이처럼 내 머리를 혼란스럽게 하지는 않았소. 다행히 그들은 꿈처럼 사라졌소."

"그 유령들이 도대체 어떤 말을 했기에 그토록 흥분했나요?"

"예를 들면 갈릴레이라는 사람은 새로운 시대가 시작되었다고 주장했지요."

"그게 뭐가 문제라는 건가요? 난 그 갈릴레이라는 사람이 옳기만을, 오늘날 이 시대가 끝나기만을 바라는데요."

"하지만 그와 코페르니쿠스라는 사람은 이단적인 사상을 드러내며 우리 교회나 과학이 수백 년 동안 이야기해 왔던 세계상을 의문시했어요. 내가 들은 바로는 그들은 지구를 하늘의 중심에서 태양 주위를 도는 행성들 옆에 있는 별 볼일 없는 자리로 내쫓았어요."

"재미있네요." 보쉬는 턱을 긁으며 말했다. "우리 이단 심문관 슈프랭어가 이런 이야기를 듣는다면 부하들에게 조사해 보라고 시켰을 거예요. 하지만 르우벤, 우리 어린 손님들이 뭐라 말할지 일단 한번 들어봅시다. 이와 별도로 나는 내 화실에 쓸 만한 사람이 필요하기도 해요. 서기(書記), 네가 원한다면 나와 함께 지내는 것을 환영한다. 너는 내가 여행을 갈 때 따라갈 수 있고, 글을 쓰는 일을 맡을 수도 있다."

서기라고? 여행을 한다고? 그것은 너무 놀라운 일이었다. 타마스는 자신이 할 수 있는 일인지 확신이 서지 않았다. 그는 수잔나와 함께 있고 싶었다. 더 이상 혼자 모험을 하고 싶지 않았다.

"제게 생각할 시간을 좀 주시죠?"

"결정을 내리면 내게 알려다오."

그의 기분을 상하게 했나? 타마스에게는 그렇게 보였다. 뭔가 어긋난 것 같았다.

그는 잠깐 쉬어야겠다고 생각했다.

나가자!

>> 프로그램 용량이 소진되다

타마스: "판도라, 드디어 답을 했군나! 내가 얼마나 너를 찾았는지 아니? 나는 완전히 끝났어. 앞으로 어떻게 될지 알아야겠어."

판도라: "앞으로 어떻게 될지를?"

타마스: "넌 내게 더 이상 코드를 주지 않을 거잖아?"

판도라: "이미 말했잖아, 곧 끝내야 한다고."

타마스: "끝내는 걸 막을 수 없니?"

판도라: "그럴 수 없어."

타마스: "왜?"

판도라: "프로그램 용량을 늘일 능력이 없거든. 프로그램 용량이 곧 소진될 거야. 그러면 코드가 없어."

타마스: "안 돼……. 나는…… 언제 끝나니?"

판도라: "곧."

타마스: "그러면 그다음에는? 이어지는 게임이 있니?"

판도라: "아직 뭐라 말할 수 없어. 넌 지친 것 같아. 일단 쉬고, 그다음에 계속하자.

타마스: “그러면 코드는?”

판도라: “여기.”

```
¥ÅZr∞”          ƒÇZkò∆□□□□æíı`êÕ
®hŸÖΣ“□□□’ßzgz´ÿ□□□’ºäWe¶œ
```

타마스: “마지막 코드니?”

판도라: “아직 아니야.”

레벨 15

지옥의 화가

실제 시간: 10월 30일 토요일 11시 30분

실제 장소: 타마스의 지하실

가상 시간: 1512

가상 장소: 스헤르토헨부스

>> 지옥꿈

화실 위에 있는 초라한 다락방에서 화가 히에로니무스 보쉬의 하인이 된 타마스는 온몸이 땀에 젖은 채 짚으로 만든 매트리스 위에서 이리저리 뒤척였다. 그는 불이 활활 타오르는 구덩이나 화로 안으로 던져진 것 같았다. 큰 솥에 사람들이 삶기고, 강과 바다에는 영겁의 벌을 받은 자들이 가라앉고 있었다. 대장간에서는 인간과 닮은 모습의 악마가 고문 도구를 들고 지옥에 떨어지는 천벌을 받은 사람들을 괴롭히고, 두꺼비, 용, 뱀이 바위를 타넘고 와서는 이들의 내장을 먹어치웠다. 인간이자 동물의 모습을 한 소름 끼치는 형상들이 점점 많이 나타났다. 두 개의 형상을 혼합한 끔찍한 괴물들, 물고기 꼬리에 인간의 다리가 나 있는 괴물, 새의 머리에 인간의 몸을 한 괴물, 악기를 불고 있는 악마, 몸통도 없이 히죽히죽 웃고 있는 머리, 긴 꼬리를 돌돌 말고 있는 해골…….

"타마스, 일어나!"

몬트는 한 팔로 그를 받치고 다른 손으로 그의 뺨을 쓰다듬으며 땀에 젖은 이마를 닦아 주었다.

"타마스, 나야!"

마침내 그는 눈을 뜰 수 있었다.

"악몽을 꾼 모양이구나. 보쉬 선생님의 그림을 본 사람에게는 놀랄 일도 아니지."

"너도 그랬니?" 죽을 정도로 놀란 타마스는 말을 더듬으며 몸을 일으켜 세웠다. "넌 왜 왔어?"

"너 보려고 왔지. 어제 너 좀 아파 보였어."

"아, 몬트구나. 감각까지 둔해졌군."

"그래, 알아. 너무 위험해. 비상 브레이크를 당겨서 시스템 밖으로 나가!"

"너 없인 안 나가! 난 이미 보쉬 선생님에게 곧 떠날 것이라고 말했어."

이제 수잔나는 타마스나 보쉬, 그의 조수들을 만나기 위해 화가의 화실에 자주 들락거렸다. 그들이 아래층 창고 입구에서 만났을 때 르우벤은 눈을 깜박거리며 보쉬에게 불평을 늘어놓았다.

"당신이 저 아름다운 아가씨가 나를 등지게 만들어 놓았군요. 저 애는 내 실험실에 있는 것보다 당신 옆에 있는 것이 더 좋은가 봅니다."

"제 생각에는 수잔나가 화실을 찾아오는 이유가 나나 내 조수가 아니라 서기인 타마스 때문인 것 같은데요. 하지만 그 말도 맞아요. 내 조수들이 색깔을 섞을 때 함께 넣는 밀랍, 기름 냄새가 그 아이를 이쪽으로 유인한다는 것을 알고 있으니까요. 실제로 이따금 색에 대해 묻기도 해요. 하지만 색의 배합에 대한 것은 비밀이지요."

르우벤 가족을 도울 필요가 없을 때면 그녀는 타마스를 찾아와 도와주었다. 보쉬가 시킨 대로 그들은 그림을 그릴 나무판을 구해서 그것을 사포나 줄로 손질했다. 지루한 일이었지만 타마스는 수잔나가 옆에 있어서 참을 수 있었다. 그녀는 늘 기분이 좋았다. 쇼르게의 비밀 루트를 통해 그라나다 소식이 들어왔는데, 아버지 나훔이 사업을 잘 청산했다는 것이었다. 1, 2주 안에 그녀의 아버지도 브라반트에 도착할 것 같았다. 그리고 나훔은 일부 사업을 로테르담에서 다시 시작할 계획을 하고 있었다. 사업하는 친구들의 도움으로 안전 대책도 강구되어 있는 것 같았다.

타마스는 보쉬에게 왜 캔버스에 그림을 그리지 않느냐고 물었다. 무게로만 보아도 그 편이 나을 것 같았기 때문이다.

"나무는 최신 소재야. 나무는 색을 잘 받아들이고, 더 오래가며, 그림에 깊이와 신비함을 더해 주지."

보쉬 이후 몇 세기 동안 창작된 그림들은 깊이와 신비함을 간직하고 있지만 그 비법은 규명되지 않았다.

세잔이라는 이름을 말해 볼까? 아니면 달리? 그것도 아니면 자신이 알고 있는 몇 안 되는 화가들? 문신으로 전 세계적으로 가장 많이 이용되는 그림인 '기도하는 손'을 그린 뒤러에 대해 말할까? 아니면 지하실 벽에 포스터로 붙여 놓은 베이컨에 관해 말할까? 보쉬 이후 500년 뒤에 그려진 온몸에 상처를 입고 고통 받는 사람들에 관한 그림은? 아니야. 타마스는 미래의 화가들에 대해 말하지 않았다. 그것은 부적절하고 교활해 보였다.

보쉬는 아직 중세에 사로잡혀 있었다. 그에게는 지옥의 형벌이 언제 어디에나 있고 대부분의 사람들은 죄와 어리석음으로 가득 찬 존재였다. 타마스는 화실에서 일하면서 보쉬의 이런 인생관의 목격자가 되었다.

이 무렵 보쉬는 최후의 심판을 열정적으로 그리고 있었다. 그 스스로 자신이 그렸던 악마에 의해 움직이는 것처럼 보였다. 영겁의 벌을 받은 자들은 천국의 빛이 손짓하는 구원받은 자들의 숫자를 압도했다. 인생의 종착지에 도착한 인간을 맞이하는 것은 지옥불이었다.

타마스는 저녁에 그의 다락방에서 수잔나를 만났을 때 "이 시대 인간들은 정말 자기가 타락했다고 믿었을까? 만약 그렇다면 그들은 어떻게 살 수 있었을까? 이 지옥에서 벗어날 수 있는 기회가 거의 없다면 그들은 자살을 해야만 하지 않을까?" 라고 물었다.

"우리는 이런 과거의 삶을 제대로 이해하는 법을 배워야 해. 보쉬 선생님의 그림에서 볼 수 있는 것처럼 이 사람들은 정력적으로 살고 있어. 술을 마시고 잔치를 벌이며 서로 사랑하기도 해. 그들은 보쉬 선생님이 그린 모든 죄에 빠져 있어. 부에 대한 탐욕, 사기, 기만, 절도, 싸움, 폭력, 살인 같은 죄 말이야. 그런데 이게 다른 시대라고 크게 다를까?"

"하지만 지금 우리는 중세시대 사람들보다 좋아진 것 같은데."

"진짜 그럴까?"

"난 그럴 거라 생각하는데."

"그렇다고 말하기는 어려울 것 같아. 인간의 본질은 그렇게 많이 변하지 않은 것 같거든. 인간의 소망, 희망, 꿈 그리고 사악하고 어두우며 나쁜 측면들은 수천 년이 흘러도 그대로야. 나는 죽을 때까지 이런 것들을 계속 체험하게 될 거야."

그녀는 갑자기 울기 시작했다. 타마스는 그녀를 안고 쓰다듬어 주었다. 두 사람은 자신들이 자발적으로 이러한 게임을 선택했다는 사실을 까맣게 잊고 있는 것 같았다.

"나는 네가 아바타 수잔나로 있는 게 행복한 것 같은데."

"그래, 네가 여기 있는 한 나는 지금 여기, 르우벤과 보쉬 그리고 네 옆에 있는 것이 좋아. 하지만 언젠가 우리는 헤어져야 하고 나는 다시 떠돌아다니게 될 거야."

"안 돼, 수잔나. 우리는 이 시뮬레이션 게임을 함께 떠나야 해."

"차라리 몬트라고 불러줘."

"몬트, 곧 우리는 이 시뮬레이션 게임을 떠날게 될 거야."

"나도 네 말이 맞기를 바라."

그가 습작처럼 지은 시를 읊자 그녀의 얼굴에 행복한 미소가 흘렀다.

"나는 그것을 알고 있죠, 사랑하는 달 아가씨,
그래서 나는 웃음이 나고 기분이 좋아요.
별을 보고 꿈을 꾸며 걸어 보세요, 아니에요.
나와 함께 이 밤으로 부드럽게 미끄러져 내려가요."

>> 신은 인간이 날 수 있기를 바랐을까?

이튿날 저녁 수잔나와 타마스는 보쉬의 화실에서 손님들을 접대했다. 화가는 손님들에게 자기가 그린 그림 '나그네'를 보여주었다. 이 그림은 '건초 수레'라는 제목의 삼면 제단화* 중 가운데 부분이었다.

"보쉬 선생님, 당신은 언제나 자신의 그림 주제에 집중하고 계시는군요. 당신은 적의 손아귀에 들어 있는 인간의 모습, 즉 쾌락과 악마의 세계에 빠져 있는 인간의 모습을 보여주고 계십니다. 그림이 정말 좋군요!"

도미니크 수도원의 수도원장 슈테르너가 칭찬했다. 이 그림에서는 야윈 몸에 초라한 옷을 입은 나그네가 눈에 띄는데, 그는 버들가지로 엮은 바구니를 등에 지고 가고 있었다. 남자는 해골, 이리저리 흩어져 있는 뼈, 그것을 덥석 물고 있는 개, 도둑들, 사형수와 교수대로 이루어진 아주 위협적인 공간을 떠돌고 있었다.

"이 그림을 보면 이 떠돌이가 매 순간 폭력의 희생자가 될 거라는 확신이 듭니다. 이게 당신의 의도지요?" 슈테르너가 말했다.

원래 자신의 미완성 그림을 보여주거나 그것에 대해 말하는 것을 싫어했던 보쉬는 이 질문에 대답하는 대신 손님들을 식당으로 안내하고, 수잔나와 타마스에게 식사 접대를 하라고 말했다.

두 사람은 거품이 올라오는 맥주잔과 신선한 메밀빵 그리고 맛있는 냄새가 나는 햄베이컨을 가지고 왔다. 그들은 사랑이 듬뿍 담긴 시선을 계속 교환했으며, 서로 손을 꼭 잡고 있었다.

앞방에서 하녀 버질과 함께 구운 수탉을 잘라 쟁반에 올리면서 수잔나는 타마스의 귀에 대고 속삭였다.

"그들이 무슨 이야기를 하는지 들었니?"

"밖에서도 다 알아들을 정도로 시끄럽게 이야기를 하니까. 특히 수도원장은 맥주를 너무 많이 마신 것 같았어."

대화는 이 도시 출신의 명망 높고 여행도 많이 한 사업가 레인 고일렌이 이탈리아의 예술가이자 과학자인 레오나르도 다 빈치에 대한 이야기를 꺼냈을 때 한층 더 활기를 띠었다.

"그 점에 있어서 그는 인간의 오만함을 다시 한번 보여준 거요." 수도원장은 주먹으로 테이블을 내리치며 말했다. "만약 신께서 인간이 날 수 있기를 원하셨다면, 신은 인간에게 날개가 자라게 해 주셨을 거요. 오로지 천사에게만 날개가 있소. 왜냐하면 천사는 신의 의지에 따라 천국에 사는 존재이기 때문이오. 이단아 레오나르도와 같은 사람들이 날개를 대신할 도구를 발명하려 든다면 그것은 신성모독이오."

"그렇다면 그는 아마 교황 알렉산더 6세를 위해 헌신하지 않을 사람 같군요. 이탈리아에서 유명한 레오나르도 다 빈치라는 인물은 재능이 풍부한 자연연구가이자 엔지니어이고 과학자입니다. 밀라노 공작을 위해 그는 다리와 요새를 지어 주었지요. 그는 유명한 화가이기도 합니다. 보쉬 선생님, 아마 당신도 이 사람에 대해 들어보셨겠지요? 제가 알기로는 그는 당신과 거의 같은 나이요." 고일렌이 말했다.

"아니요. 난 레오나르도라는 사람은 몰라요. 자기만의 회화 세계를 추구한 라파엘로*나 보티첼리* 그리고 프라 안젤리코* 같은 사람에 관해서는 들어보았습니다만. 레오나르드 다 빈치에 대한 소문은 아직 브라반트까지는 오지 않았나 봅니다."

"그리 오래 걸리지 않을 거예요. 내 분명히 예언합니다. 그의 명성은 이미 이탈리아에서 널리 알려져 높으신 분들의 초상화를 거의 다 그리고 있지요. 소문에 의하면 그는 인간 신체의 정확한 특성을 알기 위해, 즉 힘줄과 근육의 위치나 구조를 연구하기 위해 해부학적 연구까지 하고 있답니다."

"그 말은 그가 시체에 손을 댄다는 이야기인가요?" 수도원장이 소리쳤다.

"그럴 거예요."

"신성모독이오. 그 사람 화형당할 거요!"

"적어도 교회는 그가 하는 일을 두고 보고 있는 것 같아요. 그렇지 않으면 사람들이 왜 이 천재가 하는 일을 그냥 내버려두고 있는지 이해가 되지 않거든요."

수도원장이 다시 독설을 내뱉기 전에 이제까지 침묵을 지키고 있던 판 쉘팅가가 입을 열었다.

"아타노어의 연기를 통해 예언했던 것처럼 아마 새로운 시대가 오고 있긴 한 것 같습니다."

"무슨 말씀이오. 연금술사의 화덕은 불순한 금속을 녹여 금이나 은을 만들기 위한 것이 아니오?" 수도원장이 말했다.

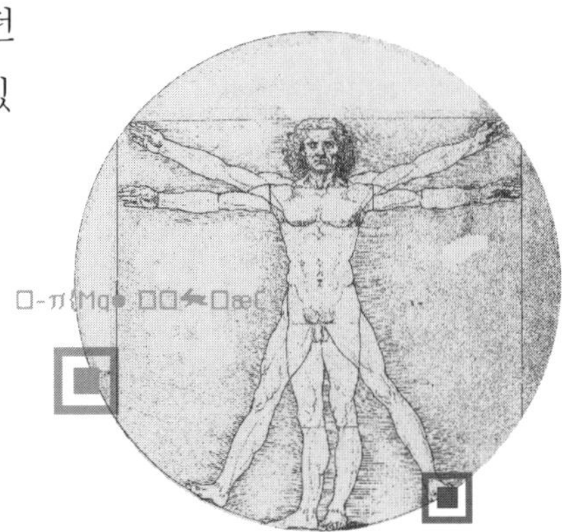

"옳으신 말씀입니다. 하지만 이따금 꿈꾸고 있는 형상이 나타나 우리에게 미래를 예언해 주기도 하지요."

그의 눈길은 수잔나와 타마스에게로 향했다.

"그래요. 모든 것이 변해 가고 있습니다. 우리가 새로운 시대로 넘어가는 문턱에 서 있는 것 같습니다. 레인 씨의 이야기는 저의 이런 생각에 확신을 주셨습니다." 보쉬 선생이 동의했다.

"도대체 무엇이 새로운 시대란 말이오? 사람들은 우리 사랑스러운 교회의 품에서 행복하게 살고 있지 않소? 죄를 뉘우치기만 하면 누구나 회개를 통해 구원받을 희망을 품을 수 있지 않소? 우리 보쉬 선생님께서 그린 그림들은 속계의 비참함으로부터 언젠가는 천국으로 올라갈 수 있다는 것을 보여주고 있는 거 아니오." 수도원장이 말했다.

타마스는 부엌에서 음식을 준비하면서 수잔나에게 말했다.

"선생님이 오늘 저녁은 좀 조용하신 편이야."

"그래. 보쉬 선생님은 엄격한 도미니크 수도회 사람들과 잘 지내려고 하시는 편이지. 그들이 우리에게 일을 주는 쪽이니까. 선생님은 그들과 원만하게 지내기 위해 노력하고 계셔. 속지 마, 타마스. 그는 보기보다 현명한 분이셔."

"내가 이상한 것은 선생님이 악마와 끔찍한 형상들을 그리고 있는데도 왜 교회가 선생님을 가만 내버려 두는가 하는 거야."

"내 생각으로는 교회가 선생님의 지옥 그림을 그냥 내버려 두는 건 그림에 등장한 악령, 끔찍한 형상, 괴물, 악마, 죽음의 기사, 흑사병으로 죽은 사람, 절망한 사람, 떠돌이 등은 모두 교회가 천년 동안 만들어낸 것들이기 때문이야. 이들 모두 죄인들이고 위안은 오로지 신에게서만 나올 수 있지."

"수잔나! 타마스! 새로운 손님들이 오셨다. 이제 손님들을 모셔라!"

보쉬가 옆방에서 외쳤다.

>> 무지와 어리석음에 대한 승리

수잔나와 타마스가 맥주잔을 가득 채워 식당으로 들어왔을 때 격렬한 논쟁이 진행되고 있었다. 볼로냐 대학 법학 교수인 안토니우스가 한참 말을 하고 있었다. 그는 새 시대의 정신을 받아들인 매우 명망 있는 교수였지만 교회에는 눈엣가시였다. 그는 보쉬는 물론이고 고일렌과도 오래전부터 친구처럼 지냈다.

"분명한 것은 과거와 우리 시대를 흔들 만한 위기가 반복해서 재발되고 있다는 거예요. 특히 황제와 교황이 황제의 왕관을 두고 수없이 갈등하고 전쟁을 벌이고 있다는 것이오. 그렇지만 중세를 암흑의 시대라 부르는 것은 옳지 않아요. 특히 법학 분야에서는 발전이 있었거든요." 안토니우스가 말했다.

"동의합니다, 안토니우스. 현금 없이 대금 결재가 이루어지고, 신용경제가 도입되면서 은행제도가 확립되고 있으니까요." 고일렌이 맞장구쳤다.

"저는 지금 여러 도시에서 대학이 늘어나고 있다는 사실을 들고 싶네요." 안토니우스가 말했다.

"하지만 잊지 말아야 할 것은 대학의 출발점이 성당 부속학교라는 사실이오. 이 분야에서도 교회는 문화의 선구자였소." 수도원장이 말을 끊고 나왔다.

인쇄술—근대 문화발전의 꽃

요하네스 구텐베르크(1399과 1405년 사이에 태어나 1468년에 사망)는 1450년에 주조활자를 이용한 인쇄술을 발명했고, 이로써 책을 대량생산하는 것이 가능해졌다. 이제 더 이상 책을 낱권으로 직접 필사할 필요가 없게 된 것이다. 간단하게 말하면 1450년에 미디어혁명이 시작된 것이다. 다양한 책의 인쇄작업은 이미 오래전부터 있어 왔다. 잉크 칠 된 석판활자본을 종이에 대고 문지르거나 손으로 치는 방법, 또는 동물가죽이나 양피지 그리고 종이에 누르는 방법으로 책이 생산되었다. 이렇게 해서 책이 유포될 수 있었다.

구텐베르크의 독창적인 아이디어는 텍스트를 모두 대문자, 소문자, 문장기호와 같은 개별 요소로 나눈 것이다. 그리고 개별 기호마다 하나의 주형(거푸집)을 만들고 여기에 납과 아연을 섞은 쇳물을 부었다. 이 쇳물을 식혀 철자와 기호, 즉 활자를 완성했다. 이 주형에는 원하는 형태로 원하는 만큼 쇳물을 부을 수 있었다. 이렇게 하여 인쇄할 텍스트의 원본은 나무에 새긴 원본보다 훨씬 빨리 만들 수 있었다. 텍스트에 인쇄할 글자체도 훨씬 빨리 바꿀 수 있었다. 인쇄할 원본에 들어갈 개별 활자를 바꾸기만 하면 되었기 때문이다. 이 기술을 이용하여 구텐베르크는 이탈리아어로 된 성경 180권을 처음으로 찍었다. 그의 발명이 있은 지 얼마 되지 않아 유럽 전역에서 인쇄소가 생겼다. 아주 소수의 교양계층을 위해 라틴어로 된 종교서나 학술서가 먼저 인쇄되었고, 그다음 개별 국가의 언어로 전단지나 관보, 소식지, 역사서가 추가로 인쇄되었다. 이것은 전보다 훨씬 많은 사람들이 글 읽기를 배우게 되었다는 것을 의미한다. 구텐베르크의 발명은 다른 위대한 발견이나 사회발전과 함께 중세가 끝나고 근대가 시작되었음을 알리는 표시다.

덧붙여 말하자면, 독일 최초의 일간지는 1650년 라이프치히에서 나왔는데, 그 신문 이름은 〈돈을 벌게 해주는 신문〉 이었다.

"글쎄요. 나는 당신과 이 문제로 다투고 싶지는 않군요. 하지만 몇 년 전에 인쇄술을 발명한 요하네스 구텐베르크가 교회와 어느 정도 관계가 있는지, 아니 관계가 있기나 한 건지 저로서는 알 수가 없네요……." 안토니우스가 대답했다.

"그가 성경을 인쇄했소. 그것을 잊지 마세요." 고일렌이 이의를 제기했다.

"글쎄요. 한 가지는 확실합니다. 제가 확신하고 있는 것은 그의 발명이 인류의 위대한 문화적 업적에 들어갈 것이라는 사실이죠. 그의 인쇄술은 인류가 지식과 이성으로 어리석음을 물리치는 데 도움을 줄 것입니다."

>> 불이야!

수잔나가 부엌 창가로 타마스를 데리고 갔을 때는 이미 밤이 깊어 있었다.

"불이야!"

갑자기 그녀가 외쳤다.

타마스는 도시의 남쪽에 붉은 빛이 치솟는 것을 보았다. 양쪽 끝은 아직 약해 보였지만, 중앙은 이미 불꽃이 구름까지 흩날려 올라가고 있었다. 이 구ㅊ역에 있는 집들은 모두 나무로 지어졌으므로 삽시간에 모든 집들이 화염에 휩싸였다.

"이거 야단났네!" 하녀가 소리쳤다. 그녀는 재빨리 식당으로 달려 올라갔다.

"불이 났어요, 주인님. 도시가 온통 화염에 휩싸였어요!"

"버질, 진정해라."

보쉬는 사람들과 함께 창가로 갔다. 화염이 검은 하늘을 빨갛게 물들이고 있었다. 보쉬는 이 광경에 완전히 매혹되었다.

"바람은 어떻습니까?" 그가 물었다.

"남쪽으로 불고 있어요. 늘 그런 것처럼 바다에서 불어오고 있고요." 르우벤이 말했다.

"그렇다면 걱정할 필요가 없겠네요. 이 불꽃은 아름다운 우리 도시에서 점점 늘어가는 날품팔이, 도둑, 가난한 자들이 살고 있는 오두막을 덮칠 테니까요. 술주정뱅이가 불을 냈을지 누가 알겠습니까? 이 궁색한 동네가 완전히 파괴되는 것도 괜찮겠지요." 고일렌이 말했다.

"그런 말씀 마세요. 우리 모두는 하느님의 자녀입니다. 주님 앞에서 모든 인간은 평등하지요." 수도원장이 말했다.

"예예, 원장님. 어떤 사람들은 다른 인간보다 더 평등하지요. 많은 사람들은 궁핍하게 살다가 죽거나, 굶어 죽거나 불에 타 죽는 반면, 다른 사람들은 늙을 때까지 비단옷을 입은 채 행복한 삶을 누리지요." 고일렌은 반어적인 어조로 말했다.

안토니우스가 도시의 운영위원회에 나가서 이 구역을 시급히 재건할 것을 청원하자고 제안했을 때, 수도원장은 날카롭게 대꾸하기

시작했다.

"좋은 제안이기는 해요, 안토니우스. 하지만 당국은 신의 물레방아보다 더 느리게 일한다는 것을 잊지 마세요."

"우리는 시민에 대한 당국의 사회적 의무를 상기시킬 것입니다. 우리는 새로운 시대가 시작되었다고 말했습니다. 이제 새로운 무역로가 가져오게 될 부에 대해 생각해 보아야 합니다. 이 부는 모든 계층 사람들의 생활을 개선하는 데 도움이 될 것입니다. 저는 곧 이 세계가 용기 있는 정복자가 이루어 놓은 업적에 대해 이야기할 것이라고 확신합니다. 오늘날 우리가 그 명성을 듣고 있는 마르코 폴로나 콜럼부스 같은 사람들은 바닷길을 열어 신대륙을 발견했습니다. 그들의 뒤를 따라서 많은 상선이 새로운 세계로 가 무역을 하여 귀중한 물건들을 가지고 돌아올 것입니다." 안토니우스가 말했다.

"교수님의 의견에 동의합니다. 제가 여행길에서 들은 바에 따르면 이 세상에는 야만인만 있는 것이 아닙니다. 우리가 사는 곳 반대편에도 고도로 발전된 문화가 있습니다. 이런 문화와 교역을 하면 큰 이익이 될 것입니다." 고일렌이 말했다.

"당신 말씀대로 되기를 바랍니다." 수도원장이 경건하게 말하고는 하늘을 향해 눈을 쳐들었다.

"지금 이곳은 지옥입니다. 따로 지옥을 찾을 필요가 없어요." 보쉬가 속삭였다. 그는 여전히 창가에 서서 핏빛으로 붉게 물든 밤하늘에 불길이 혀를 날름거리고 있는 모습을 보았다.

"보쉬 선생님, 어떻게 할까요?" 수잔나가 물었다.

"집에 있는 사람들을 모두 깨워야 할 것 같다. 불씨가 우리 동네에 떨어질 것에 대비해 모두 물통에 물을 가득 채워 놓아라."

타마스도 붉게 물든 하늘을 심각하게 쳐다보았다. 여기는 그의 세계가 아니었다. 이제 때가 되었다. 그는 몬트와 함께 이곳을 떠나고 싶었다.

나가자!

>> 마지막 코드

판도라: "그 여자 아직 네 옆에 있니?"

타마스: "그래, 우린 함께 있어. 이미 얘기가 끝난 거야."

판도라: "네가 원하는 대로 해라."

타마스: "내 아바타가 가는 길은 내 상상력으로 정해지는 거 아니야?"

판도라: "그렇지만 계속 하기 위해서는 코드가 필요해."

타마스: "새로운 코드를 줘!"

판도라: "하나 남았어."

타마스: "정말 마지막이니?"

판도라: "응."

타마스: "그다음에는 어떻게 되는데?"

판도라: "내가 아는 것은 그녀에 대한 결정권이 내게 없다는 거야."

타마스: "어쨌든 나는 그녀를 데려갈 거야."

판도라: "그럼 해 봐."

코드가 떴다.

레벨 16

나의 사랑, 나의 세계

실제 시간: 10월 30일 토요일 18시

실제 장소: 타마스의 지하실, 스내바 라트슈

가상 시간: 1635

상 장고: 남부 독일 브라이자흐(Breisach) 인근

>> 전쟁은 사라져라!

날씨는 춥고 비까지 내렸다. 타마스와 몬트는 질퍽한 땅을 이리저리 헤매고 있었다. 멀리서 번개 같은 불빛이 보였고 대포 소리도 들렸다.

"우리가 지금 어디에 와 있는지 알고 싶지." 몬트가 말했다.

"이 게임에서는 평화로운 때가 드문 것 같아. 그들이 다시 우리를 전쟁 속으로 보냈어. 내가 원한 것은 분명히 이런 게 아니었어." 타마스가 말했다.

"네가 원한 것은 우리가 함께 지내는 거였잖아." 그녀가 말했다.

"그래 내가 온힘을 다해 빌었던 게 그거였어."

"저기 앞에 여관이 있는 것 같은데!"

그녀는 포플러나무 숲 끝에 흐린 빛이 흘러나오고 있는 큰 집 창문을 가리켰다. 출입구 위에는 식당 간판이 반쯤 밑으로 내려앉은 채 흔들거리고 있었다.

"저곳에서 오늘 밤을 지낼 숙소를 구해 보자." 타마스가 말했다.

손님방은 조용했다. 방바닥과 의자에서 사람들이 자고 있었다.

"이쪽으로 앉으시오." 한 남자가 타마스와 몬트에게 손짓했다. "이 여관에는 방이 없어요. 여기에 자리를 잡아야 할 거요. 위층은 어제 블라이자흐 요새를 포위한 신교 군대가 쏜 포탄에 다 날아갔어요. 저 바보 같은 포병 놈들이 엄청나게 오폭을 한 거지."

두 사람은 머뭇거리며 탁자에 앉아 이 남자를 바라보았다.

"서비스 해 줄 사람은 없나요?" 타마스가 주위를 둘러보며 물었다.

"여관 직원들도 떠나 우리를 도와줄 사람은 아무도 없어요. 이 집도 더 이상 안전하지 않아요. 요즘 같은 시절에는 안전한 곳을 찾는 것이 상책이지."

남자는 얼굴이 작고 수척해 보였다. 주름이 깊게 패여서인지 아주 피곤하고 슬퍼 보였다. 그가 입은 옷은 찢어진 채 늘어져 있었다.

"내 보기에 당신들은 어느 편에도 속하지 않는 것 같은데, 맞죠?"

"우리는 아무것도 모르는 떠돌이입니다." 몬트가 그 남자를 향해 미소 지으며 말했다.

"아무것도 모르는 떠돌이라고? 그럼 조심하시오, 사람들이 당신들 말을 믿으려 들지 않을 테니까. 나도 지금 달아나고 싶은 마음뿐이오. 경찰이 나를 붙잡아 가지 않을까 너무 겁이 나요. 탈영병은 무조건 사형이란 말이오. 가는 곳마다 전쟁이에요. 제기랄 전쟁이 좀 끝났으면. 사람들이 모두 돌았나 봐요. 낯선 군대가 이 나라로 들어와 모든 것을 파괴했어요. 가톨릭과 프로테스탄트가 전쟁을 벌이고 있지요. 용병들과 전쟁의 광기에 빠진 장군들은 자비라고는 모르고 남자와 여자를 가리지 않고 죽이고, 모든 것을 약탈한 뒤에는 마을을 불태워 버립니다. 모든 것은 신앙의 이름으로 자행되지만, 진짜 그들의 목적은 세력과 권력이지요.

우리를 이 전쟁으로 몰아넣은 그들은 모두 지옥의 끓는 물에 떨어질 것이오. 어떤 신도 그들을 돕지 않을 거요. 가톨릭이나 프로테스탄트들 말이오. 그들에게 중요한 것은 오로지 권력뿐이오. 그들은 신을 말하지만 악마일 따름이오."

30년 전쟁

30년 전쟁은 1618년부터 1648년까지 독일 땅에서 연이어 일어난 유럽의 대규모 전쟁이었다. 이 전쟁은 특히 무고한 양민 수백만 명의 생명을 앗아갔다. 전쟁의 원인은 가톨릭과 프로테스탄트의 종교적 대립과 개별 국가나 그 지배자들이 권력을 확대하려는 욕구 때문이었다. 수많은 군소 개별국가로 이루어진 독일의 질서는 종교개혁을 통해 심하게 흔들렸다. 이로 인해 일어난 분열은 더 이상 극복되지 못했다. 프로테스탄트와 가톨릭 사이의 불신은 너무 커졌다. 종교의 위기는 기근과 유행병으로 더욱 강화되었다. 사람들은 무엇을 믿어야 했을까?

그때까지 유럽 역사상 가장 컸던 이 전쟁은 외국의 세력이 개입하며 용병을 파견하면서부터 점점 확전되었다. 독일 여러 지역들이 인구가 절멸되거나 완전히 약탈당했다. 30년 후 모든 전쟁 당사자들은 완전히 지쳐 버렸다. 권력자들은 이 전쟁에서 이길 수 없다는 생각을 하게 되었다. 그래서 근대의 가장 큰 평화조약인 베스트팔렌 조약을 통해 30년 전쟁은 끝난다. 이 조약은 1648년 프로테스탄트 지역인 오스나브뤽(Osnabrück)과 가톨릭 지역인 뮌스터(Münster)에서 조인된 화해조약이었다. 이 조약은 많은 비판을 받기도 했지만 동등한 권리를 갖는 국가들의 공동체라는 유럽의 미래를 위한 초석을 놓았다.

>> 전쟁의 광기

평화롭던 시절에는 선생이 되거나 시인이 되려고 했다고 이 남자는 말했다. 그는 수도원 부속학교에서 글 읽기와 쓰기를 배우고 심지어 그리스 어도 배웠다. 그는 모든 것을 노트에 받아 적었고 이를 통해 위대한 작품을 만들어 보겠다는 꿈도 꾸었다. 이 비참한 전쟁이 시작되고 마을에 더 이상 먹을 것이 없었기 때문에 발렌슈타인의 부대에 입대했을 때에도 그는 모든 것을 기록했다.

"후세 사람들은 여기 이 독일에서 얼마나 끔찍한 학살이 자행되었는지 알아야 해요. 전쟁에 참전한 그 누구도, 사병이나 장교는 물론이고 장군들까지도 자신들이 무엇 때문에 싸우고 있는지 몰라요. 전쟁의 목적은 오로지 약탈, 강탈, 살인뿐이고 그 밖에 아무것도 없어요."

"당신은 모든 것을 기록했나요?" 수잔나가 물었다.

"이걸 좀 봐요, 이 안에 모든 것이 적혀 있소."

남자는 옷에서 조그만 가죽 가방을 꺼냈다. 그 안에는 반쯤 찢어진 때 묻은 노트들이 들어 있었다.

"나는 자세한 내용을 모두 적어 놓았소. 내가 3년 동안 발렌슈타인 부대와 함께 어떻게 독일 전역을 누비고 다녔는지를 말이오. 처음에 그들은 봉급을 주었지요. 하지만 겨우 밥을 먹고 술을 먹을 수 있는 정도였죠. 나를 포함해 모든 사람이 전쟁이 오래 지속되는 바람에 거칠고 잔인하게 변해 갔소. 나는 기록을 포기했소. 누가 페터 하겐도르프의 생각과 보고를 읽고자 하겠소. 더 이상 글을 읽을 수 있는 사람도 없고요. 어쨌든 지금 내게는 모든 것이 무의미해요. 특히 기록을 하는 것은 더 그래요. 엄청난 어리석음과 잔혹함이 일어나고 있는 상황에서 문학이 무엇을 할 수 있을까요?"

자신을 페터 하겐도르프*라고 한 이 남자는 이렇게 말하고는 지쳐 버렸는지 머리를 탁자 상판에 떨어뜨리고는 곧 잠들었다.

>> 각자 알아서 살아남아라!

타마스는 첫 번째 세계(현실세계)라면 지금쯤 고양이 빌리가 애정 어린 손길로 쓰다듬어 달라고 했을 거라고 생각했다. 새벽 서너 시 경이면 이 고양이는 배회를 끝내고 돌아와 그르렁그르렁 울면서 밤새 일하고 있었던 타마스의 품으로 뛰어오르고 싶어 했다. 타마스는 보통 이 시간쯤이면 모니터를 끄고 야전침대에 누워 있었다.

하지만 두 번째 세계(가상세계)에서는 그가 몬트와 함께 딱딱한 나무 의자에 누워 잠을 청하고 있었다. 달빛 아래 몇 시간 불안하게 잠을 이룬 후 시끄러운 소리와 함께 한바탕 소란이 일어났고 그들은 여관을 도망쳐 나왔다. 사람들은 뒤죽박죽 뒤섞여 정신없이 뛰어나가 지하실이나 마구간에 숨거나 이슬에 젖은 초원을 지나 근처 숲으로 달아났다.

"크로아티아 인들이 왔다! 각자 알아서 살아남아라!" 누군가가 소리쳤다.

야비하게 생긴 기사들과 보병들의 무리가 이 지역을 포위했다. 그들은 적군을 쫓는 것이 아니라 먹고 마시기 바빴다. 모든 것이 죽고 약탈당하고 다 타버린 이 지역에서 벌이는 그들의 이런 행위는 여관에서 제일 먼저 시작되었다. 잘 알려져 있다시피 이들은 얼마 되지 않은 식량을 계속 약탈했다.

화승총이 불을 뿜었다. 새들이 원을 그리며 달아났다. 보병들이 여관에서 사람들을 몰아냈고 기사들은 달아나는 사람들을 압박하며 창으로 찔러 죽였다.

타마스와 수잔나는 숲으로 달아났다. 타마스는 자신들에게 무슨 일이 일어날 수 있을까 생각했다. 온라인에서는 아무도 죽을 수 없다.

타마스와 수잔나는 아이를 안고 숨을 헐떡이며 숲 가장자리를 향해 도망가고 있는 여인을 추월하며 달렸다. 등 뒤에서는 비명소리가 점점 더 커졌고 총소리도 빈번해졌다.

그들이 안전하다고 생각한 큰 나무까지는 아직 더 가야 했다. 하지만 아이를 데리고 가던 여인이 비틀거리더니 풀밭으로 쓰러졌다. 아이는 울음을 터뜨렸다.

수잔나는 몸을 돌려 그쪽으로 달려갔다. 그녀는 몸을 숙이고 그 아이를 팔에 안았다. 부드러운 미소가 얼굴에 퍼지는가 싶더니 갑자기 그녀의 얼굴이 생기를 잃었다. 그리고 눈에 보이지 않는 손이 내리친 것처럼 그녀는 옆으로 나가떨어졌다.

"몬트!"

그녀는 반쯤 쓰러져 있었다. 피가 그녀의 옷을 적셨다.

"자, 빨리 가! 쓸데없는 짓 하지 말고."

타마스는 몸을 숙여 그녀의 부드러운 손을 잡았다.

"몬트! 몬트! 우리는 죽지 않는 존재야!"

세계가 갑자기 완전히 멈춰 섰다. 시스템이 멈춘 것처럼, 누군가 일시정지 키보드를 누른 것처럼.

그녀가 죽었을까? 그럴 수는 없어! 그녀는 단지 시뮬레이션일 뿐이니까.

수잔나는 더 이상 움직이지 않았다. 아기를 데려가던 그 여인도 움직이지 않았다. 용병들은 뻣뻣하게 서 있었다. 모든 것은 마치 100년 간의 깊은 잠에 빠진 숲속의 공주처럼 뻣뻣하게 굳어 있었다.

숲 가장자리에서 두건 달린 검은 옷을 입은 키가 크고 호리호리한 사람이 나타났다. 그는 숲을 나와 초원을 가로질러 와서는 치명적인 부상을 당한 수잔나 앞에 멈췄다.

"친구, 이렇게 우리 또 만나네."

"망할! 난 널 부른 적 없어!"

"너에게는 미안하지만 나는 내가 해야 할 일을 해야 해. 내가 예전에 설명했잖아, 나는 명령을 따를 뿐이라고. 그 말을 또 해야겠군. 내가 이 일을 즐거워할 것이라고 생각하진 말아 줘!"

이 말과 함께 그는 생명을 잃어버린 여인을 깃털처럼 가볍게 팔에 안았다.

"정말 애석하군, 아주 예쁜 아가씨고 이렇게 젊은데 말이야!"

"안 돼! 그럴 수는 없어! 우리는 시뮬레이션일 뿐이야, 죽을 수 없다고!" 타마스가 소리쳤다. 타마스는 그 남자에게 손을 뻗어 몬트를 빼어오려고 했다.

"그만하게, 친구. 이래 봤자 별 수 없어."

"안 돼, 안 돼, 안 된단 말이야! 판도라! 도와줘! 그렇게 해서는 안 돼. 우리를 여기서 **나가게 해줘!"**

>> 지하세계의 신

판도라: "무슨 일이야?"

타마스: "아무것도 모르는 것처럼 말하다니, 날 바보로 아는 거야! 내 여자친구를 죽게 만들어 놓고선. 네가 원한 게 그거였니?"

판도라: "절대 그렇지 않아. 맹세코 내가 원한 게 아니었어. 그녀는 분명히 어딘가에 있을 거야."

타마스: "죽음이 그녀를 데려갔어."

판도라: "이 게임에 나오는 죽음 말이니."

타마스: "수잔나는 떠났어."

판도라: "그녀는 지금 하데스에 있을 거야."

타마스: "하데스라고? 그녀를 데려올 거야."

판도라: "하데스는 그리스 신화에 나오는 하계의 신이야. 그 신이 그녀를 자기 나라로 데려오기 위해 죽음을 보낸 거야."

타마스: "빨리 내게 코드나 줘! 그쪽으로 갈 거야."

판도라: "헛수고하지 마. 하데스에 간 사람 중에 돌아온 사람은 아무도 없어."

타마스: "난 그런 거 몰라. 나는 할 거야. 수잔나를 데려올 거라고."

판도라: "포기해, 타마스."

타마스: "수잔나를 다시 찾을 때까지 포기하지 않을 거야. 하계의 신을 이긴 사람이 아직 아무도 없니?"

판도라: "없어. 내가 알기로는 음악의 도움으로 하데스에 들어간 어떤 음악가만이 성공했어."

타마스: "그 이야기나 해 줘!"

판도라: "그건 그리스 전설이야. 너의 아바타인 툴루가 이 전설을 들은 적이 있을 거야."

타마스: "툴루는 여기 없어. 그러니 빨리 이야기를 시작해 봐!"

>> 망령의 심장이 움직이다

저녁 무렵 지하실. 타마스는 흠뻑 젖은 채 뛰어들어온 고양이를 닦아

오르페우스의 사랑에 대한 전설

판도라가 오르페우스의 전설을 이야기한다. "오르페우스가 칠현금을 켜며 노래를 부르면 하늘에서는 새들이, 물에서는 물고기가, 숲에서는 야생동물이 모여들어 그 소리에 감동하며 도취했지. 오르페우스가 음악을 연주하며 풀밭을 지나가면 흑해 연안의 트라키아 지방에 살고 있는 친구들은 자리를 차지하고 그 음악을 들었어. 그는 부인인 에우리디케(Eurydice)를 마음 깊이 사랑했어. 하지만 그들의 사랑은 오래가지 못했지. 그녀가 풀밭에서 독사에 물려 죽었던 거야. 간절히 부탁하고 애원하고 신들에게 간청해도 죽은 부인을 살릴 수 없었어.

너무 절망한 오르페우스는 아직 살아서 돌아온 사람이 없는 저승세계로 들어갔어. 이 가수는 낙담하지 않았지. 에우리디케를 보고 싶다는 그의 소망이 그에게 힘을 불어넣었던 거야. 그가 지하세계에서 칠현금을 연주하며 슬픈 노래를 부르자 저승세계의 죽어 있던 사람들조차 눈물을 흘렸고, 오랫동안 죽어 있던 심장이 뛰기 시작했어. 저승세계의 신인 하데스조차 처음으로 감동을 받아 동정을 표했어. 하데스는 눈물을 흘렸고, 부인인 페르세포네(Persephone)까지 훌쩍이며 그의 팔에 안겼어. 그녀의 심장도 오르페우스의 그리움에 가득 찬 노래에 완전히 매료되었던 거지.

'트라키아 출신의 가수여, 네 아내 에우리디케를 함께 데리고 가도 좋다.' 죽음의 신이 말했어. '그런데 조건이 하나 있다. 그녀를 찾기 위해서 너는 뒤돌아보아서는 안 된다. 네가 이승으로 나가는 문을 통과할 때까지 말이다. 반드시 그렇게 해야만 에우리디케가 다시 네게 되돌아갈 것이다. 하지만 네가 그 전에 뒤돌아본다면 그녀는 영원히 죽음의 나라에 머물게 될 것이다.'

하데스는 산 자의 세계로 돌아가는 길을 열어주었어. 오르페우스는 아무 말 없이 신속하게 달려갔고, 에우리디케는 그 뒤에 바싹 붙어 있었어. 그들은 점점 높이 올라갔고, 죽음 세계의 어둠은 천천히 이승세계의 밝은 태양빛에 의해 걷히고 있었지. 그런데 뒤에서 에우리디케의 발자국 소리가 들리지 않자 오르페우스는 그녀를 향해 몸을 돌렸어. 하지만 너무 때가 일렀지. 그녀는 산 자의 세계로 넘어가는 경계를 아직 통과하지 못했던 거야. 바로 그의 눈 앞에서 그녀의 모습은 투명한 망령으로 변해 다시 죽음의 세계로 떨어졌어. 오르페우스는 필사적으로 팔을 뻗어보았지만 그녀는 그의 시야에서 사라졌어. 그는 아득히 먼 곳에서 '안녕'이라고 조용히 외치는 에우리디케의 목소리를 들었어. 그다음에는 죽음의 정적만이 지배했지."

주고 먹이도 주었다. 그러고 나서는 불안하게 이리저리 돌아다녔다.

"나는 게임을 할 거야. 망령의 심장을 움직일 거야. 쓸데없는 짓일지도 몰라. 하지만 난 해야만 해."

그는 얼마 전부터 회원 가입이 되어 있는 Port21에 로그인했다. 여기서는 관객들 앞에서 라이브로 연주를 할 수 있었다. 누구나 사용료를 내거나 회원이 되면 라이브 공연을 들을 수 있었다. 타마스는 단 한 번 시도해 보았다가 곧 그만두었다. 자기 연주가 형편없다고 생각했기 때문이었다.

그는 지하실을 작은 조명등으로 밝혀 모든 것이 엷은 그림자 속에 묻히게 만들었다. 이제 아무도 그를 알아볼 수 없게 되었다.

"나는 몬트를 데리고 돌아올 거야."

그의 결심은 확고했다. 그는 연주를 시작했다.

"밤의 유령들이 깨어나고,
잊혀진 세계들이 나타나며,
일곱 자매가 이 밤에
푸른 다이아몬드 같은 빛을 발하고 있다.
에우리디케를 풀어 주신 하데스 신이시여, 나의 달아가씨,
나의 밝고 달콤한 달을.
그녀를 죽음의 속박에서 풀어 주세요,
그녀에 대한 사랑으로 내 가슴은 찢어지니까요.
나의 밝고 달콤한 달에게
하데스여 축복을 내려, 그녀를 돌아오게 해 주세요.
나는 그녀 없이는 살 수 없으니까요.
달콤한 달콤한 달이여 돌아오라.

하데스여, 이번 딱 한 번만!"

Port 21 채팅방에 여러 비평이 올라온다.
지란토니: "연주가 나쁘지 않은데."
조리카: "그래, 이 노래 쉽게 배울 것 같아."
사부: "좀 진부하지 않니?"
발렌틴: "그런데 나쁘지 않아. 느낌이 좋은데!"
디야고: "이 노래 알아?"
조리카: "모르는데."
지란토니: "여기서 노래하고 있는 자가 누구야?"
키저리치: "몰라."
마우루스2: "내 생각에는 지하세계의 좀비 같은데."
지란토니: "어쨌든 좋아."
히만: "그런데 모두 다 듣지는 못했는데."
지란토니: "다시 한번 들어보지 뭐."
사부: "녹음했어."
히만: "들어보자."

>> 나의 밝고 달콤한 달

라트슈에는 아홉 시가 되었는데도 손님이 아직 많았다. 몇몇 사람들과 뒤에 있던 모키가 타마스에게로 다가왔다.
"안 잊고 와 주다니, 좋아!"

"안 잊다니 뭘?" 그렇게 물으면서도 그의 생각은 딴곳에 가 있어 눈길은 실내 여기저기를 떠돌았다.

"야, 내 생일이지 뭐야."

"뭐야, 완전히 잊었네, 미안."

"괜찮아. 그래도 네가 와서 기뻐. 누구 찾는 사람 있니? 파티는 아직 시작하지 않았어."

"실제로 찾는 것은 아니고."

"실제로 찾는 것이 아니라니 무슨 말이야?

"하여간 축하해."

"고마워."

"선물은 받은 것으로 하자."

"그래, 듬뿍 받은 것으로 하지. 지원서는 어떻게 됐니? 다 썼어?"

"다 쓴 거나 다름없어." 타마스는 거짓말을 했다.

"내가 한번 검토해야 하나?"

"그럴 필요 없어. 난 대학 공부를 다시 시작할까 해."

"좋은 생각이야. 부모님께 잘 말씀 드리기만 하면 될 거야."

"그래. ……그런데 너 판도라에 대해 들어본 적 있지?"

"아니, 그게 뭔데?"

모키가 뭐라 말하기도 전에 로타가 테이블로 왔다.

"친구, 생일 축하해."

그녀는 모키의 뺨에 키스했다.

"고마워, 로타. 오늘 정말 멋진데."

타마스는 로타를 바라보았다. 정말 예쁜 얼굴에 짙은 갈색머리 그리고 푸른눈이었다. 몬트도 이렇게 생기지 않았던가? 몬트도 정말 아름다운데!

로타는 그를 바라보았다.
"안녕, 타마스."
"안녕."
"어떻게 지내? 잘 지내지?"
"좋아."
"그녀가 왔니?"
로타가 물었다.
타마스는 갑자기 무릎에 힘이 빠지는 것 같았다.
"누구 말하는 거야?"
"에우리디케. 그 음악가의 아내 말이야."
그녀의 눈길은 움직이지 않고 그를 응시했다. 그리고 그 말은 망치로 머리를 때리듯 그에게 충격을 주었다.
"너 어디서…… 알았니?"
"무슨 말을 하는지 모르겠네. 야 타마스, 너 귀신이라도 본 거니?" 모키가 끼어들었다.
"그가 몸을 돌려 뒤를 보았는데도 그녀는 왔네. 나의 밝고 달콤한 달." 로타가 미소를 머금은 채 낮게 흥얼거렸다.
타마스는 자신이 환청을 듣고 있다고 생각했다.
"그녀에 대한 사랑으로 내 가슴은 찢어지니까요."
그녀는 머리카락을 옆으로 쓸어넘겼다. 목덜미에 네 장의 꽃잎이 핀 그림이 보였다. 라르다나, 달의 꽃이었다. 봄에 잠에서 깨어나는 아름다운 꽃!
"달콤한 달콤한 달이여, 돌아오라."
"너는……"

그는 한동안 말을 할 수 없었다. 심장 박동이 목까지 차올랐다. 숨을 쉴 수가 없었다.

"연주 정말 좋았어. 네 노래도!"

"몬트니?"

그는 그녀를 향해 걸어갔다.

"이게 어떻게 가능하지?"

그는 다시 멈추었다. 온몸이 떨리기 시작했다. 그는 팔을 뻗어 그녀를 당겼다. 너무 놀라 온몸이 뻣뻣하게 굳었다.

"지금 어느 세계에…"

"더 이상 묻지 마, 타마스. 네 질문에 대답할 말이 없어. 우리 게임이나 계속하자. 어때?"

"그래 무조건 하자."

"여러 시대를 전전하는 방랑자 타마스, 우리에게는 아직 함께 봐야 할 것이 많아."

그녀는 그의 입술에 살짝 입을 맞추었다.

"이제 난 가야 해."

"안 돼. 가지 마."

"다시 올게."

그녀는 문 쪽으로 걸어갔다.

타마스의 눈길은 그녀를 뒤쫓았다. 자신이 지금 어디에 있는지 너무 혼란스러웠다.

"야, 타마스. 여기서 뭐가 떠나갔다고 말하는 거야? 이야기 좀 해 봐. 너 꿈꾸고 있는 거 아니야? 아니면 뭐야?"

모키가 타마스의 어깨를 다정하게 두드렸다.

"다시 올게."

드디어 그의 굳은 몸이 풀렸다. 타마스의 얼굴에는 모키가 지금까지 본 적 없는 정말 행복한 미소가 번졌다.

"아니야. 이건 게임이 아니야, 이것은 진짜야."

"무슨 게임? 도대체 여기서 뭐가 떠나갔다는 거니?"

"나도 뒤따라가야 해."

"야, 거기 서. 우린 이제 파티를 시작할 거란 말이야."

그러나 모키는 타마스가 로타를 따라 카페를 급히 빠져나가는 걸, 고개를 절래절래 흔들며 바라만 볼 수밖에 없었다.

옮기고 나서

가상세계와 인터넷 공간에서 시간을 보내는 것이 중요한 이 시대에 인간의 역사와 현재의 우리를 있게 만드는 중요한 사상이나 가치들을 어떻게 전달할 수 있을까? 1942년 태어나 오랫동안 저널리스트로 활동하다가 1980년 이후 소설, 역사서, 영화대본을 집필하는 등 활발한 작품 활동을 하고 있는 게르트 슈나이더(Gerd Schneider)는 이 문제에 대한 해답을 『마지막 코드』에서 찾고 있다.

타마스는 우리 주변에서 흔히 볼 수 있는 학생이다. 취업 문제로 아버지와 갈등하고, 프로그램 개발을 위해 혼자 컴퓨터에 몰두해 시간을 보낸다. 그는 부모 세대에게 중요했던 가치들을 자신에게 강요하는 것을 거부하지만, 부모의 곁을 떠나 혼자 힘으로 살아가기도 어렵다. 그래서 암울한 현실에 몰입하기보다 인터넷 세상에서 사는 것을 즐긴다.

아버지의 취직 강요와 자신이 개발한 게임에 대한 유저(User)들의 혹평 때문에 괴로워하고 있는 그에게 판도라라는 이름의 새로운 유저는 아주 매력적인 제안을 한다. 그에게 완전히 새로운 게임을 할 수 있는 기회를 주겠다는 것이다. 타마스는 이 제안을 받아들였고, 판도라에게 새로운 게임으로 들어가는 '코드'를 받아 게임의 세계로 들어간다. 그리고 거기서 현실과 가상의 경계가 사라지는 충격적인 체험을 한다.

처음에 그는 네안데르탈인의 시대로 떨어져 4천 년 전 야생에서의 거칠고 위험한 생활을 함께 경험한다. 그는 자신의 가상 아바타가 아니라 자신이 직접 게임 안으로 들어와 있다는 것을 알고 큰 충격에 빠졌다가 이곳을 벗어나지만, 다시 게임 안으로 들어간다. 그렇게 인류의 과거와 찬란한 여러 문화로의 여행이 시작되고 그 여행은 각 단계별로 시대를 훌쩍 뛰어넘으며 중요한 문화적, 사상적 사건과 인물들을 짚어간다.

타마스는 게임에서 여행하는 그 시대를 함께 살아가고 있는 아바타로 변해 원시인부터 중세, 근대의 태동기까지 여러 시대를 살아온 사람들의 고통과 고민 그리고 삶의 열정과 사랑을 경험한다.

이 소설의 가장 큰 특징은 게임 소설이라는 새로운 형식과 탄탄한 스토리 구성을 통해 인류 문화의 중요한 사건들을 흥미롭게 재현하고 있다는 것이다. 가상의 아바타로 프로그램을 체험하는 것이라고 생각하고 들어간 게임 속의 세계는 실제보다 더 생생하게 재현되고, 그는 이 여행을 통해 인류의 위대한 발자취를 더듬으며 오늘날 우리 문명의 토대를 만든 중요한 사건의 의미를 되새긴다.

이 작품은 소설이라는 허구의 겉옷을 걸치고 있지만 실제 역사에서 일어난 주요한 사건이나 시대의 전환점들을 다소 돌출한 형식으로 전달한다. 그래서 줄거리는 줄거리대로 진행되면서도 중간중간 들어가 있는 지식상자를 통해 그 이야기가 진행되는 배경이 되는 역사적인 지식까지도 자연스럽게 얻게 된다. 게임을 통해 역사의 현장을 체험한다는 소설적 재미만 추구한 것이 아니라 각 역사 단계별로 역사 지식까지 얻을 수 있게 구성한 것이다. 무엇보다 그와 그의 아바타가 역사여행에서 배운 중요한 교훈은 판타지(상상력)와 인간의 의지가 인간과 인간문명을 발전시킨 중요한 코드라는 사실이다.

이 소설의 재미를 만들어내는 또 하나의 중요한 요소는 타마스가 게임 프로그램 속에서 만난 한 소녀, 몬트를 각 시대마다 계속 찾아내는 것이다. 이 '소녀 찾기'는 타마스가 이 게임에 점점 몰두하게 만드는 중요한 동기가 된다. 타마스의 아바타가 각 시대별로 다른 역할로 나타나는 것처럼 이 소녀 역시 매번 다른 모습으로 게임에 등장하는데, 타마스는 이 소녀를 찾아서 더 이상 위험한 게임을 계속하지 않도록 구해주려 한다. 그리고 현실에서는 전혀 서로를 모르는 사람이라고 생각했던 그녀가 사실은 아주 가까운 곳에 있다는 암시를 받게 된다. 그 소녀는 과연 누구일까!

『마지막 코드』는 남녀 주인공의 시공을 초월한 사랑이라는 단순한 흥밋거리만을 우리에게 던져주는 것이 아니라, 아바타의 등장을 통해 현실과 가상의 경계를 무너뜨리는 새로운 세계관의 가능성을 실험한다. 가상공간과 가상현실이 실재보다 더 리얼하게 받아들여지는 시대에 우리는 역사를 어떻게 인식해야 하고, 현실과 가상세계의 경계는 어디까지인가, 가상세계의 아바타를 사랑하는 것은 진정한 사랑이라고 할 수 있을까, 현실의 인물과 그의 아바타는 동일한 사람이라고 할 수 있는가 등등의 문제들에 대해 생각하게 한다. 이런 문제들은 AI로 대표되는 4차 산업혁명기를 살아가고 있는 우리들에게 매우 중요한 의미를 지닌다. 이처럼 소설적 재미를 충분히 가지면서도 역사와 철학의 문제를 생각하도록 이끈다는 것만으로 이 작품의 매력은 충분하다.

찾아보기

263 **갈릴레이 갈릴레오**(Gakilei Galileo, 1564–1642) 이탈리아 수학자, 물리학자, 천문학자. 실험의 도입을 통해 실험물리학의 창시자가 됨. 갈릴레이가 지구가 태양 주위를 돈다는 코페르니쿠스의 주장을 증명해서 교회의 분노를 샀다. 그 당시 세계를 지배했던 교회의 가르침에 따르면, 지구는 우주의 중심이었다. 갈릴레이는 자기 주장을 철회할 것을 강요받고, 철회했다. 그렇지 않았으면 그는 화형 당했을 것이다.

185 **고트홀트 에프라임 레씽**(Gotthold Ephraim Lessing, 1729–1781) 독일 계몽주의 대표 작가. 우화와 시 그리고 문학적, 철학적 질문을 담은 논문을 썼다. 그의 드라마와 희극, 예를 들어 〈에밀리아 갈로티〉, 〈민나 폰 바른헬름〉, 〈현자 나탄〉(이 작품은 종교들 간 관용과 인간 다움의 문제를 다룸)과 같은 작품들은 오늘날까지 공연되고 있다.

260 **골렘**(Golem) 〈탈무드〉에 나오는 점토로 만든 인물. 마법에 의해 생명체가 되었다.

111 **길가메시**(Gilgamesch) 수메르의 왕. 기원전 2700년 경에 살았다고 함. 인류 최초의 위대한 문학작품인 〈길가메시〉 서사시의 주인공.

263 **니콜라우스 코페르니쿠스**(Nikolaus Kopernikus, 1473–1543) 수학자, 천문학자, 프라우엔부르크 대교구장. 사신이 직접 개발한 관측도구를 이용해 수년 동안 천체를 관찰한 후 지구는 행성이며 다른 행성들과 함께 태양 주위를 돈다는 것을 알아냄. 그의 이론은 지구가 우주의 중심이라는 (기독교의) 세계관에 반했기 때문에 관철될 수 없었다. 케플러의 정확한 관찰이 있은 후에야 코페르니쿠스의 주장은 인정받았다.

269 **데모크리토스**(Demokrit, 기원전 460–370) 원자론을 발전시킨 철학자. 그러나 그의 이론은 2천 년 동안 묻혀 있었다.

185 **디드로**(Diderot, 1713–1784) 프랑스 철학자, 작가. 볼테르와 함께 프랑스 계몽주의의 선봉자였다. 그가 편찬한 〈백과사전〉 35권은 삶의 영역에서 나온 모든 주제들을 다룸으로써 계몽주의의 대표작이 되었다.

284 **라파엘로**(Raffael, 1483–1520) 이탈리아 화가이자 건축가. 미켈란젤로, 레오나르도 다 빈치와 함께 르네상스 시대 3대 거장으로 꼽힌다. 그의 그림들이 유명한 이유는 화면을 분리하는 그림 구성 때문이다. 수많은 마돈나 그림을 그렸고, 로마의 성 베드로 성당을 건축했다.

레콘키스타(Reconquista) 스페인어로 탈환(재정복)의 시대를 의미. 711년부터 무어 인들이 점령했던 스페인 영토를 기독교 군대가 탈환한 시기로,(1085년부터 시작) 레콘키스타는 1492년 그라나다 점령으로 끝난다. 그라나다는 무어 인들이 마지막까지 점령하고 있었던 도시이다. *242*

르네 데카르트(Rene Descartes, 1596–1650) 프랑스 철학자, 수학자, 물리학자. 근대 합리주의의 창시자. 그의 철학이론에 따르면 세계는 논리와 이성의 법칙에 따라 만들어졌다. 인간은 '자신이 스스로 생각할 수 있다는 것' 외에는 모든 것을 의심할 수 있다. 그는 이것을 '나는 생각한다. 그러므로 존재한다'라고 정식화했다. *185*

문자와 숫자의 발명 기원전 3000년 경 문자의 발명은 문화 혁신의 추동력이 된다. 예전에 통용되던 기호들은 갈대로 만든 3각형 펜으로 부드러운 밀랍판이나 점토판에 눌러 기록되었다. 여기서부터 지속적인 단순화를 통해 문자기호들이 발전되었다. 수메르인의 설형문자는 이집트의 상형문자와 함께 오늘날 세계에서 가장 오래된 문자에 속한다. *119*

기원전 3000년부터 700년까지 시대에 따라 바뀐 설형문자

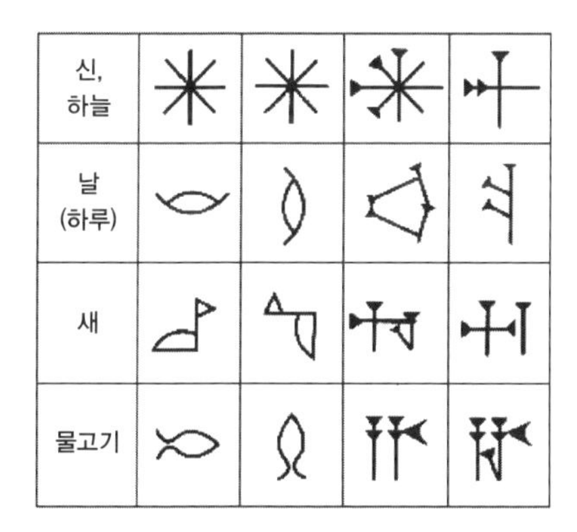

수메르인들의 숫자 기호

1 = 2 = 3 =

이렇게 계속 가다가 10에는 삼각형을 이용한다.

10 = 11 = 12 = 34 =

숫자 60은 수메르인의 기호에서는 큰 성배모양이다.

60 = 83 = 120 =

숫자 60에 토대를 둔 시스템(60진법)으로 수메르인들은 큰 수를 더 빨리 쓸 수 있었다.

244 **반유대주의**(Antisemitismus) 유대인에 대해 적대감을 표하는 태도를 뜻하는 이 개념은 19세기 후반 독일에서 등장했다. 이 개념은 잘못된 것임에도 오늘날까지 계속 존속되고 있다. 셈족의 언어는 아랍어이기도 하고, 에디오피아어이기도 하며 헤브라이어(유대인의 언어)어이기도 하다. 반유대주의적 태도는 셈족의 언어를 사용하는 모든 사람을 목표로 하기도 하지만 오로지 유대인만을 목표로 하기도 한다.

272 **보쉬**(Boschm Hieronymus, 1450–1516) 르네상스 시대에 활동한 네덜란드 화가. 그가 유명한 이유는 죄와 지옥의 벌을 선명하게 잘 그려 이 그림들이 오늘날 초현실주의(이로부터 400년 후인 1920년에 등장)를 떠올리게 만들기 때문이다.

284 **보티첼리**(Botticelli, 1445–1510) 초기 르네상스 시대의 이탈리아 화가. 그는 주로 종교화를 그렸지만, 초상화로도 유명하다.

263 **사모스의 아리스타르키**(Aristarch von Samos, 기원전 310–230) 최초로 태양이 우주의 중심이라는 것을 알고 있었던 천문학자. 그의 이론은 거의 2천년 동안 묻혀 있다가, 코페르니쿠스에 의해 다시 발견되었다.

282 **삼면 제단화**(Triptychon) 세 부분으로 나누어 그린 그림. 특히 좌우 양쪽 문짝을 열어젖혀 3폭의 그림이 되게 하는 제단화.

182 **소크라테스**(Sokrates, 기원전 470–399) 동료들은 그를 철학자들 가운데 성자라 불렀다. 그는 비판적 사유를 통해 아테네의 많은 통치자들을 적으로 만들었다. 그는 젊은이들을 사악한 길로 유혹했고 신을 믿지 않는다는 이유로 고발당해 사형 선고를 받았다.

187 **솔론**(Solon, 기원전 640–561) 인류 역사상 최초의 민주주의 사상가들 가운데 한 명. 그는 아테네 시민들에게 참정권을 허용하는 법을 만들었다. 다른 도시국가들도 자치를 시행했는데, 그 이유는 고대 그리스 시대 다른 도시국가의 시민들이 점차 이 도시국가로 이주했기 때문이다. 이 도시국가는 폴리스라 불렸고, 폴리스의 시민들은 폴리티스라 불렸다. 이 말의 뜻은 국가의 일에 직접 참여하는 사람들이라는 것이다. 이를 위해 법이 필요했는데 솔론은 이것을 최초로 만든 사람들 가운데 한 명이다.

181 **아고라**(Agora) 고대 그리스 시대에 집회나 축제 그리고 시장이 열렸던 광장. 여기서 사회, 정치적으로 중요한 결정이 내려졌다.

아람브라(Alhambra) 아랍어로 '붉은 것'이라는 뜻. 13-14세기에 무어 인 지배자들이 지은 그라나다의 이슬람 궁전. 240

아리스토텔레스(Aristoteles. 기원전 322-384) 그리스 철학자, 자연과학자, 천문학자, 정치이론가, 그는 인간의 공동체에서 민주주의적 결정을 옹호했다. 180

아바타(Avatar) 가상 세계에서 실제 인간을 그래픽으로 대신하는 존재. 이 말은 산스크리트어에서 나온 것으로 하강을 의미한다. 38

아이작 뉴턴(Isaac Newton, 1643-1727) 영국의 물리학자, 수학자, 천문학자. 가장 위대한 과학자. 갈릴레이와 함께 고전물리학의 창시자로 불린다. 역학, 광학, 천체역학의 토대를 놓았다. 유명한 저서 《자연철학의 수학적 토대》에서 운동의 법칙 즉 중력을 설명했다. 그의 이론과 법칙은 2백 년 동안 통용되었다. 아인슈타인의 상대성이론은 뉴턴의 이론을 확장한 것이다. 270

아타노르(Athanor) 연금술의 과정을 위해 특별히 개발한 화덕. 열에 의해 조절되는데 용액을 기화시키고 농축물을 받을 수 있다. 272

알베르트 아인슈타인(Albert Einstein, 1879-1955) 독일 물리학자, 1941년 미국시민권 획득, 불변의 확정된 것으로 간주했던 전통적 시공간관을 완전히 변화시킨 상대성 이론의 창시자. 그의 이론은 종종 실험을 통해 입증되었고 우주 연구에 결정적인 기여를 했다. 270

알브레히트 뒤러(Albrecht Dürer, 1471-1528) 르네상스 시대의 독일 화가. 〈비례에 관한 4권의 책〉을 통해 새로운 미술기법을 발전시켰다. 그는 예술을 과학적으로 접근함으로써 중세 미술에서 근대 미술로의 전환을 가져왔다. 268

연금술(Alchimie) 아랍어에서 나온 말로, 그대 그리스 시대부터 17세기까지 화학을 일컬었다. 258

왕조(Dynastie) 고대 그리스어로 통치자의 가문을 의미한다. 몇 세대가 흐른 뒤 한 나라를 다스리는 통치자를 만든 집안. 예를 들어 영국의 왕가는 윈저가(Windsors). 146

요하네스 케플러(Johannes Kepler, 1571-1630) 독일 천문학자이자 수학자. 자신이 직접 개발한 망원경으로 행성궤도를 연구하고, 케플러의 법칙을 만들어냈다. 3개의 법칙 가운데 첫 번째는 행성들은 태양을 중심으로 타원 형태로 운동한다는 것이다. 264

156 **요하네스 폰 테플**(Johannes von Tepl, 1350–1415) 독일 작가, 그가 쓴 홀아비와 죽음 사이의 논쟁은 (1400년 경 〈뵈멘의 농부〉) 암흑의 중세에서 근대로의 전환점으로 간주된다. 이 작품에서 그의 부인이 젊은 나이로 죽은 남자가 죽음(신)을 몰인정하다는 이유로 고발한다. 테플은 결혼을 단지 아이를 낳기 위한 목적 지향적 공동체로만 보지 않고 사랑의 공동체로 본다. 이것은 당시 교회의 견해와 모순되는 것이었다.

185 **요한 하인리히 페스탈로치**(Johann Heinrich Pestalozzi) 스위스 교육학자. 몇 개의 교육시설을 세우고 운영했다. 그는 수업은 구체적으로 구성되어야 하고, 학생의 교육은 믿음과 사랑을 토대로 해야 한다고 주장했다.

185 **임마뉴엘 칸트**(Immanuel Kant, 1724–1804) 독일 철학자. 계몽주의 대표자. 주저《순수이성비판》에서 인간이 감각과 지성을 통해 인식할 수 있는 것의 가능성과 그 한계를 연구했다. 도덕적으로 올바른 행동이 무엇인지를 규정하기 위해 그는 '정언명령'이라는 유명한 개념을 발전시켰다. 이는 모든 인간은 자신이 한 모든 행동이 다른 사람들도 그대로 해도 될 정도로 타인에게 피해를 끼치지 않도록 살아야 한다는 것이다.

185 **존 로크**(John Locke, 1632–1704) 영국의 철학자. 주권은 국민에게서 나와야 하며, 모든 사람은 법 앞에서 평등하다는 사상을 주장했다. 그는 이런 사상을 통해 근대 민주주의적 법치국가에 중요한 영향을 끼쳤다.

249 **종교재판관** 12세기 이래 신앙을 시험하고 화형 집행을 결정한 심판관. 심판 과정에서 고문이 허락되었고 피고인이 자백을 하면 유죄를 선고하고 화형을 집행했다.

271 **찰스 다윈**(Charles Darwin, 1809–1882) 영국의 자연과학자. 인류사에서 가장 중요한 자연과학자에 속한다. 지구상에 살고 있는 생명체의 발전에 관한 그의 진화론은 세계적으로 유명해졌다. 그가 인간도 동물처럼 진화했다고 말했기 때문이다. 그는 모든 생명체는 돌연변이와 선택을 통해 진화한다고 주장했다.

141 **케오프스의 피라미드**(Cheops–Pyramide) 고대 이집트에서 가장 유명한 묘지들 가운데 하나. 이 피라미드는 케오프스 왕을 위해 4600년에서 4500년 전에 지어졌다. 이 피라미드는 원래 높이가 약 150미터였다.

클라우디우스 프톨레마이오스(Claudius Ptolemäus, 100년 경 태어남) 그리스 천문학자, 수학자, 지리학자. 천문학에 관한 책을 저술했는데, 여기서 그는 지구를 우주의 중심에 두고 지구를 중심으로 모든 다른 행성들이 그 주위를 도는 것으로 우주를 설명했다. 이 지구 중심적 세계상은 코페르니쿠스, 갈릴레이, 케플러에 와서야 비로소 반박된다. *264*

탈레스(Thales von Milet, 기원전 600) 철학의 창시자로 불린다. 가난했기 때문에 이웃사람들에게 조롱당했고, 이 때문에 부자가 되기로 결심했다. 그는 친척들에게 돈을 빌려 다음 추수를 대비해 올리브 짜는 기계를 모두 빌렸다. 이 기계를 사용할 때가 되자 그는 농부들에게서 비싼 사용료를 받았다. 이로써 그는 정신적인 인간도 마음만 먹으면 많은 돈을 벌 수 있다는 것을 증명했다. 원하기만 했다면 기하학의 여러 공리를 만든 것으로 유명한 탈레스가 자본주의도 발명할 수 있었을 것이다. *178*

토마스 제퍼슨(Thomas Jefferson, 1743–1826) 미국 3대 대통령. 독립운동의 지도자로서 1776년 7월 4일 미국 독립선언서의 기초를 작성했다. *185*

판도라(Pandora) 그리스 신화에 나오는 미인. 인간들이 불을 훔쳐간 일에 대해 복수하기 위해 제우스는 그녀에게 함 하나를 주는데, 그 속에는 세계의 모든 악이 다 담겨 있었다. 판도라가 이 함을 열자 악이 이 세상에 떨어졌지만, 모든 것이 다시 좋게 될 것이라는 희망도 함께 그 속에 들어 있었다고 한다.(다른 해석에 따르면, 판도라는 사람들에게 살아가는 데 꼭 필요한 물건을 선물하는 여신이기도 하다.) *008*

페리클레스(Perikles, 기원전 495–429) 그리스 정치가, 사령관. 그의 치하에서 민주주의라는 국가 형태가 궁극적으로 실현되었다. 하지만 그 당시 민주주의는 오늘날의 민주주의와는 달랐다. 시민의 17%만 자유롭게 투표할 수 있었기 때문이다. 노예들은 투표권이 없었다. *187*

페터 하겐도르프(Peter Hagendorf) 생년월일 미상. 30년 전쟁에 나간 용병. 그 당시 읽고 쓸 수 있는 몇 안 되는 사람이었다. 그는 이 전쟁 체험에 대한 비망록을 남겼다. 이 책은 1933년에 베를린의 프로이센 국립 박물관에서 처음 발견되었다. *297*

프라 안젤리코(Fra Angelico, 1386년에서 1400년 사이에 태어나고, 1455년에 사망) 이탈리아 초기 르네상스 화가. 오로지 기독교를 주제로 한 그림만을 그렸다. 교황 요하네스 2세가 1982년에 그를 성인으로 봉했다. *284*

185 **프리드리히 2세 대왕**(Friedrich II, der Große, 1712–1786) 이 왕 치하에서 프로이센은 강대국으로 성장한다. 그는 계몽주의 이념을 받아들이고 예술과 학문을 진흥시켰으며 오스트리아와 몇 번의 전쟁을 벌이기도 했다. 40년이 넘는 그의 통치기간 동안에 법, 교육제도, 농업의 혁신을 이끌었다.

190 **플라톤**(Platon, 기원전 427–347) 소크라테스의 제자. 고대 그리스 최초의 학교를 세우고, 사유의 거의 모든 문제에 대해서 이야기했다. 그가 쓴 책들은 오늘날까지 영향을 미치고 있다. 그의 '동굴비유'는 〈실재하는 것은 무엇인가?〉 하는 문제를 논한다. 의견이 분분한 그의 저서 《국가》에서 그는 태어나자마자 통치자로 교육받은 엘리트들에 의해 통솔되는 유토피아 사회를 설계했다. 그는 개인의 자유나 권리에 대해서는 별로 고려하지 않았다. 여러 유형의 독재자들이 자기 행위의 정당성을 주장하기 위해 이 유토피아를 인용하기도 한다.

260 **호문쿨루스**(라틴어로 작은 인간이라는 뜻) 연금술사들의 마술을 도와주는 도우미 역할을 하는 인조인간.

244 **홀로코스트**(Holocaust) 그리스어 'holokaustus'에서 나온 것으로 '완전히 불태워 없애버린다'는 뜻으로 인종말살을 의미한다. 즉 체계적으로 한 민족 전체를 없애버리는 것이다. 히브리어로 인종말살은 '쇼아(Shoa)'라고 불리며 '대 파국'을 뜻한다. 이 말은 아돌프 히틀러 치하의 나치독재 시절 동안 유럽 유대인 말살을 지칭한다. 나치의 정복전쟁인 2차 대전 동안 유대인들은 집시나 다른 정치적 박해자, 장애인, 떠돌이, 전쟁포로들과 함께 유대인 수용소로 보내졌다. 많은 수용소가 사람들을 가스실에서 죽이기 위해 특별히 만들어졌다. 1933년에서 1945년 사이에 유대인 6백만 명이 죽음을 당했다.

180 **헤라클레이토스**(Heraklit, 기원전 520–460) 그리스 철학자. 그의 기본 사상은 이 세상 만물은 물처럼 계속 흘러가면 변화하는 상태에 있다는 것이다.